Sarah Glicker

Secret Promises

Das Buch

Das Finale der Romance-Reihe von Erfolgsautorin Sarah Glicker

Lina studiert Medizin in San Antonio. Immer wieder begegnet sie einem Fremden, bei dessen Blick es ihr kalt den Rücken hinunterläuft. Als er ihr dann auch noch ins Auto fährt, reicht es ihr endgültig und sie sagt ihm die Meinung. Es stellt sich heraus, dass der Fremde Josh heißt, Feuerwehrmann ist und sich lediglich um Linas Sicherheit sorgt. Zwischen den beiden knistert es, doch wie wird Lina reagieren, wenn sie von Joshs Geheimnis erfährt?

Von Sarah Glicker sind bei Forever by Ullstein erschienen:

Second Chance for Love (Las-Vegas-Reihe 1)
Love at Third Sight (Las-Vegas-Reihe 2)
Melody & Scott – L.A. Love Story (Pink Sisters Band 1)
Haley & Travis – L.A. Love Story (Pink Sisters Band 2)
Brooke & Luke – L.A. Love Story (Pink Sisters Band 3)
L.A. Love Storys Band 1-3: 3 Romane in einem Bundle
Craving You. Henry & Lauren (A Biker Romance 1)
Breaking You. Jenny & Dean (A Biker Romance 2)
Releasing You. Lukas & Abby (A Biker Romance 3)
Secret Kisses (Law and Justice 1)
Secret Hearts (Law and Justice 2)
Secret Promises (Law and Justice 3)

Die Autorin

Sarah Glicker, geboren 1988, lebt zusammen mit ihrer Familie im schönen Münsterland. Für die gelernte Rechtsanwaltsfachangestellte gehörten Bücher von Kindesbeinen an zum Leben. Bereits in der Grundschule hat sie Geschichten geschrieben. Als Frau eines Kampfsportlers liebt sie es, Geschichten über attraktive Bad Boys zu schreiben.

Sarah Glicker

Secret Promises

Josh & Lina

Roman

FOREVER

Forever by Ullstein
forever.ullstein.de

MIX
Papier
FSC® C083411

Originalausgabe bei Forever
Forever ist ein Verlag
der Ullstein Buchverlage GmbH, Berlin
Oktober 2019 (1)

Umschlaggestaltung:
zero-media.net, München
Titelabbildung: © FinePic®
Innengestaltung: deblik Berlin
Gesetzt aus der Quadraat Pro powered by pepyrus.com
Druck- und Bindearbeiten: CPI books GmbH, Leck

ISBN 978-3-95818-484-8

1

Lina

Mit Schwung werfe ich die Tasche in den Kofferraum meines Wagens und schließe ihn mit einem lauten Knall. Es ist das erste Mal seit einer Ewigkeit, dass ich froh über das bevorstehende Wochenende bin. Normalerweise bin ich nicht so angetan von Wochenenden, doch diese Woche war chaotisch und viel zu lang, sodass ich mich auf zwei ruhige Tage auf dem Sofa freue. Außerdem habe ich die letzte Zeit nur mit Lernen verbracht.

Mit großen Schritten gehe ich um meinen Wagen herum und lasse mich auf die Motorhaube sinken. Dabei schaue ich mich nach allen Seiten um. Ich warte auf meine Cousine Claire, mit der ich mir eine Wohnung teile. Aber das wird nur noch drei Wochen so sein, denn dann hat sie ihren Abschluss und wird eine Stelle in einer anderen Stadt antreten. Ganz im Gegensatz zu mir. Ich habe noch ein Jahr vor mir, bis ich meinen College-Abschluss bekomme.

Ich muss mich langsam auf die Suche nach einer neuen Mitbewohnerin machen, denke ich. Tatsache ist nämlich, dass ich mir die Miete und alle anderen Kosten nur schwer allein leisten kann.

Es dauert noch ein paar Minuten, bis ich Claire endlich entdecke. Sofort erkenne ich, dass sie ebenfalls abgehetzt aussieht. Aber das ist kein Wunder. In den letzten Tagen hat sie so viel geplant, dass ich es schon bemerkenswert finde, dass sie überhaupt geschlafen hat.

Schließlich kommt unsere komplette Familie, um den Abschluss mit ihr zu feiern.

»Ich weiß überhaupt nicht, wie ich die nächsten Wochen überleben soll. Es ist noch so viel zu erledigen«, erklärt Claire, nachdem sie näher gekommen ist.

»Das wirst du schon schaffen.«

»Und nächstes Jahr bist du an der Reihe«, verkündet sie. Dabei scheint es so, als würde es ihr schlagartig wieder besser gehen.

»Vergiss es. Ich werde direkt danach in den Urlaub fliegen, sodass ihr dann allein feiern könnt, falls ihr das machen wollt. Also brauche ich keine Vorbereitungen zu treffen.« Glücklich über meine bereits feststehende Entscheidung strahle ich sie an. Mir ist klar, dass es vielleicht etwas gemein ist, aber die Feier, die nach meinem Abschluss auf der Highschool gegeben wurde, hat mir gereicht.

»Du verstehst es wirklich, einem die gute Laune wieder zu verderben.« Claire wirft mir einen bösen Blick zu, auf den ich nicht weiter eingehe. Ich weiß, dass sie nicht sauer auf mich ist. Sie hat mir in den letzten Wochen nämlich schon mehrmals gesagt, dass sie es bereut, die Feier geplant zu haben. »Jetzt ist erst mal Wochenende. Mehr interessiert mich überhaupt nicht.« Mit diesen Worten öffnet Claire die Tür auf der Beifahrerseite und steigt ein.

Ein paar Sekunden bleibe ich noch neben meinem Wagen stehen und schüttle den Kopf. Ich will es ihr gerade gleichtun und mich hinter das Steuer setzen, als ich beinahe über den Haufen gerannt werde. Schnell halte ich mich an der Tür fest und schaffe es so, auf den Beinen zu bleiben. Es dauert einen Moment, bis ich ausgemacht habe, wer dafür verantwortlich ist.

Ich kann zwei Männer erkennen. Der eine trägt einen Anzug und hat sich bereits ein paar Meter von mir entfernt. Auf den ersten Blick macht es den Anschein, als würde er gar nicht merken, dass der andere stehen geblieben ist.

Es ist der Anblick seines Freundes, der mein Herz schneller schlagen lässt. Er ist groß, breit gebaut und strahlt eine Energie aus, die mir klarmacht, dass man sich mit ihm besser nicht anlegt. In seinen Gesichtszügen hat sich ein grimmiger Ausdruck breitgemacht. Aber mein Gefühl sagt mir, dass dieser nicht mir gilt. Ich kann jedoch nicht sagen, was dann sein Problem ist.

Durchdringend sieht er mich an. Es kommt mir so vor, als würden seine Augen Stunden auf mir ruhen. Dabei bin ich mir sicher, dass er mich nur für den Bruchteil einer Sekunde betrachtet. Je länger ich ihm gegenüberstehe, umso heißer wird mir.

Mein Mund öffnet sich ein Stück, da es mir vorkommt, als würde ich nicht genug Luft bekommen. In meinem Kopf überschlagen sich die Gedanken.

»Hast du keine Augen im Kopf?«, fahre ich ihn mit einer schärferen Stimme an, als ich es beabsichtigt habe. Schließlich macht er keine Anstalten sich bei mir zu entschuldigen. Auf jeden Fall nicht bis jetzt.

Ein freches Grinsen erscheint auf seinem Gesicht. Allerdings erwidert er nichts, sondern dreht sich nur um und verschwindet.

Fassungslos schaue ich ihm hinterher. Mein Mund hat sich geöffnet, während sich in meinem Kopf die Gedanken überschlagen. Ich versuche herauszufinden, wieso er nichts gesagt hat. Da ist aber noch etwas anderes. Vor allem frage ich mich nämlich, wie er es geschafft hat, mich sprachlos zu machen.

Bis zu diesem Zeitpunkt ist mir so etwas noch nie passiert. Er hat kein Wort mit mir gesprochen und dennoch kam es mir so vor, als würde er mich in jeder nur erdenklichen Hinsicht unter Kontrolle haben. Auf der anderen Seite kann ich nicht sagen, was genau geschehen ist. Das Einzige, was ich gerade mit Gewissheit sagen kann, ist, dass es merkwürdig war. Und das in vielerlei Hinsicht.

»Was war das?«, fragt meine Cousine, als ich mich langsam auf den Fahrersitz setze.

»Ich kann es dir nicht verraten«, erwidere ich und schaue in die Richtung, in die er verschwunden ist. Er kam mir bekannt vor, doch wirklich zuordnen kann ich ihn nicht. Deswegen gehe ich davon aus, dass ich mich irre. Ich muss mir eingestehen, dass er es geschafft hat, mich zu verwirren, und dafür ist sonst mehr nötig.

»Eisberg. Ich glaube, dass ist die richtige Bezeichnung für solche Männer«, spricht Claire weiter. Langsam drehe ich mich wieder zu ihr und kann gerade noch sehen, wie ein Zittern durch ihren Körper läuft. Wäre es nicht so warm draußen, würde ich denken, dass sie friert. Doch ich bin mir sicher, dass sie damit nur ihre Aussage unterstreichen will. Denn das Geräusch, das sie von sich gibt, ist viel zu überzogen. Aber so kenne ich sie.

»Ja, ich glaube, das ist der passende Begriff«, stimme ich ihr zu, nachdem ich kurz darüber nachgedacht habe. Dabei bekomme ich seine Augen nicht aus meinem Kopf. Noch immer habe ich ein merkwürdiges Gefühl, das ich nicht zuordnen oder loswerden kann. »Wahrscheinlich hatte er es eilig«, überlege ich weiter.

Dass ich den letzten Satz laut ausgesprochen habe, merke ich erst, als ich einen Blick in das Gesicht meiner Cousine werfe. Ich sehe ihr an, dass sie etwas erwidern will. Doch bevor sie das machen kann, stecke ich den Schlüssel ins Schloss und starte den Motor. Ich habe keine Lust, mich mit ihr über irgendwelche Männer zu unterhalten, die ich nicht kenne. Und das zeige ich ihr.

»Okay, wo wollen wir heute hin?«, fragt Claire, als sie abends in mein Schlafzimmer stürmt.

Ich war so sehr auf mein Buch konzentriert, dass ich nun erschrocken zusammenzucke. Als Nächstes hebe ich meinen Kopf und schaue sie an. Mit einem frechen Grinsen auf dem Gesicht steht sie in der Tür und hat die Arme vor der Brust verschränkt. Sie sieht mich durchdringend an, obwohl das noch leicht untertrieben ist. Man könnte eher behaupten, dass sie versucht, mich zu beschwören. Ihre Augenbrauen hat sie ein Stück nach oben gezogen, außerdem kann ich das leise Geräusch hören, das ihre Schuhe auf dem Boden verursachen. Da sie auf eine Antwort wartet, tippt sie immer wieder mit der Sohle auf.

»Ich wollte mir einen gemütlichen Abend machen.« Dieser Punkt ist nur einer von vielen, in denen wir uns unterscheiden. Meine Cousine liebt es feiern zu gehen, während ich die Abende lieber zu Hause verbringe. Sicher, zwischendurch gehe ich mal raus. Aber das hält sich in Grenzen.

»Das kannst du jeden Abend machen. Hat in der Innenstadt nicht dieser neue Laden eröffnet?«

Ich weiß, von welchem sie spricht. Allerdings erinnere ich mich beim besten Willen nicht an den Namen. Dabei habe ich erst gestern den Artikel über die Eröffnung gelesen. Obwohl ich eigentlich sagen muss, dass ich ihn überflogen habe.

»Wie wäre es? Und sobald du sagst, dass du nach Hause willst, gehen wir sofort.«

Einen Moment denke ich darüber nach. Lust habe ich nicht, doch ich weiß nicht, wie oft wir das noch zusammen machen können, wenn sie erst einmal in einer anderen Stadt lebt.

»Na gut«, murmle ich. Glücklich strahlt Claire mich an. Ich hingegen verziehe ein wenig das Gesicht.

»Du wirst sehen, wir werden eine Menge Spaß haben«, ruft sie begeistert aus und klatscht in die Hände, ehe sie genauso schnell wieder verschwindet, wie sie erschienen ist.

Ich schaue ihr nach, bevor ich aufstehe und zum Kleiderschrank gehe, um mich fertig zu machen. Ehrlich gesagt habe ich überhaupt keine Lust. Dennoch gebe ich mir einen Ruck und ziehe mich um.

Als wir uns auf den Weg zu dem neuen Club machen, ist es bereits dunkel. Da wir nicht sehr weit außerhalb wohnen, brauchen wir nicht lange, bis wir die Innenstadt erreicht haben.

Überall befinden sich Leute, die feiern wollen und teilweise schon nicht mehr nüchtern sind. Ein paar von ihnen gehen in die Restaurants, die hier zahlreich zu finden sind. Nicht nur ihre riesigen Fenster sind hell erleuchtet, sondern auch die Schilder, die sich über den Eingängen befinden, sodass man sie überhaupt nicht übersehen kann. Schnell weiche ich einem knutschenden Paar aus, das mitten im Weg steht, bevor ich sie über den Haufen renne, wie es mir heute selbst passiert ist.

Während wir weitergehen, dreht Claire sich noch einmal um und beobachtet sie. Ich kenne die Art und Weise, mit der sie die beiden ansieht. Daher weiß ich, dass sie gerne wieder eine Beziehung hätte. Doch das würde sie nicht zugeben. Claire wird nicht müde immer wieder zu betonen, dass sie keinen Mann mehr in ihrem Leben haben möchte. Auf jeden Fall nicht in den nächsten Jahren. Dennoch bin ich mir sicher, dass sie nicht *Nein* sagen würde, wenn der Richtige vor der Tür stünde.

»Du solltest vielleicht lieber nach vorne schauen. Sonst rennst *du* gleich noch jemanden um«, erkläre ich. Dabei deute ich auf die Tische, die überall vor den Restaurants stehen.

»Aber im Gegensatz zu dem Typen von heute Mittag schaffe ich es selbst dann freundlich zu schauen. Für mich sah es so aus, als hätte er dich gleich fressen wollen«, erwidert Claire.

Leise lache ich und schüttle den Kopf. »Jetzt übertreibst du aber«, erwidere ich. Dabei bin ich mir nicht so sicher, ob sie das wirklich macht, denn begeistert von der Situation schien er nicht gewesen zu sein.

Wieso mache ich mir überhaupt Gedanken über ihn? Die Wahrscheinlichkeit, dass ich ihn je wiedersehen werde, ist verdammt gering. Dennoch hat sich die Erinnerung an ihn in mich eingebrannt.

»Aber heute Abend werden wir uns nicht wegen irgendwelcher Typen den Kopf zerbrechen. Schließlich wird es das letzte Mal sein, dass wir zusammen unterwegs sind. Zumindest bis du mit deinem Studium fertig bist und wieder bei mir wohnst.«

»Wenn ich mit meinem Studium fertig sein werde, heißt das nicht, dass ich San Antonio verlassen werde. Es kann ja sein, dass ich hier einen Job finde«, wende ich ein.

Ich weiß gar nicht, wie oft wir uns in der letzten Zeit darüber unterhalten haben. Ich habe mich noch nicht damit auseinandergesetzt, was nächstes Jahr sein wird. Mir ist klar, dass Claire ihren Plan schon fertig hatte, bevor sie überhaupt auf dem College war, doch ich bin nicht so schnell wie sie.

Meine Cousine verzieht ein wenig das Gesicht. Doch ich werde sie nicht anlügen, denn wir sind schon lange beste Freundinnen.

2

Josh

Ich bereue es noch immer, dass ich Roy zu dieser Vorlesung begleitet habe, als ich Stunden später den Club betrete. Dabei gibt es mehr als genug bessere Dinge, die ich während der Zeit der Vorlesung hätte tun können.

Zumindest weiß ich jetzt wieder, wieso ich mich damals gegen das Studium entschieden habe, denke ich.

Auch ich hätte Jura studieren können. Doch mich hat es noch nie interessiert irgendwelche Paragraphen auswendig zu lernen und bis jetzt hat sich das nicht geändert. Ganz davon abgesehen, dass ich noch nie gut darin war, mich um Papierkram zu kümmern.

Geschickt weiche ich den Gästen aus, die mir im Weg stehen und mache mich auf die Suche nach meinen Brüdern und ihren Freundinnen. Dabei kommt mir der Gedanke in den Kopf, dass ich mit dem Besitzer mal über die Brandschutzverordnung reden könnte. Ich bin mir nämlich sicher, dass diese nicht eingehalten wird, auf jeden Fall nicht komplett. Dieser Blick ist etwas, was mein Beruf als Feuerwehrmann mit sich bringt, doch die meisten Leute reagieren nicht gut auf Vorhaltungen. Deswegen lasse ich es sein. Zumindest vorerst. Schließlich bin ich zum Vergnügen hier und nicht beruflich. Dennoch werde ich die Sache im Hinterkopf behalten und mein Vorhaben in den nächsten Tagen nachholen. Schließlich will ich nicht, dass irgendwann irgendjemand zu Schaden kommt.

In dem völlig überfüllten Club dauert es ein wenig, bis ich meine Brüder endlich entdeckt habe und auf den Stehtisch zugehe, der sich vor mir befindet.

»Hi«, ruft Chris, der zweitälteste von uns dreien, über die laute Musik hinweg. Er winkt mir zu, um sicherzugehen, dass ich ihn auch wirklich bemerkt habe. Dabei ist er so groß, dass man ihn überhaupt nicht übersehen kann. Genauso wenig wie Roy oder mich. Das auffällige Aussehen wurde uns in die Wiege gelegt, auf eine gute Art und Weise. Wir sind nicht nur einen Kopf größer als die meisten, sondern ebenfalls breit gebaut, was wir unserem täglichen Training zu verdanken haben. Die Tattoos, die man erkennen kann, wenn wir Shirts anhaben, tragen ihren Teil dazu bei.

Neben Chris stehen Emma, seine Freundin, und July, die Verlobte von Roy. Von Letzterem ist allerdings weit und breit nichts zu sehen.

Wahrscheinlich ist ihm klar, dass ich sauer bin, weil er mich dazu überredet hat, mit ihm in die Uni zu kommen, denke ich grummelnd.

»Wo ist Roy?«, frage ich deswegen. Es ist um mich herum so laut, dass ich mir nicht sicher bin, ob sie mich wirklich verstanden haben. Ich habe meine Stimme ja selbst nicht einmal richtig gehört, obwohl ich beinahe geschrien habe.

»Getränke besorgen«, klärt July mich auf, nachdem sie sich ein Stück nach vorne gelehnt hat. Dabei nickt sie in eine Richtung. Da der Club gerade erst eröffnet hat, kann ich nur erahnen, dass sich dort die Bar befindet, denn als ich dorthin schaue, kann ich nicht sehr viel erkennen. Mal abgesehen von den Menschen, die sich direkt neben und vor mir befinden.

»Und wieso kommst du so spät?«, erkundigt sich Chris.

»Spät?«

»Ja, spät. Wir sind schon seit einer Stunde hier«, erwidert er, ohne sich aus der Ruhe bringen zu lassen.

»Ich musste noch Papierkram auf der Arbeit erledigen«, kontere ich. Missbilligend verziehe ich das Gesicht, da mein Ausflug zur Dienststelle heute gar nicht geplant war. July und Emma beginnen zu lachen und auch wenn ich sie nicht hören kann, ist es an ihren Gesichtern zu erkennen.

»Ahhh, der verlorene Bruder ist da«, ruft Roy, als er zurückkommt, und drückt mir eine Flasche Bier in die Hand. »Ich hatte schon die Befürchtung, dass dir nach den ganzen Informationen von heute Vormittag der Kopf schwirrt. Dein Aufbau-Studium ist ja doch schon eine Weile her. Oder besser gesagt dein angefangenes Aufbau-Studium.«

Wäre er nicht mein Bruder und wüsste ich nicht, dass er es nicht böse meint, müsste er sich jetzt etwas anhören. Aber so verkneife ich mir einen Kommentar. Vor allem, weil ich keine Lust habe, mich mit ihm zu streiten.

»Wenn ich ehrlich bin, dann war genau das der Fall.«

»Ich habe dich zwischendurch beobachtet. Es sah nicht so aus, als wäre dir langweilig.« Mit einem frechen Grinsen im Gesicht nimmt er einen Schluck aus seiner Bierflasche und schlingt seinen Arm um July, um sie näher an sich zu ziehen. Sofort lässt sie ihren Kopf an seine Brust sinken.

Sie scheint nicht mitbekommen zu haben, dass ihr Freund versucht hat, mich zu verkuppeln.

»Ja, sie war nett«, gebe ich zu. »Aber so gar nicht mein Typ.« Und das ist nicht einmal gelogen.

»Du hast also wirklich versucht, ihn zu verkuppeln?«, fragt July nun und verdreht ein wenig die Augen.

»Als sein großer Bruder meine ich es doch nur gut. Ich will ja nicht, dass er irgendwann einsam stirbt.« Entschuldigend sieht Roy mich an. »Aber du hast gewonnen, ich gebe es auf. Dir ist nicht zu helfen.«

»Ich brauche keine Hilfe«, erwidere ich sofort. »Schon mal daran gedacht, dass ich keine Freundin haben möchte?« Diese Frage richte ich an meine beiden Brüder. Denn Chris mischt sich genauso gerne in mein Liebesleben ein wie Roy.

»Ich glaube es nicht! Wieso versucht ihr ihn zu verkuppeln?« July sieht von einem zum anderen, wobei sie leicht den Kopf schüttelt.

Meine Brüder hingegen sagen nichts, zucken lediglich mit den

Schultern. Ich kenne sie gut genug, um zu wissen, dass sie sich nur selten in die Angelegenheiten von anderen einmischen. Es sei denn, es geht um ihre Jobs. In diesem Fall machen sie anscheinend gerne eine Ausnahme.

»Oh Mann«, erwidert Emma und verdreht ein wenig die Augen. Doch ich sehe ihr an, dass sie nicht wirklich sauer ist, genauso wenig wie July.

Emma lehnt sich nämlich bereits bei Chris an und schlingt die Arme um ihn. Verliebt schaut sie ihn an.

Ich freue mich wirklich für meine Brüder. Doch nur weil die beiden nun eine feste Beziehung führen, heißt das nicht, dass ich auf der Suche nach einer Freundin bin.

Um mich abzulenken, trinke ich in einem Zug meine Flasche leer und halte sie dann in die Luft, um den beiden zu signalisieren, dass ich gleich wieder da bin.

Kurz nicken sie mir zu, bevor ich mich umdrehe und mich auf die Suche nach der Bar mache. Doch ich habe noch keine zwei Schritte hinter mich gebracht, als mir jemand ins Auge sticht, dem ich heute schon einmal über den Weg gelaufen bin. Das Mädchen, das ich heute Nachmittag beinahe über den Haufen gerannt hätte, kommt direkt auf mich zu. Noch hat sie mich nicht entdeckt. Wenn sie sich aber nicht für eine andere Richtung entscheidet, ist es nur eine Frage der Zeit, bis sie mich sieht.

Leise seufze ich, bleibe jedoch stehen. Ich werde ihr bestimmt nicht ausweichen, dafür habe ich überhaupt keinen Grund. Deswegen lasse ich es darauf ankommen, ob sie dieses Mal in mich hineinrennt. Ich schaue mich ein letztes Mal nach meinen Brüdern um, um zu kontrollieren, dass sie mich nicht beobachten. Sie haben sich schon wieder ihren Frauen zugewendet, sodass sie mich nicht mehr im Auge haben.

Aufmerksam betrachte ich die Frau von heute Morgen, während sie immer näher kommt. Sie ist heiß, das ist mir schon bei unserer ersten Begegnung aufgefallen.

Mein Verstand sagt mir, dass es nur unnötiges Drama mit sich bringen würde, wenn ich sie in mein Leben lassen würde. Ich kann nicht genau sagen, woher dieses Gefühl kommt, doch ich werde es schon jetzt nicht mehr los.

Dieses Wissen ändert aber nichts daran, dass ich mich nicht von ihr abwenden kann. Müsste ich beschreiben, was in mir vorgeht, würde ich sagen, dass dieses Wissen sie sogar noch anziehender macht. Ihre Hüften wiegen sich verführerisch von rechts nach links und wieder zurück. In ihrer engen Jeans und dem Top, das ein wenig Haut von ihrem Bauch zeigt, kann ich jede Rundung ihres Körpers perfekt erkennen. Nichts bleibt der Fantasie überlassen. Ein strahlendes Lächeln erhellt ihr wunderschönes Gesicht, sodass ich davon ausgehe, dass ihre Freundin einen Scherz gemacht hat. Ich kann ihr Lachen nicht hören, doch ich kann mir den Klang vorstellen.

Ihr Anblick sorgt dafür, dass ich sie am liebsten küssen würde. Vor meinem inneren Auge kann ich sehen, wie ich sie fest an mich ziehe und ihre Lippen mit meinen verschließe. Noch in der gleichen Sekunde wird sie zu Wachs in meinen Händen und gibt sich mir hin.

Allein die Vorstellung reicht aus, dass ich spüre, wie mein Schwanz sich meldet. Bevor ich die Gedanken zur Seite schieben und meine körperliche Reaktion auf sie eindämmen kann, kommt mir ein Gesicht vor Augen, das ich am liebsten für immer verbannen würde. Allerdings reicht schon die Erinnerung, dass sämtliche Reaktionen gleich wieder verschwinden.

Julia.

Und das ist der Moment, in dem ich weiß, woher ich die Fremde kenne beziehungsweise wo ich sie schon einmal gesehen habe. Sie ist eine Freundin meiner Ex. Oder vielleicht ist sie das auch nicht mehr. So genau kann ich das nicht sagen.

Langsam setze ich mich in Bewegung und gehe auf sie zu. Dabei hoffe ich, dass sie mich als den Mann erkennt, mit dem sie heute zusammengestoßen ist. Nicht als den Typen, der ihrer Freundin das Herz gebrochen hat. Ich bin neugierig, ob sie mich überhaupt mit Julia in Verbindung bringt.

Als sie auf einer Höhe mit mir ist, stoße ich sie ein wenig an, sodass ihr gar nichts anderes übrig bleibt, als in meine Richtung zu schauen und auf mich aufmerksam zu werden.

Einen Augenblick sieht sie mich nur ausdruckslos an. Ich habe schon die Befürchtung, dass sie mich nicht mehr erkennt. Doch dann öffnet sich ihr Mund und ihre Augen werden größer. Mehr braucht es nicht, um mir zu zeigen, dass sie sich an unser Zusammentreffen erinnert. Aber vor allem wird mir klar, dass ich keine Chance habe ihr zu entkommen. Sie hat etwas an sich, was mich in ihren Bann zieht. Ich kann es nicht genau erklären, da ich mich in den letzten Jahren nie mit Beziehungen befasst habe. Doch ich spüre genau, dass es da ist.

Ich warte darauf, dass sie irgendeinen spitzen Kommentar von sich gibt. Sie macht nämlich den Eindruck auf mich, als würde sie genau das gerne tun.

Schnell überlege ich, ob ich ihr mein Verhalten erklären soll. Doch welchen Unterschied würde das schon machen?

Deswegen grinse ich sie nur frech an, ehe ich mich von ihr abwende und weitergehe. Ich muss zugeben, dass mir das schwerfällt. Auf eine Weise, die ich mir selbst nicht erklären kann, zieht sie mich an. Sie berührt mich, wie es schon lange keine Frau mehr getan hat.

Die Geschichte mit Julia ist schon seit Jahren vorbei. Falls man es überhaupt eine Geschichte nennen kann. Ich hatte nur vorgehabt die Nacht mit ihr zu verbringen. Sie hatte jedoch andere Pläne als ich. Dabei habe ich ihr von Anfang an klar zu verstehen gegeben, dass ich nur Spaß haben möchte und keine feste Beziehung.

Ohne Umwege gehe ich zur Theke und besorge mir noch ein Bier. Die Hälfte trinke ich aus, noch bevor ich wieder bei den anderen angekommen bin.

»War das nicht die Kleine, die du nach der Vorlesung fast über den Haufen gerannt hättest?«, fragt Roy erstaunt. Dabei schaut er genau in die Richtung, in der ich sie vorhin entdeckt habe.

Ich überlege, ob ich überhaupt etwas darauf antworten soll, und wenn ja was. Doch ich weiß, dass ich nicht darum herum kommen werde. Die anderen werden mich so lange mit Fragen löchern, bis ich völlig entnervt aufgeben und ihnen berichten werde, was geschehen ist. Obwohl nichts passiert ist.

»Jip, das war sie«, erwidere ich und nehme noch einen großen Schluck aus meiner Flasche.

»Und?«, fragt er weiter, nachdem ich nach mehreren Sekunden keine Anstalten gemacht habe, noch etwas von mir zu geben.

»Und was?«, erwidere ich seine Worte. Ich weiß nicht, worauf er überhaupt hinauswill. Das heißt, ich weiß es schon, allerdings ziehe ich es vor, so zu tun, als wüsste ich es nicht.

»Hast du es dieses Mal besser angestellt, als bei eurer letzten Begegnung?«

»Was war denn da nun?«, erkundigt sich July, wobei sie ungeduldig zwischen ihrem Freund und mir hin und her sieht.

Weil die Musik um uns herum so laut ist, lehnt sie sich noch ein Stück nach vorne, um wirklich alles verstehen zu können. Ich muss mich jedes Mal aufs Neue daran gewöhnen, dass ich nun nicht mehr nur meinen Brüdern Rede und Antwort stehen muss, sondern dass ihre Freundinnen ebenfalls neugierig sind.

»Wie ich vorhin schon gesagt habe, hat er sie nach der Vorlesung, die ich heute geben musste, beinahe umgerannt. Er war so sauer, dass er nicht mehr auf seine Umgebung geachtet hat.«

»Woher willst du das wissen?«, gehe ich dazwischen.

»Das war geraten, du hast den Eindruck auf mich gemacht«, erklärt er und zuckt dabei mit den Schultern. »Auf jeden Fall hat er keinen Ton von sich gegeben, obwohl Josh dafür bekannt ist, dass er immer einen Spruch auf den Lippen hat. Aber nicht dieses Mal. Er hat sie einfach stehen gelassen«, wendet er sich wieder an die anderen.

Kaum hat mein Bruder ausgesprochen, sehen die beiden Frauen mich an, als hätten sie einen Geist gesehen. Chris betrachtet mich ebenfalls, als würde er mich fragen wollen, ob ich sie noch alle habe.

»Sie ist eine Freundin von Julia«, kläre ich die vier auf, um ihnen meine Situation zu verdeutlichen. Dabei behalte ich für mich, dass ich das vorhin selbst erst gemerkt habe. Das müssen sie ja nicht unbedingt wissen.

»Wer ist Julia?«, hakt nun Emma nach.

»Seine Ex«, erklärt ihr Chris und grinst mich dabei an.

»Sie ist nicht meine Ex«, widerspreche ich energisch. »Wir waren nie zusammen. Auf jeden Fall nicht so, dass man sie als meine Ex bezeichnen könnte.«

»In ihren Augen aber schon. Oder hast du schon vergessen, wie sie damals vor der Tür stand und Theater gemacht hat?«, wirft Roy nun ein.

»Wie könnte ich das nur vergessen.« Lebhaft habe ich wieder ihr wütendes Gesicht vor Augen, als wäre es erst wenige Minuten her.

»Du dämlicher Arsch!«, schreit sie mir entgegen, noch bevor ich meinen Wagen überhaupt verlassen habe. Seufzend ziehe ich den Schlüssel aus dem Schloss und steige aus.

Wutentbrannt steht sie vor mir. Dabei kommt es mir so vor, als würde sie mir gleich ins Gesicht springen wollen. Und so abwegig ist das gar nicht. Obwohl ich betonen muss, dass ich nicht dafür gesorgt habe, dass wir nun in dieser Situation stecken.

»Es war der Geburtstag meiner Oma. Und du hast nichts Besseres zu tun, als mit meiner Schwester im Schlafzimmer zu knutschen«, fährt sie mich weiter an.

»Vielleicht solltest du einmal mit deiner Schwester darüber sprechen. Sie hat sich auf mich gestürzt, als hätte sie noch nie einen Mann gesehen.« Während ich spreche, kann ich sehen, dass sie tatsächlich darüber nachdenkt. Sogar ich weiß, dass ihre Schwester nicht interessiert, ob ein Mann in festen Händen ist oder nicht. Nicht, dass ich das wäre. Auf jeden Fall nicht so, wie Julia anscheinend denkt.

Ich bin mir darüber im Klaren, dass ich nicht unschuldig an dieser Situation bin. Doch ich trage nicht allein die Verantwortung dafür. Und das will ich ihr deutlich machen.

»Oh, du kannst dich darauf verlassen, dass ich mit ihr darüber gesprochen habe. Und sie hat mir gesagt, dass es ganz allein von dir ausging.«

Ich stöhne auf. Zum einen deswegen, weil ihre Schwester gelogen hat und zum anderen, weil Julia ihre Schwester kennt und es besser wissen müsste. Trotzdem beschließe ich, dass ich nicht darauf eingehen werde. Stattdessen mache ich einen Schritt nach vorne, sodass ich dicht vor ihr stehe.

»Und warum bist du dann hier? Ich meine, wenn deine Schwester es gesagt hat, dann wird es ja wohl klar sein.« Ich bin wütend. Vor allem darüber, dass sie mich so angeht, obwohl ich gerade erst von der Arbeit gekommen bin.

Es dauert ein wenig, dann öffnet sich Julias Mund. Schnell schließt sie ihn jedoch wieder, da sie anscheinend nicht so recht weiß, was sie dazusagen soll.

»Ich habe mir schon gedacht, dass ich keine Antwort bekomme«, flüstere ich, nachdem ich mich ein Stück nach vorne gelehnt habe.

Während ich zu meiner Haustür gehe, könnte ich mir in den Hintern treten. Mein Bauchgefühl hat mir gesagt, dass das hier so enden wird. Ich wusste von Anfang an, dass sie nicht zu den Frauen gehört, die sich auf eine lockere Geschichte einlassen. Und dennoch bin ich mit ihr im Bett gelandet. Und wie sich nun herausgestellt hat, kann ich mich auf mein Bauchgefühl verlassen.

Ich erschaudere. Noch in der gleichen Sekunde kann ich Roy und Chris lachen hören. Aber ich muss zugeben, dass ich das an ihrer Stelle wahrscheinlich auch machen würde.

Die nächsten zwei Stunden verbringe ich mit meinen Brüdern und ihren Freundinnen im Club. Zwischendurch kann ich ein paar bekannte Gesichter aus meinem Freundeskreis ausmachen, mit denen ich mich ein wenig unterhalte. Dabei halte ich unbewusst immer Ausschau nach der Kleinen. Ich möchte sie nicht ansprechen, sondern sie lediglich ein letztes Mal sehen, bevor ich verschwinde. Doch leider bekomme ich sie kein weiteres Mal zu Gesicht.

»Mir reicht's für heute«, verkünde ich, nachdem ich den letzten Schluck aus meiner Flasche genommen habe.

»Was? Willst du etwa schon nach Hause?« Chris sieht mich geschockt an. Ich kann tatsächlich selbst nicht glauben, dass ich wirklich schon aufbrechen will. Schließlich bin ich sonst immer einer der Letzten.

Und unter anderen Umständen würde ich noch ein paar Stunden bleiben. Aber ich habe keine Lust danebenzustehen, während die beiden sich mit ihren Freundinnen vergnügen. Was aber nicht heißt, dass ich es ihnen nicht gönne.

»Ich werde mir ein Taxi nehmen und meinen Wagen morgen abholen«, sage ich noch.

Meine Brüder sehen mich so an, als würden sie einen Einwand erheben wollen. Doch es dringt kein Ton über ihre Lippen, und darüber bin ich froh.

»Wir sehen uns«, verabschiede ich mich.

Noch bevor sie einen Versuch starten können, um mich zum Bleiben zu bewegen, winke ich ihnen einmal zu und drehe mich um.

3

Lina

Ich bin beinahe erleichtert darüber, als am nächsten Morgen die Sonne aufgeht. Die letzte Nacht habe ich mehr wachend als schlafend verbracht, obwohl ich total müde war, als ich ins Bett gefallen bin. Und das bin ich jetzt noch immer.

Seufzend ziehe ich mir die Decke über den Kopf und kuschle mich darunter. Für mehrere Sekunden schließe ich die Augen, doch das bringt nichts. Ich schaffe es nicht, so viel Ruhe zu finden, dass ich wenigstens noch eine Stunde schlafen kann.

Nachdem ich noch ein paar Minuten so liegen geblieben bin, werfe ich resigniert meine Decke zur Seite. Langsam gehe ich zu meiner Tür und öffne sie ein Stück. Ich nehme mir die Zeit und lausche in die Wohnung hinein. Doch ich kann Claire nicht hören. Allerdings weiß ich, dass das nichts zu bedeuten hat. Es ist möglich, dass sie noch immer schläft oder sich sonst irgendwie beschäftigt.

Deswegen husche ich schnell ins Bad, wobei ich darauf bedacht bin, meiner Cousine nicht über den Weg zu laufen. Normalerweise verstecke ich mich nicht. Doch nachdem dieser Typ mir gestern Abend erneut über den Weg gelaufen ist, fing sie an mir mit ihm auf die Nerven zu gehen. Deswegen ziehe ich es jetzt vor, ihr aus dem Weg zu gehen.

Als ich an Claires Tür vorbeigehe, stelle ich fest, dass diese ein wenig geöffnet ist. Ich schaue neugierig hinein. Ihr Zimmer ist leer. Mein Blick gleitet zu der Stelle im Flur, an der sie immer ihre Tasche hängen hat, doch diese ist ebenfalls leer. Aus diesem Grund gehe ich davon aus, dass sie bereits wieder unterwegs ist und sich mit ein paar Freundinnen trifft.

Da ich nicht Gefahr laufen will, dass sie irgendwann in meinem Schlafzimmer steht, denke ich kurz darüber nach, ob ich mich nicht einfach wieder ins Bett legen soll. Doch das verwerfe ich sofort wieder. Ich bin mir nämlich sicher, dass ich dann nicht mehr so schnell hochkommen würde.

Ich könnte joggen gehen, schießt es mir durch den Kopf. Zum einen habe ich das schon lange nicht mehr gemacht, und zum anderen hätte ich so vielleicht eine geringe Chance, wach zu werden, wobei positiv zu vermerken ist, dass ich keinen Kater habe. Ich drehe mich also auf dem Absatz um und gehe wieder in mein Schlafzimmer, um mich umzuziehen.

Bevor ich die Küche verlasse, kontrolliere ich noch das Wohnzimmer. Doch hier kann ich Claire ebenfalls nicht entdecken. Schnell verlasse ich das Haus und schlage den Weg in Richtung Innenstadt ein.

Mit mäßigem Tempo jogge ich durch die Straßen, bis ich den Park erreicht habe, der nur ein paar Minuten von uns entfernt ist. Da es bereits später Vormittag ist, sitzen überall Eltern mit ihren Kindern. Sie schauen ihnen beim Spielen zu oder unterhalten sich mit Freunden. Auch andere Sportler sind dabei ihre Runden zu drehen. Man kann schnell erkennen, dass sie regelmäßig Sport machen. Denn ganz im Gegensatz zu mir sehen sie eindeutig fit aus. Ich bin schon froh, dass ich es heute geschafft habe mich aufzurappeln.

Aus Gründen meiner Kondition dauert es nicht lange, bis ich wieder den Weg nach Hause einschlage. Dieses Mal nehme ich eine andere Strecke und jogge an der Feuerwache vorbei.

Schon von weitem kann ich ein paar der Männer sehen. Sie stehen draußen vor den Fahrzeugen und unterhalten sich. Erst scheinen sie so sehr in ihr Gespräch vertieft zu sein, dass sie mich überhaupt nicht bemerken, doch nachdem ich ein paar Schritte näher gekommen bin, werden sie auf mich aufmerksam. Der eine von ihnen grinst mich sogar vielsagend an.

Allerdings macht keiner von ihnen irgendwelche Anstalten, einen Kommentar von sich zu geben. Die meisten Frauen wären wahrscheinlich enttäuscht darüber, aber ich bin froh. So wirklich habe ich nämlich keine Lust mich mit ihnen auseinanderzusetzen.

Bevor ich sie hinter mir lassen kann, werde ich auf eine Person aufmerksam, die mit großen Schritten auf die anderen zugeht. Mein Herz klopft schneller, als ich ihn sehe. Doch das ist nicht meine einzige Reaktion auf ihn. Ich habe direkt wieder unsere beiden Zusammentreffen von gestern vor Augen.

Es dauert nur den Bruchteil einer Sekunde, bis er mich entdeckt hat. Zunächst sieht er mich ausdruckslos an, doch dann erhellt ein Lächeln seine Gesichtszüge. Es sorgt dafür, dass mein Herz schneller schlägt. Dabei steht er mehrere Meter von mir entfernt und es befinden sich so viele Menschen zwischen uns, dass ich ihn immer wieder aus den Augen verliere. Und dennoch übt er eine Anziehungskraft auf mich aus, die mich unsicher werden lässt.

Ich erinnere mich daran, dass er bereits gestern mehrmals die Chance hatte, mich anzusprechen. Und genau das hat er nicht getan. Deswegen sehe ich keinen Grund, wieso ich ihm jetzt die Möglichkeit dazu geben sollte.

Dennoch schaffe ich es nicht, meine Augen von ihm zu lösen und mich abzuwenden. Mir ist bewusst, dass ich genau das am besten machen sollte. Aber obwohl er nicht mit mir gesprochen hat, so hat er mir doch bewiesen, dass er mir nahegeht, denn nur wegen ihm habe ich nach dem Besuch im Club so schlecht geschlafen. Er ging mir nicht aus dem Kopf.

Ich bin mir ziemlich sicher, dass ich mich früher oder später noch blamieren werde, wenn ich noch länger hier stehen bleibe und darauf warte, dass er vielleicht doch mit mir sprechen will. Um das zu verhindern, atme ich einmal tief durch und zwinge mich dazu, wieder nach vorne zu schauen. Dabei verziehe ich keine Miene und mache auch keine Anstalten, ihn weiterhin zu beachten. Es fällt mir wirklich schwer, wobei ich nicht erklären kann, weshalb.

Vielleicht geht es mir nur darum zu erfahren, was sein verdammtes Problem ist. Denn er hat eines, das sagt mir mein Verstand. Sonst würde er sich nicht so bescheuert verhalten.

Ohne ihn zu beachten, gehe ich weiter und lasse die Jungs hinter mir. Ich kann es nicht lassen, ihn wenigstens aus dem Augenwinkel zu beobachten. Erst jetzt bemerke ich, dass sich auf seinem Shirt das gleiche Logo befindet, das auch auf den Shirts der anderen Männer abgebildet ist.

Er ist Feuerwehrmann, wird mir klar. Und ich muss zugeben, dass dieser Job zu ihm passt. Er scheint zu den Männern zu gehören, die andere beschützen. Auf jeden Fall macht er diesen Eindruck auf mich.

Und das ist der Moment, in dem ich zugeben muss, dass ich ihn gerne einmal in seiner Uniform sehen würde. Wieder einmal merke ich, dass ich zu den Frauen gehöre, die eine Schwäche dafür haben. Schnell versuche ich mich auf etwas anderes zu konzentrieren und schlage den Weg nach Hause ein. Doch das ändert nichts daran, dass vor meinem inneren Auge bereits ein Bild existiert, auf dem er die Uniform trägt. Und während ich nach Hause jogge, werde ich es nicht mehr los.

»Wo warst du?«, werde ich von Claire begrüßt, nachdem ich die Tür hinter mir geschlossen habe. Dabei streckt sie ihren Kopf in den Wohnungsflur.

»Ich habe mich ein wenig bewegt. Ich hatte die Hoffnung, dass ich so richtig wach werde«, erwidere ich und ziehe mir meine Schuhe aus, um sie in die nächste Ecke zu werfen. Dann gehe ich an ihr vorbei in die Küche.

»Hat es geklappt?« Beinahe hoffnungsvoll sieht sie mich an. »Während ich mich mit den anderen aus meinem Jahrgang getroffen habe, um ein paar Dinge zu besprechen, habe ich einen Kaffee nach dem anderen getrunken, doch etwas gebracht hat es nicht.«

Als Antwort schüttle ich nur den Kopf. Ich kann mir vorstellen, wie es ihr geht. Sie hat nämlich eindeutig mehr getrunken als ich.

»Na toll, ich brauche dringend etwas gegen diesen Kater«, stöhnt sie und streicht sich über den Nacken.

»Ich habe keinen Kater, sondern bin nur extrem müde. Ich habe schon in den letzten Wochen nicht sehr viel Schlaf bekommen. Gegen einen Kater hilft nur viel zu trinken und ein paar Vitamine zu sich zu nehmen. Mein Dad schwört auf warmes Bier. Aber ich muss zugeben, dass ich allein den Gedanken daran sehr widerlich finde«, erkläre ich ihr und verziehe dabei ein wenig das Gesicht, sodass sie lachen muss.

»Danke für den Rat, Frau Ärztin. Auf das warme Bier werde ich aber wirklich verzichten. Wahrscheinlich würde ich mich dabei übergeben.«

»Noch bin ich keine Ärztin.«

Vielsagend sieht Claire mich an. Damit will sie nur unterstreichen, dass das dank meines Medizinstudiums nur noch eine Frage der Zeit ist. Dann setzt meine Cousine noch einen obendrauf, indem sie mir zuzwinkert. Ich hingegen kann nichts anderes machen, als die Augen zu verdrehen.

»Danny hat mir übrigens geschrieben«, verkündet sie nun.

Ich halte mitten in der Bewegung inne und schaue sie an. Danny ist mein Ex-Freund. Es ist schon ein paar Jahre her, dass wir zusammen waren. Es hat auch nicht lange gehalten, dennoch haben wir noch immer Kontakt, obwohl ich sagen muss, dass es eher sporadisch ist. Vor allem Claire und Danny sind noch immer dick befreundet.

»Und was wollte er?«, frage ich deshalb zögernd nach.

»Er wird ein paar Tage früher hierherkommen, wegen meiner Abschlussfeier. Und wo wir schon beim Thema Männer sind«, redet sie weiter. Dabei tut sie so, als hätte sie mir gerade nicht mitgeteilt, dass mein Ex sich noch früher angekündigt hat. Ich beschließe aber, dass ich ihr nicht vorhalten werde, dass ich den Themenwechsel durchaus mitbekommen habe.

»Sind wir das?« Skeptisch schaue ich sie an.

»Ich habe über diesen Typen nachgedacht«, eröffnet sie mir nun, während sie nach der Wasserflasche greift.

»Welchen Typen?«, erkundige ich mich. Ich weiß genau, von wem sie spricht. Dennoch hoffe ich, dass ich gestern etwas nicht mitbekommen habe und sie tatsächlich von einem anderen Mann spricht.

»Du brauchst gar nicht so zu tun, als hättest du keine Ahnung. Du weißt es nämlich genau. Aber ich sage es dir gerne noch einmal. Ich spreche von dem Typen, der dir gestern zweimal über den Weg gelaufen ist.«

Ich stöhne. Allerdings weniger, weil sie schon wieder mit ihm anfängt, sondern weil ich ihn vorhin gesehen habe.

Es ist beinahe so, als würde das Schicksal ihn mir immer wieder präsentieren.

»Woher willst du wissen, dass es so war?«, starte ich dennoch einen Versuch. »Es kann ja sein, dass er dir über den Weg gelaufen ist. Schließlich warst du beide Male dabei.« Mir ist klar, dass es ein bescheuerter Versuch ist, denn sogar sie hat mitbekommen, wie er mich angesehen hat.

»Hallo? Ich war Luft für ihn.« Für einen Moment überlege ich, ob sie beleidigt darüber ist. Doch ich brauche nur einen Blick in ihr Gesicht zu werfen, um zu wissen, dass es sie anscheinend nicht stört.

»Und wieso denkst du dann an ihn?«

»Sein Gesicht kommt mir bekannt vor. Deswegen habe ich überlegt, wo.«

»Und? Bist du zu einem Ergebnis gekommen?« Meine Stimme klingt vorsichtig. Ich bin mir nicht sicher, ob ich die Antwort darauf wissen will.

»Nein, leider nicht«, meint sie, nachdem sie einen großen Schluck aus der Flasche genommen hat.

»Da du ein gutes Gedächtnis hast, kann ich also davon ausgehen, dass du ihn doch noch nie gesehen hast«, stelle ich fest.

Gleichzeitig spüre ich Erleichterung in mir aufsteigen. Und das vor allem deswegen, weil ich die Hoffnung habe, dass sie sich nun einem anderen Gesprächsthema widmet.

»Doch, ich bin mir sicher, dass ich ihn irgendwo schon gesehen habe.« Claire hat einen gequälten Gesichtsausdruck aufgesetzt.

»Dabei hat er gar nicht so ein Allerweltsgesicht«, scherze ich, obwohl ich mir sicher bin, dass sie ihn mit einem anderen Mann verwechselt.

Während ich spreche, habe ich wieder sein Gesicht vor Augen. Schnell rufe ich mich zur Ordnung. *Ich kenne nicht einmal seinen Namen*, denke ich. Und dennoch kann ich nicht leugnen, dass er es schafft, mich durcheinanderzubringen. Und das ist etwas, was mir vor diesem Hintergrund gar nicht gefällt. Ich würde schon gerne ein wenig mehr von ihm wissen als nur seinen Beruf.

Kurz überlege ich, ob ich ihr von seinem Beruf erzählen soll, doch schließlich behalte ich ihn lieber für mich. Claire muss nicht unbedingt wissen, dass wir uns erneut begegnet sind.

So unauffällig wie möglich atme ich einmal tief durch.

»Wann kommt Danny?«, frage ich sie, um das Thema wieder zu wechseln. Ich will mich nicht länger über diesen Typen unterhalten. Vor allem deshalb nicht, weil ich sonst Gefahr laufe, mich zu verraten. Ob Danny allerdings das bessere Thema ist, weiß ich nicht. So erfahre ich aber wenigstens, wann er auf der Matte stehen wird.

»Nächste Woche schon. Und wenn ich das richtig verstanden habe, dann wird er ein paar Tage später abreisen. Er hat irgendetwas von Arbeit gesagt.«

»Sein Leben würde ich gerne führen«, murmle ich vor mich hin.

»Noch ein Jahr, dann kannst du das ständig machen.«

»Das wage ich zu bezweifeln. In einem Jahr muss ich mich aufs Neue beweisen, obwohl es dann etwas anderes sein wird.« Mit diesen Worten verlasse ich die Küche, um duschen zu gehen.

4

Josh

»Kannst du mir mal verraten, welche Laus dir über die Leber gelaufen ist?«, fragt mich Chris, als ich drei Tage später abends meinen Wagen in der Auffahrt zu unserem Haus abstelle. »So kennt man dich ja überhaupt nicht.«

Roy steht neben ihm und sieht mich auf eine Art und Weise an, die mir überhaupt nicht gefällt. Dass beide hier sind, ist Zeichen genug für mich, dass dieses Aufeinandertreffen kein Zufall ist. Fieberhaft überlege ich, ob ich etwas verpasst habe.

»Welche Laus soll mir denn über die Leber gelaufen sein?«, erkundige ich mich.

»Woher sollen wir das denn wissen? Deswegen fragen wir dich ja. Wir hatten die Hoffnung, dass du es uns vielleicht erklären kannst. Schließlich sind wir doch Brüder und haben bis jetzt über alles miteinander gesprochen«, erwidert Roy gelassen und nimmt noch einen großen Schluck aus seiner Bierflasche.

Dabei hat er einen Gesichtsausdruck aufgesetzt, den ich kenne. So hat er mich nämlich schon immer angesehen, wenn er auf etwas hinauswollte. Und meistens waren es irgendwelche Frauengeschichten.

»Wo sind eure Mädels?«, erkundige ich mich und versuche das Thema zu wechseln. Neugierig schaue ich mich um. Ich habe die Hoffnung, dass ich ihnen und ihren Fragen so noch ein wenig aus dem Weg gehen kann.

Doch sind wir mal ehrlich: Es handelt sich bei den beiden Männern um meine Brüder. Und ich kenne sie gut genug, um zu wissen, dass sie nicht lockerlassen werden. Und schon gar nicht bei diesem Thema.

»Die machen einen Mädelsabend mit ihren Freundinnen und Schwestern. Wir müssen sie erst später wieder abholen.« Roy sagt das so beiläufig, dass mir klar wird, dass er mich durchschaut hat. Ich werde ihnen nicht so schnell ausweichen können.

»Hier«, sagt Chris und reicht mir eine der Flaschen, die neben ihm stehen. Dankbar nehme ich einen großen Schluck. Obwohl das Bier lauwarm ist, ist es gerade das, was ich brauche.

»Also«, spricht Roy weiter, ohne sich irgendwie aus der Ruhe bringen zu lassen.

»Du willst also wirklich wissen, was los ist?«

»Nein«, wendet Chris ein. »Nicht er will das wissen, sondern wir wollen das wissen.« Während er spricht, wedelt er mit dem Zeigefinger immer wieder zwischen ihnen hin und her.

Ich lasse mich auf die Stufen vor der Haustür sinken und nehme noch einen Schluck.

»Ich habe verdammt viel Stress auf der Arbeit, da einiges geändert werden soll. Und dann gibt es da noch zwei nervige Brüder, die einem keine Ruhe gönnen«, gebe ich also zurück und grinse die beiden frech an.

»Ich bin mir sicher, dass wir diese beiden Punkte gemeinsam haben«, lacht Roy und setzt sich neben mich.

Bevor die beiden die Frauen gefunden haben, die die Welt für sie bedeuten, haben wir genau das hier jeden Abend gemacht. Es sei denn, Chris und ich hatten Spät- oder Nachtschicht. Meist haben wir uns noch einmal zusammengesetzt, nachdem wir unserem Hobby, der Verbrechensbekämpfung, nachgegangen waren. Nun mache nur noch ich das. In den letzten Tagen hat mir dafür leider die Zeit gefehlt, sodass ich es eindeutig vernachlässigt habe.

»Kennst du ihren Namen?« Es dauert einen Moment, bis die Frage von Chris bei mir angekommen ist.

»Nein, wieso sollte ich?«

»Es hätte ja sein können. Schließlich ist deine Ex eine Freundin von ihr.« Ich weiß, dass Roy mich nur aufziehen will. Doch nach diesem Tag habe ich keine Lust auf irgendwelche Späße.

»Julia ist nicht meine Ex«, wende ich also ein. »Und selbst wenn es so wäre, wäre das kein Grund, wieso ich die Namen ihrer Freundinnen kennen sollte. Ich meine, kennt ihr wirklich alle Freundinnen von July und Emma?«

»Also ich kenne die von July.«

»Das könnte dann vielleicht daran liegen, dass sie tatsächlich deine Freundin ist. Julia war es aber nie. Deswegen ...«, beginne ich, kann den Satz jedoch nicht mehr zu Ende sprechen. Ich weiß, dass ich mir gerade selbst widersprochen habe.

»Ich weiß, Mann, du bist doch sonst nicht so sensibel.« Roy schüttelt den Kopf und lacht leise.

Ich nehme mir ein paar Sekunden Zeit, um mich wieder etwas in den Griff zu bekommen. Ich würde nicht behaupten, dass ich sensibel bin. In der Vergangenheit war es mir in der Regel egal, was meine Brüder gesagt haben. Doch in diesem Fall ist es anders. Und dafür kenne ich nicht einmal den Grund.

»Was macht die Jagd?«, erkundigt sich Roy, nachdem er mich kurz prüfend angesehen hat.

»In letzter Zeit gar nichts«, erwidere ich nur und zucke dabei mit den Schultern.

»Hast du einmal daran gedacht, ganz damit aufzuhören?«

»Willst du eine ehrliche Antwort?«, frage ich Chris.

»Sonst hätte ich nicht gefragt.« Unschuldig sieht er mich an.

»Ich habe ein paarmal darüber nachgedacht. Ich komme nicht mehr dazu, vor allem wenn auf der Arbeit so viel zu tun ist. Auf der anderen Seite muss es ja einer machen, denn wir haben in der Vergangenheit vieles bewirkt. Außerdem glaube ich, sobald die Typen merken, dass keiner von uns mehr unterwegs ist, werden sie es ausnutzen.«

»Warte einmal ab, bis du die Frau gefunden hast, mit der du dein

Leben verbringen willst. Dann wirst du von allein nicht mehr darüber nachdenken, sondern einfach aufhören.« Chris grinst mich frech und gleichzeitig zufrieden an. »Ich stimme dir zu, doch es war von Anfang an klar, dass wir nicht ewig die Arbeit der Polizei mitmachen können. Aber wenn ich mir überlege, wie viele Verbrecher wir in den letzten Jahren bereits geschnappt haben, ist das nicht weiter schlimm.«

Mir liegen ein paar Worte auf der Zunge, die ich gerne dazusagen würde, doch das mache ich nicht. Es würde ja doch nichts bringen. Vor allem weil ich weiß, dass Chris Recht hat. Wir haben von Anfang an gesagt, dass wir das nicht ewig machen werden. Aber nur weil ich die Realität kenne, heißt das nicht, dass ich sie direkt akzeptiere. Für mich ist das Thema noch nicht komplett erledigt und meine Gedanken kreisen den restlichen Abend immer wieder darum. Ich antworte nur noch knapp auf die Fragen meiner Brüder. Mein Unwillen ein Gespräch mit ihnen zu führen, bringt sie schließlich dazu, mich in Ruhe zu lassen. Zumindest vorerst.

Als ich am nächsten Morgen aufwache, stehe ich schnell auf und gehe ins Bad, um mich fertig zu machen. Ich habe nach dem gestrigen Abend zwar einen leichten Kater, aber nichts, was sich nicht mit einer Kopfschmerztablette in den Griff bekommen lässt.

Mit großen Schritten gehe ich eine Stunde später auf meinen Wagen zu, da ich meinen Eltern versprochen habe, ihnen dabei zu helfen, die Garage leer zu räumen. Doch ich komme nicht weit, denn meine zukünftige Schwägerin July erscheint direkt vor mir. Mit einem breiten und gleichzeitig frechen Grinsen kommt sie auf mich zu und vergräbt dabei die Hände in den Hosentaschen. Sie macht den Anschein auf mich, als wäre sie ein kleines Kind, das etwas angestellt hat. Automatisch frage ich mich, was sie nun wieder vorhat.

»Na, Großer. Wie geht's deinem Kater?«, erkundigt sie sich.

»Ich würde nicht unbedingt behaupten, dass ich einen Kater hatte, eher sanfte Kopfschmerzen. Nach dem Aufstehen gingen sie mir noch ein wenig auf die Nerven, doch jetzt ist alles wieder in bester Ordnung«, erwidere ich. Sie verdreht die Augen. »Und deinem?«

»Ich habe nur zwei Gläser Wein getrunken. Auch wenn ich nicht so viel vertrage wie ihr drei, so kann ich doch behaupten, dass ich schon mehr zu mir nehmen muss, damit es mich umhaut.« July zuckt mit den Schultern.

Mein Verstand sagt mir, dass sie mir nicht gegenübersteht, um sich über unser Befinden auszutauschen. Und das gefällt mir überhaupt nicht. Es hat schon ewig gedauert, bis ich meinen Brüdern gestern erklären konnte, dass ich mich nicht mit ihnen darüber unterhalten werde. Da werde ich bei ihr mit Sicherheit keine Ausnahme machen.

Sie sieht aus, als würde sie etwas sagen wollen. Ich warte geradezu darauf, dass sie einen Ton wegen Julia von sich gibt. Doch zu meiner Überraschung schweigt sie. Stattdessen hat sich ein wissender Ausdruck auf ihrem Gesicht breitgemacht. Schließlich verschwindet sie. Und leider kann ich mir vorstellen, was ihr gerade durch den Kopf geht.

Ich bleibe stehen und schaue der Verlobten meines Bruders nach. Ich kann nicht sagen, was sie damit bezwecken wollte. Da es aber nicht das erste Mal war, dass sie oder Emma sich so merkwürdig verhalten haben, ziehe ich es vor, auch in Zukunft nicht weiter darauf einzugehen. Vor allem weil meine Brüder es sich in den Kopf gesetzt haben, mich zu verkuppeln.

»Oh Mann«, entfährt es mir. „Hoffentlich will sie mich nicht mit ihrer Schwester oder ihrer besten Freundin verkuppeln." Ich muss zugeben, dass die beiden wirklich hübsch sind und ich mich unter anderen Umständen auf sie eingelassen hätte. Doch sie sind mit July befreundet und das würde nur Ärger bringen, wenn ich mit ihnen Streit habe. Darauf kann ich wirklich verzichten. Ich selber habe zwar noch keine Erfahrung dieser Art gemacht, allerdings immer wieder von anderen davon gehört.

Um nicht das Risiko einzugehen, dass Emma auch noch auftaucht, setze ich zügig meinen Weg fort und steige in meinen Wagen, um von hier zu verschwinden.

Nachdem ich unser Wohngebiet, in dem es verhältnismäßig ruhig zugeht, verlassen habe, komme ich nur schleppend voran. Ständig sind die Ampeln rot, sodass ich einen Fluch nach dem anderen ausspreche. Als das laute Klingeln meines Handys an mein Ohr dringt, stöhne ich auf.

Da ich es vorhin auf den Beifahrersitz geschmissen habe, lehne ich mich nun ein wenig zur Seite, um danach zu greifen. Ich bin so darauf konzentriert, es endlich in die Finger zu bekommen, dass ich gar nicht merke, wie die Autos, die sich vor mir befinden, stehen bleiben. Erst als ein Ruck durch meinen Wagen geht, registriere ich das.

»Scheiße«, entfährt es mir. Ich fluche heute nicht zum ersten Mal, nun jedoch wesentlich lauter. Dabei kann ich mich nicht von dem Wagen abwenden, der sich direkt vor mir befindet. Ich brauche nicht großartig darüber nachzudenken, um zu wissen, was passiert ist. Und das, obwohl ich schon seit zehn Jahren meinen Führerschein habe und bis jetzt noch nie einen Unfall gebaut habe.

Und dafür kann ich nicht einmal jemand anderem die Schuld geben, obwohl ich das gerne machen würde. Man sollte schließlich nicht auf sein Handy schauen, wenn man Auto fährt.

Schnell stelle ich den Motor des Wagens aus und verlasse ihn. Dann gehe ich zur Front meines Autos und begutachte den Schaden genauer. Als ich die großen Beulen erkenne, die sich in beiden Fahrzeugen befinden, würde ich am liebsten schreien. Erst seit drei Monaten befindet sich dieser Wagen in meinem Besitz und schon hat er eine zerkratzte Front, an der ich selbst schuld bin.

Mir liegen jede Menge Worte auf der Zunge, die ich gerade am liebsten von mir geben würde. Doch mir ist klar, dass es nichts bringen würde, wenn ich ausraste. *Das macht diese Geschichte nicht ungeschehen.*

»Haben Sie Ihren Führerschein im Lotto gewonnen?«, dringt eine aufgebrachte weibliche Stimme an mein Ohr. Ich höre ihr an, dass sie sauer ist und weiß sofort, dass ich verloren habe. Wenn es noch etwas gibt, was schlimmer ist, als jemandem hintendrauf zu fahren, dann ist es, einer Frau hintendrauf zu fahren.

Da sind blöde Kommentare doch vorprogrammiert.

»Nein, ich habe meinen Führerschein nicht im Lotto gewonnen«, gebe ich zurück. Dabei ist mein Kiefer angespannt. »Um genau zu sein, habe ich bis jetzt auch noch keinen einzigen Unfall gebaut«, füge ich noch hinzu, ohne sie zu beachten.

Ich warte darauf, dass sie noch etwas von sich gibt, auch wenn ich mir sicher bin, dass wir uns dann wahrscheinlich früher oder später streiten werden. Doch als sie nach einigen Sekunden keinen Ton von sich gegeben hat, drehe ich mich in ihre Richtung. Ich frage mich, ob sie noch immer dort steht und mich beobachtet oder vielleicht verschwunden ist.

Ich würde mir jetzt am liebsten in den Hintern treten. Stattdessen starre ich die Frau an, die sich nur einen Schritt von mir entfernt befindet.

Ich habe das Gefühl, als würde ich träumen. Und gerade wünsche ich mir das sogar. Denn das würde bedeuten, dass dieser Unfall und das merkwürdige Gespräch mit July nicht geschehen sind. Und vielleicht auch die letzten Tage nicht, in denen mir diese Frau immer wieder über den Weg gelaufen ist. Doch ich bin hellwach und es ist mitten am Tag.

»Na, das hätte ich mir ja denken können«, murmelt sie und verschränkt die Arme vor der Brust. Um noch eins obendrauf zu setzen, verdreht sie die Augen.

»Was?«, frage ich sie. Dabei kann ich den genervten Unterton in meiner Stimme nicht unterdrücken. Kurz wende ich mich von ihr ab und versuche zu verarbeiten, dass sie wirklich vor mir steht.

»Mir hätte klar sein müssen, dass Sie es sind«, fährt sie mich aufgebracht an. Und das kann ich nachvollziehen. An ihrer Stelle wäre ich ebenfalls sauer und wahrscheinlich sogar noch viel ungehaltener, als sie es ist.

Es dauert einen Moment, bis ich den Unterton bemerkt habe, mit dem sie spricht, doch dann hebe ich meinen Kopf und schaue sie beinahe belustigt an. Ich würde nicht so weit gehen und sagen, dass sie verzweifelt ist. Doch sie ist nervös, das spüre ich genau. Auch wenn sie beinahe schon zwanghaft versucht, es für sich zu behalten.

»Ja, das hätte auch mir klar sein sollen«, erwidere ich und zucke dabei gelassen mit den Schultern.

Langsam kneift sie ihre Augen zusammen. Sie erwidert nichts weiter, sondern steht vor mir und betrachtet mich. Ich habe keine Ahnung, worauf sie wartet. Und ich wiederum will nicht darauf warten, dass sie es mir irgendwann vielleicht mitteilt. Und genau deswegen beschließe ich, dass ich diesem Theater ein Ende bereiten werde.

»Ich bin Josh«, stelle ich mich ihr kurzerhand vor. Gleichzeitig strecke ich meine Hand in ihre Richtung.

Kaum habe ich meine Vorstellung ausgesprochen, kann ich die Überraschung erkennen, die ihr nun ins Gesicht geschrieben steht. Nun ist sie es, die nicht weiß, wie sie reagieren soll. Ich habe ihr den Wind aus den Segeln genommen.

»Du wirst mir eh deinen Namen nennen müssen«, stelle ich fest, nachdem sie noch nichts erwidert hat. Dabei kann ich mir ein Grinsen nicht verkneifen. »Allein schon wegen der Versicherung.«

Ich setze einen unschuldigen Gesichtsausdruck auf. Wobei ich aber zugeben muss, dass ich meine Gedanken in diesem Augenblick nicht als unschuldig bezeichnen kann. Aber wenn wir uns schon ständig über den Weg laufen, so kann ich den Unfall als Vorwand benutzen, um wenigstens ihren Namen zu erfahren. Das würde die Sache beim nächsten Mal deutlich einfacher machen.

»Lina«, antwortet sie schließlich zögerlich.

»Ein hübscher Name für eine hübsche Frau«, erwidere ich und lächle sie an.

»Was?« Lina scheint irritiert über meine Worte zu sein. Genau die Reaktion, auf die ich es angelegt habe. Ich will, dass sie nicht mehr klar denken kann.

Innerlich grinse ich, denn ich habe nicht damit gerechnet, dass sie es mir so leicht macht. Äußerlich lasse ich mir davon natürlich nichts anmerken.

»Geht es dir gut?«, erkundige ich mich. In diesem Moment kann ich nicht verhindern zuzugeben, dass ich besorgt bin.

»Ja, ich muss noch ein wenig den Schrecken verarbeiten, aber sonst ist mir nichts passiert. Gut, dass du nicht so schnell gefahren bist.«

»Ich habe die Ampel schon von weitem gesehen und deswegen gebremst. Allerdings habe ich nicht damit gerechnet, dass ich schon so nah dran bin. Ich benötige deine Adresse. Damit meine Versicherung weiß, an wen sie sich wenden muss.« Noch immer lasse ich sie nicht aus den Augen.

Lina sieht mich so an, als würde sie nicht wissen, wovon ich spreche. Deswegen nicke ich in Richtung unserer Autos. Sie folgt meiner Kopfbewegung und betrachtet die Stelle, an der unsere Autos sich berühren.

»Ja, klar«, murmelt sie geistesabwesend. Es dauert noch einen Moment, doch schließlich dreht sie mir den Rücken zu und geht zurück, um einen Zettel und einen Stift zu holen. »Hier«, erklärt sie und reicht ihn mir.

Kurz betrachte ich ihn, während sich in meinem Kopf bereits eine Idee breitmacht, was ich damit anstellen könnte. Nachdem ich ihr in den Wagen gefahren bin, möchte ich sie gerne mit etwas Schönem überraschen.

»Danke«, sage ich und lehne mich nach vorne. Noch bevor sie sich zurückziehen kann, um wieder Abstand zwischen uns zu bringen, drücke ich ihr einen sanften Kuss auf die Wange. Ihr so nah zu sein und die Chance ungenutzt zu lassen, kommt für mich nicht in Frage. Außerdem möchte ich ihr auf diese Weise noch einmal den Verstand rauben.

Ich kann hören, wie sie scharf die Luft einzieht, und beschließe, dass es besser ist, wenn ich von hier verschwinde. Vor allem solange sie noch nicht wieder zu sich gekommen ist. Sonst laufe ich Gefahr, dass sie noch einmal ausrastet. Deswegen streiche ich ihr ein letztes Mal über den Arm, ehe ich sie stehen lasse und in meinen Wagen steige.

Während ich an ihr vorbeifahre, erkenne ich, dass sie mir nachsieht.

Und das wiederum freut mich. Es bedeutet, dass ich sie nicht kaltgelassen habe. Das ist etwas, auf dem ich aufbauen kann.

5

Lina

Im Stillen verfluche ich mich immer wieder. Vorhin habe ich meine Flüche noch laut ausgesprochen, allerdings hat mir das genauso wenig gebracht. Ich habe mich wie eine Idiotin aufgeführt, nachdem er ein wenig näher gekommen ist. Noch immer kann ich nicht glauben, dass ich kaum einen Ton herausbekommen habe, obwohl ich sonst nicht auf den Mund gefallen bin.

Ich hätte mir noch seine Daten notieren sollen. Doch das ist mir leider erst wieder eingefallen, nachdem er schon verschwunden war.

»Hast du heute noch etwas vor?«, fragt Claire, nachdem sie mich auf dem Parkplatz abgefangen hat, und zieht mich so aus meiner Erinnerung heraus. Ich war so sehr in den Gedanken an Josh vertieft, dass ich nun erschrocken zusammenzucke, als ich ihre Stimme höre.

»Ich treffe mich nachher mit ein paar Mädels aus meinem Kurs, wir wollen ein paar Unterlagen durchgehen«, erwidere ich.

Ich hasse es, wenn ich lügen muss. Aber vor allem hasse ich es, sie anzulügen. Doch wenn ich es nicht mache, dann wird sie mich mitschleppen, überall wo sie hingeht. Und darauf habe ich keine Lust.

»Da wünsche ich dir auf jeden Fall viel Spaß. Es hört sich nämlich viel spaßiger an als das Treffen mit dem Abschlussball-Komitee.« Genervt verdreht Claire die Augen.

Ich kann sie verstehen. So kurz vor dem Abschluss hätte auch ich keine Lust mehr, noch irgendetwas zu ändern. Deswegen habe ich für mich beschlossen, dass ich mich ganz weit von allen organisatorischen Aufgaben distanzieren werde.

Beinahe flehentlich schaut sie mich an. Doch ich schüttle nur den Kopf.

»Und das Schlimmste ist, dass die Verlobte meines Bruders zu der Abschlussfeier kommen wird.« Nun sieht Claire so aus, als würde sie Schmerzen haben. Ich kann ihre Reaktion auf diese Neuigkeit sehr gut verstehen, denn ich bin ebenfalls nicht sehr begeistert davon, sie wiederzusehen.

»Oh Mann«, murmle ich. »Aber ich wüsste nicht, was ich dagegen unternehmen könnte. Dein Bruder liebt sie und damit wird sich jeder abfinden müssen.« Die letzten Worte auszusprechen fällt mir sehr schwer.

»Die drei Worte, mit der ich sie bezeichnen würde, sind: zickig, oberflächlich, arrogant. Und sie ist der Meinung, dass jeder ihr Dienstbote wäre.« Kaum hat Claire ausgesprochen, bleibt sie vor dem Kofferraum stehen und betrachtet ihn. »Was ist denn mit deinem Wagen passiert?«

»Ein kleiner Unfall auf dem Weg zur Uni gestern. Nichts Schlimmes«, erwidere ich und zucke mit den Schultern. Ich tue mit Absicht so, als wäre das keine große Sache. Und eigentlich ist es das auch nicht. Wenn ich daran denke, wer der Verursacher ist, ändert sich meine Meinung dazu aber sofort. Kurz liegen mir die Worte auf der Zunge, dass der Verursacher der Mann war, der mir schon ein paarmal über den Weg gelaufen ist. Doch sie auszusprechen, würde nur dafür sorgen, dass ich mich wieder mit ihm auseinandersetzen muss. Und zwar noch mehr, als es ohnehin schon der Fall ist.

»Dir ist jemand in den Wagen gefahren? Wieso hast du denn noch nichts davon gesagt? Geht es dir gut? Ist irgendetwas passiert?« Entrüstet und geschockt sieht sie mich an. Ich hingegen sage nichts. Stattdessen werfe ich meine Tasche in den Kofferraum und setze mich hinter das Lenkrad.

»Mir geht es gut. Und mal abgesehen von den Kratzern und kleinen

Dellen ist nichts passiert«, antworte ich schnell, bevor sie sich noch mehr Sorgen machen kann. »Soll ich dich irgendwo rauslassen?«, erkundige ich mich, nachdem sie sich neben mich gesetzt hat. Ich habe die Hoffnung, dass ich so wenigstens etwas das Thema wechseln kann. Noch immer sieht sie mich fragend an. Doch ich gehe nicht darauf ein.

»Wir wollen uns bei Starbucks treffen. Lass mich an der Ecke raus, dann gehe ich den Rest zu Fuß«, gibt sie von sich. Ich bin mir sicher, dass es da noch etwas anderes gibt, was in ihrem Kopf vor sich geht. aber ich ignoriere diese Vermutung, um dem Risiko aus dem Weg zu gehen, dass sie mich darauf anspricht.

»Erzählst du mir, wer dir in den Wagen gefahren ist?«, erkundigt sie sich neugierig, während ich durch die Straßen fahre.

»Irgendein Typ«, murmle ich und biege nach rechts auf den Parkplatz.

»Irgendein Typ?«

»Ja, irgendein Typ. Keine Ahnung, was das für einer war.«

Einen Moment sieht Claire noch so aus, als würde sie etwas sagen wollen. Nein, ich bin mir sicher, dass sie etwas sagen will. Doch da hat sie bereits die anderen entdeckt, die vorm Starbucks bereits auf sie warten, und stöhnt leise auf. Ich sehe ihr an, dass sie froh darüber ist, wenn sie das endlich hinter sich hat.

»Darüber werden wir uns noch unterhalten«, warnt sie mich bereits vor, bevor sie aussteigt und mich allein in meinem Wagen zurücklässt. Ich fahre nicht sofort wieder los, sondern atme zunächst tief durch.

Erst als ich mich wieder in der Lage dazu fühle, lege ich den Gang ein und fahre nach Hause. Dabei kann ich nicht aufhören, an die Sekunden zu denken, in denen ich gesehen habe, wer mir da hinten reingefahren ist.

Erleichtert darüber, dass ich endlich zu Hause bin, lasse ich meine Tasche im Flur fallen. Ich will gerade in die Küche gehen, als es klingelt. Mitten in der Bewegung halte ich inne und lasse den Kopf hängen.

»Was ist denn nun schon wieder?«, murmle ich vor mich hin, während ich mich auf dem Absatz umdrehe und zurückgehe. Ich drücke auf den Türöffner, obwohl ich gar keine Lust auf Besuch habe.

Noch in der gleichen Sekunde, in der ich die Tür ein Stück geöffnet habe, kann ich hören, wie jemand mit eiligen Schritten durch das Treppenhaus geht.

Es dauert, bis ich merke, wer da auf dem Weg zu mir ist. Doch dann kann ich die Überraschung nicht für mich behalten. Mit einem frechen Grinsen auf dem Gesicht kommt Josh mit großen Schritten auf mich zu.

In meinem Kopf überschlagen sich die Gedanken. Mir kommt es so vor, als hätte ich irgendetwas nicht mitbekommen. Ich kann nicht sagen, was es ist. Ich war noch nicht einmal mit meinem Wagen in der Werkstatt war, um mir einen Kostenvoranschlag wegen der Reparatur zu holen.

Dennoch steht er jetzt vor mir und betrachtet mich auf eine Weise, die ich nicht ganz einordnen kann. Erst als er mir seine Hand entgegenstreckt, erkenne ich die Weinflasche, die er darin hält.

»Was machst du hier?«, frage ich ihn.

»Ich dachte mir, dass wir diese hier gemeinsam leer machen. Man könnte sagen, dass es meine Art ist, mich zu entschuldigen, da ich dir in den Wagen gefahren bin«, erklärt er.

Noch immer bin ich verwirrt, und das kann ich nicht für mich behalten. Mein gesunder Menschenverstand sagt mir, dass ich ihn wieder nach Hause schicken soll. Doch ich kann es nicht. Denn obwohl mein Gefühl mir sagt, dass ich um ihn am besten einen riesigen Bogen machen sollte, so sagt mir mein Herz etwas anderes. Das freut sich darüber, dass Josh plötzlich vor mir steht.

Er wartet nicht darauf, dass ich ihn hineinbitte. Stattdessen geht er an mir vorbei und betritt meine Wohnung. Sprachlos schaue ich ihm dabei zu, wie er ein paar Schritte von mir entfernt stehen bleibt und sich nach allen Seiten umsieht. Dann verschwindet er in Richtung der Küche. Schnell schließe ich die Tür und folge ihm.

»Was machst du hier?«, wiederhole ich mich. Doch ich weiß noch immer nicht, wie ich darauf reagieren soll, dass er sich tatsächlich in meiner Wohnung befindet.

»Wir machen die leer«, verkündet er und hält die Flasche erneut ein Stück nach oben.

»Ja, das weiß ich«, entgegne ich schnell. Ich schüttele den Kopf, um auf die richtige Frage zu kommen. »Ich meine, wieso du auf diese Idee gekommen bist«, murmle ich so leise, dass ich meine Worte selbst kaum verstehen kann. Dabei schließe ich die Augen, da es mir so vorkommt, als würde ich Kopfschmerzen bekommen. Doch das hilft nicht.

Ich träume. Ich kann nur träumen, schießt es mir durch den Kopf. Doch als ich meine Augen wieder öffne, stelle ich fest, dass er noch immer vor mir steht.

»Ich gebe zu, dass ich einen kleinen Hintergedanken habe«, gibt er schließlich zu.

»Und der wäre?« Meine Stimme klingt skeptisch.

»Wir sind uns in der letzten Zeit schon so oft über den Weg gelaufen. Und nachdem ich dir in den Wagen gefahren bin, ist es wahrscheinlich vom Schicksal so gewollt, dass wir genau das jetzt machen.« Josh grinst frech.

Mir ist klar, dass ich ihm eine Standpauke halten sollte. Schließlich ist er in meine Wohnung gekommen, ohne mich vorher um Erlaubnis zu bitten. Doch ich bringe die entsprechenden Worte nicht heraus.

»Gerne«, sage ich stattdessen.

Schweigend öffne ich den Küchenschrank, in dem sich die Gläser befinden, und hole zwei heraus. Dann gehe ich voraus ins Wohnzimmer und bedeute ihm, dass er mir folgen soll.

»Ich hoffe, dass ich dich nicht überfallen habe«, sagt Josh, während er unsere Gläser füllt.

»Ich gebe zu, dass ich überrascht bin, dich hier zu sehen.«

»Halte ich dich von etwas ab?« Neugierig betrachtet er mich.

»Nein, ich bin selbst gerade erst nach Hause gekommen. Nachdem mir heute Vormittag jemand in den Wagen gefahren ist, hat noch ein stressiger Tag am College auf mich gewartet«, erkläre ich ihm.

»Ahhh«, ruft er aus und lächelt mich an. Dabei kann ich außerdem die Erleichterung sehen, die ihm ins Gesicht geschrieben steht. »Perfektes Timing«, setzt er noch hinzu und reicht mir eines der Gläser.

Ich lache leise. Wäre er nicht aufgetaucht, hätte ich mich wieder über meine Bücher gehockt und gelernt. Doch ihm habe ich es zu verdanken, dass ich mich mal auf etwas anderes konzentrieren kann. Und darüber bin ich sogar sehr froh.

»Was studierst du?«, fragt er und sieht mich dabei neugierig an.

»Medizin. Nächstes Jahr mache ich meinen Abschluss. Meine Cousine hat ihn jetzt bereits schon hinter sich.«

Aufmerksam beobachte ich ihn. Ich bin neugierig, ob er irgendeine Reaktion von sich gibt, als ich meine Cousine erwähne. Schließlich scheint sie ihn irgendwoher zu kennen. Da wäre es doch naheliegend, dass auch er sie kennt. Doch er zuckt nicht zusammen und verzieht auch nicht das Gesicht. Um genau zu sein, reagiert er überhaupt nicht darauf. Das bedeutet für mich, dass er sie nicht kennt. Und so bescheuert es vielleicht klingen mag, irgendwie bin ich erleichtert darüber.

»Das klingt doch interessant. Ich gebe zu, dass ich zwar eine Ausbildung als Rettungsassistent habe, aber ...«, beginnt er. Er beendet den Satz nicht, sondern zuckt lediglich mit den Schultern. Es bringt mich dazu, dass ich erneut lachen muss.

»Ja, für viele ist dieser Beruf nichts. Meine Eltern haben mich gefragt, ob ich das wirklich machen will. Doch ich liebe es Menschen zu helfen. Und als Ärztin habe ich die Chance dazu.«

»Und ich mache das als Feuerwehrmann.« Kaum hat er ausgesprochen habe ich wieder seinen Gesichtsausdruck vor Augen, als ich ihn vor der Feuerwache gesehen habe.

»Das habe ich schon mitbekommen«, erwidere ich deswegen nur und nehme einen großen Schluck aus meinem Glas.

»Ich wette, du warst überrascht, mich dort zu sehen«, stellt er fest.

»Ja, das gebe ich zu. Irgendwie habe ich nicht erwartet, dass du einen Feuerwehrwagen fährst.« Nachdenklich schaue ich ihn an. Auf der anderen Seite kann ich aber auch nicht sagen, mit welch einem Beruf ich bei ihm stattdessen gerechnet habe.

»Ich bin immer für eine Überraschung gut«, scherzt Josh. Dabei verzieht er ein wenig das Gesicht, sodass ich schon wieder lachen muss.

»Ja, das hast du ja erst vor einigen Minuten bewiesen. Es ist definitiv eine Überraschung gewesen, dass du hier aufgetaucht bist.«

Zufrieden grinst er mich an. Ich weiß nicht wieso, aber seit langem schaffe ich es endlich mal wieder vollkommen abzuschalten. Und das soll schon etwas heißen. Schließlich ist mir das in den letzten Wochen nicht ein einziges Mal gelungen. Ich weiß nicht genau, woran das liegt, aber ich habe keine Lust, mich damit auseinanderzusetzen. Ich genieße einfach, dass es so ist.

Während der nächsten Stunden unterhalten wir uns. Dabei achte ich immerzu auf Geräusche an der Haustür. Sie geht nicht auf und darüber bin ich froh.

Als ich am nächsten Morgen in meinem Bett wach werde, habe ich sofort die Stimme von Josh in meinen Ohren. Es dauert ein wenig, bis ich mich daran erinnere, dass ich ihn gestern dazu überredet habe, bei mir zu schlafen. Und ich muss zugeben, dass es sich gut anfühlt, in seinen Armen zu liegen. Ich muss jedoch auch zugeben, dass das alles sehr schnell geht.

Er ist mir so nah, dass ich jeden seiner Atemzüge auf meiner Haut spüren kann. Ein wohliges Gefühl hat sich in mir breitgemacht, das mich nun fest im Griff hat. Mein gesunder Menschenverstand sagt mir, dass es ein Fehler ist, wenn ich liegen bleibe, doch ich kann mich gerade nicht bewegen. Ich genieße es, hier mit ihm zu liegen. Das erste Mal seit langem habe ich nämlich nicht das Bedürfnis, sofort aufzuspringen und mich in die Arbeit zu stürzen.

Es dauert, bis ich spüre, wie er sich langsam hinter mir bewegt.

»Guten Morgen«, flüstert er mit heiserer Stimme und drückt mir einen Kuss auf die Wange. Ein Schauer durchfährt meinen Körper, sodass es einen Moment dauert, bis ich wieder in der Lage bin, klar zu denken. Dann drehe ich mich zu ihm um.

»Guten Morgen«, erwidere ich. Dabei versuche ich mich so gut gelaunt wie möglich zu geben. Auf diese Weise will ich die Nervosität überspielen, die plötzlich von mir Besitz ergriffen hat.

»Ich glaube, ich habe schlechte Nachrichten für dich«, beginne ich, bevor er etwas von sich geben kann. Dabei drehe ich mich in seine Richtung, sodass ich ihn betrachten kann.

Wir sind so nah beieinander, dass sich unsere Nasenspitzen fast berühren. Diese Tatsache sorgt nicht unbedingt dafür, dass ich mich besser konzentrieren kann. Genauso wenig, wie sein Geruch in meiner Nase. Dennoch versuche ich es wenigstens.

Neugierig betrachtet er mich. So macht er es mir noch schwerer, ihm die Wahrheit zu sagen.

»Du wirst dich wohl oder übel aus der Wohnung schleichen müssen. Ich wohne mit meiner Cousine zusammen und kann dir versichern, dass du ihr nicht über den Weg laufen willst.«

Mit einem frechen Funkeln in den Augen sieht er mich an. Ich merke, dass er nicht weiß, ob ich das ernst meine oder nicht. Und mir würde es an seiner Stelle wahrscheinlich genauso gehen. Deswegen bleibt mir nichts anderes übrig, als entschuldigend mit den Schultern zu zucken.

»Ich gebe zu, dass ich das in der letzten Nacht nicht bedacht habe«, erkläre ich und verziehe dabei das Gesicht.

Josh lacht leise und steht auf, um nach seiner Hose zu greifen. Dabei bleibt mein Blick an seinem Hintern kleben. Ich muss zugeben, dass ich nur schwer dem Verlangen widerstehen kann, ihn zu kneifen. Um etwas zu tun zu haben, stehe ich ebenfalls auf und greife nach meinen Leggings, die ich neben dem Bett liegen habe. Es müsste mir peinlich sein, dass ich so eng umschlungen mit ihm in meinem Bett geschlafen und dabei nur ein Höschen getragen habe. Auf jeden Fall, wenn die Erziehung meiner Mutter gefruchtet hätte.

»Ich melde mich bei dir«, verkündet Josh, nachdem er vor mir stehen geblieben ist.

»Sagen das nicht alle Männer? Und was darauf folgt, muss ich dir wohl nicht erklären.« Die Worte haben bereits meinen Mund verlassen, ehe ich sie stoppen konnte.

»Ich würde nicht behaupten, dass das alle Männer sagen, vielleicht die meisten. Doch ich gehöre zu den wenigen, die sich wirklich daran halten.«

Kaum hat er ausgesprochen, zwinkert er mir noch einmal zu, gibt mir einen weiteren Kuss auf die Wange und verschwindet dann. Ich kann nicht anders als sprachlos stehen zu bleiben und ihm nachzuschauen. Dabei berühren meine Finger die Stelle, an der er mich geküsst hat. Noch immer kann ich das Kribbeln spüren, das er mit dieser harmlosen Berührung ausgelöst hat. Und etwas tief in mir drin sagt mir, dass es noch eine Weile bleiben wird.

6

Josh

Ich kann noch immer nicht fassen, dass ich das wirklich gemacht habe. Es ist schon lange her, so dass ich mich nicht einmal mehr daran erinnern kann, wann ich mich das letzte Mal aus einer Wohnung geschlichen habe. Und seitdem ich die Highschool beendet habe, habe ich auch nicht gedacht, dass ich das überhaupt irgendwann noch einmal machen würde. Dennoch ist dieser Fall eingetreten. Und das bei Lina.

»Hi«, begrüßt mich Roy, als er mich vor meiner Tür abfängt. Dabei sieht er mich prüfend von oben bis unten an. »Wie siehst du denn aus?«

»Wie soll ich denn aussehen?«, gebe ich von mir, wobei ich sehr wohl weiß, dass ich gerade wahrscheinlich nicht den besten Eindruck mache. Schon gar nicht auf meinen Bruder, mit dem ich die letzten Jahre jede freie Minute verbracht habe.

»Als hättest du die ganze Nacht durchgesoffen.« Entschuldigend zuckt er mit den Schultern und vergräbt die Hände in den Hosentaschen.

»Nein, das habe ich bisher höchstens mit euch gemacht. Auch wenn *gesoffen* vielleicht etwas übertrieben ist. Gestern war es etwas anderes«, korrigiere ich ihn.

Es dauert einen Moment, bis ich merke, was ich gerade gesagt habe. Doch leider kann ich die Worte nicht mehr zurücknehmen, nachdem sie meinen Mund bereits verlassen haben.

»Hmmm«, macht Roy nur vielsagend.

»Was?«, entfährt es mir in einem genervten Ton. Ich will nicht auf ihn eingehen, schließlich weiß ich sehr genau, dass er mich nur aufziehen will.

»Nichts Besonderes. Ich habe mich gerade nur gefragt, wo du warst.«

Ich kenne den Ausdruck in seinen Augen ganz genau. Aber vor allem den Unterton in seiner Stimme. Er hat eine Fährte aufgenommen. Als Staatsanwalt ist das sein Job. Unter anderem hat er es seiner Beharrlichkeit zu verdanken, dass er so erfolgreich ist. Als sein jüngerer Bruder muss ich aber sagen, dass er mir damit ein wenig auf die Nerven geht.

Deswegen ziehe ich es vor zu schweigen und stattdessen meine Augen auf ihm ruhen zu lassen.

»Warst du bei ihr?«

»Ihr? Würdest du mir verraten, wen du damit meinst?« Skeptisch ziehe ich die Stirn kraus.

»Entweder bei der Kleinen, die dir in den letzten Tagen schon mehrmals über den Weg gelaufen ist, oder bei der, der du gestern ins Auto gefahren bist.« Nachdenklich sieht er mich an. »Warte, jetzt hätte ich doch beinahe vergessen«, ruft er laut aus und schüttelt seinen Kopf, »dass es sich bei beiden um ein und dieselbe Person handelt.«

In diesem Moment würde ich mir am liebsten in den Hintern treten, weil ich es den beiden gesagt habe. Und ehrlich gesagt weiß ich überhaupt nicht, wieso ich das gemacht habe. Doch als sie mich gestern gefragt haben, nachdem sie meinen Wagen gesehen hatten, habe ich aus reinem Reflex heraus geantwortet.

»Also?«, fragt er mich. »Habe ich recht?«

Verlegen fahre ich mir über den Nacken. Dabei versuche ich herauszufinden, wie viel ich ihm sagen soll.

»Ja, ich war bei ihr.«

Leise pfeift Roy, während er die Arme vor der Brust verschränkt.

»Weiß sie es?«

Ich kann mir bereits denken, worauf mein Bruder anspielt. Es gibt nämlich nur eine Möglichkeit.

»Nein, und obwohl es das nicht unbedingt einfacher macht, habe ich nicht gerade Lust darauf, mich mit ihr über ihre Freundin zu unterhalten.«

»Das kann ich nachvollziehen. Aber darf ich dich daran erinnern, wie sehr ihr mir auf die Nerven gegangen seid, als ich July getroffen habe? Ihr habt darauf bestanden, dass ich ihr die Wahrheit sage. Und du hast gleich zwei Sachen, die du ihr sagen musst.« Aufmerksam betrachtet er mich.

»Oh nein, mein Lieber. Das kannst du direkt wieder vergessen. Nur weil ich die letzte Nacht in ihrem Bett verbracht habe, heißt das nicht, dass wir ein Paar sind«, widerspreche ich sofort. Dabei schüttle ich energisch meinen Kopf, um meine Worte noch zu unterstreichen.

»Dann habe ich eine andere Frage.«

Ich ziehe meine Mundwinkel nach oben und signalisiere ihm, dass ich gerne wissen möchte, was ihm nun schon wieder durch den Kopf geht.

»Wieso warst du bei ihr?«

Man kann sagen, dass ich mich mehr oder weniger vor dieser Frage gefürchtet habe. Weswegen ich gehofft habe, dass er sie nicht stellt. Doch nun ist es zu spät dafür.

»Ich hatte ein schlechtes Gewissen. Schließlich muss sie jetzt wegen mir ihren Wagen in die Werkstatt bringen.«

»Hm«, macht mein Bruder nur und ich bin mir nicht sicher, wie er das meint. Allerdings habe ich auch keine Lust, mich damit zu befassen.

»Ist in der letzten Zeit irgendetwas auf der Jagd vorgefallen?«

Der plötzliche Themenwechsel meines Bruders überrascht mich zwar, doch ich bin froh darüber, dass wir uns nicht länger über Lina unterhalten. Als Jagd bezeichnen wir unsere nächtlichen Ausflüge, bei denen wir Männer gefasst haben, die sich an Frauen vergreifen wollten. Doch mindestens genauso oft haben wir Drogendealer und andere Kriminelle geschnappt, die gerade erst aus dem Gefängnis kamen. Nun mache ich das nur noch alleine.

»Mal abgesehen von der Art Idioten, die es immer versuchen, war alles ruhig.«

Schweigend sieht Roy mich an. Ich weiß genau, was in seinem Kopf vor sich geht. Schließlich haben wir genau diese Unterhaltung in den letzten Wochen schon oft genug geführt.

Es ist keine ungefährliche Angelegenheit. Und die Tatsache, dass ich das nun allein mache, macht es nicht besser.

»Denk wenigstens darüber nach. Wenn etwas passieren sollte, sind wir nicht da, um dir zu helfen.«

»Werde ich machen«, gebe ich von mir und gehe an ihm vorbei, um in meiner Wohnung zu verschwinden.

Ich spüre seinen Blick in meinem Rücken. Aber ich bin der Meinung, dass es wahrscheinlich besser ist, wenn ich nicht näher auf seinen Kommentar eingehe. Mein Bruder kann denken, was er will, ich bin schließlich erwachsen und ihm keine Rechenschaft schuldig. Während ich die Wohnungstür hinter mir zufallen lasse, denke ich an die Nacht mit Lina zurück. An ihre zarte Haut in meinen Armen und daran, wie friedlich ihr Gesicht im Schlaf aussah. In meinem Kopf kreisen die Bilder von ihr unaufhörlich.

Mit nassen Fingern greife ich nach meinem Handy, als ich aus der Dusche komme, sodass es mir beinahe herunterfällt. Schnell kontrolliere ich das Display und stelle fest, dass es die Feuerwache ist. Und das wiederum kann nur bedeuten, dass etwas passiert sein muss.

»Was ist?«, erkundige ich mich bei meinem Kollegen, ohne ihn vorher begrüßt zu haben. Meine Stimme klingt alarmiert.

»Wir brauchen dich hier. Das solltest du dir ansehen«, erwidert er sofort. An seinem Ton kann ich erkennen, dass er sich selbst nicht so sicher ist, was er davon halten soll. Und damit macht er mich neugierig. Aber da ist noch etwas anderes. Seine Worte reichen aus, dass sich meine Muskeln anspannen und sich ein schlechtes Gefühl in mir breitmacht. Und zwar so schlecht, wie ich es nur selten habe.

»Ich bin gleich da«, erkläre ich kurz angebunden und lege auf.

Ich muss zugeben, dass ich nach der letzten Nacht vorhatte, auf den Boxsack einzuprügeln. Doch das kann ich später noch machen.

Während ich in mein Schlafzimmer eile, um mich anzuziehen, frage ich mich, was mich wohl auf der Wache erwarten wird. Als ich das Haus verlasse, hoffe ich, dass weder meine Brüder noch ihre Freundinnen ihre Wohnungen verlassen und mir über den Weg laufen. Doch zu meiner Erleichterung muss ich feststellen, dass sie nirgends zu entdecken sind.

Um dem Risiko aus dem Weg zu gehen, dass sie vielleicht doch noch auf der Bildfläche erscheinen, steige ich schnell in meinen Wagen und mache mich auf den Weg zur Feuerwache.

Normalerweise dauert die Fahrt dorthin nur eine halbe Stunde. Doch heute benötige ich eindeutig länger. Jede Ampel, an der ich vorbeifahre, ist rot. Während ich durch Linas Wohngebiet fahre, stehe ich besonders unter Anspannung.

Als ich endlich an meinem Ziel ankomme, stelle ich meinen Wagen zwischen den anderen ab und gehe auf das riesige Gebäude zu, das sich auf der anderen Seite des Geländes befindet. Ein paar meiner Kollegen stehen vor den Fahrzeugen und unterhalten sich, während andere die Ausrüstung überprüfen. Im Vorbeigehen grüße ich sie und mache mich dann auf die Suche nach meinem Kollegen Lorenzo, der mich zuvor angerufen hat. Doch da kommt er schon mit großen Schritten auf mich zu.

»Du kannst gleich wieder ins Auto steigen und dich auf den Weg machen«, verkündet er und reicht mir dabei ein paar Zettel.

»Auf den Weg wohin?«

»Jonas hat mich erst vor ein paar Minuten angerufen und mir gesagt, dass du zu der alten Farm vor der Stadt kommen sollst, wo schon seit Jahren niemand mehr wohnt. In dem Wohnhaus ist ein Feuer ausgebrochen. Und bei den Löscharbeiten wurde etwas gefunden. Er ist der Meinung, dass du dir das sofort ansehen solltest.«

»Ja, das habe ich mir auch gedacht.«

»Und da ich von Natur aus überhaupt nicht neugierig bin und hier gerade sonst nichts zu tun ist, dachte ich, dass ich dich begleite.« Mit diesen Worten geht er voran zu meinem Wagen.

Ich hingegen bleibe noch ein paar Sekunden stehen. Das ungute Gefühl, das ich vorhin schon hatte, nachdem er mich angerufen hat, verstärkt sich. Aus diesem Grund ziehe ich mein Handy aus der Hosentasche und schreibe Chris eine Nachricht, ob er mir irgendetwas über den Brand sagen kann. Und ich habe mein Auto noch nicht einmal erreicht, als er mir bereits zurückschreibt.

Ich habe nicht von irgendeinem Brand gehört. Halte mich auf dem Laufenden.

Als Lorenzo und ich am Einsatzort ankommen, herrscht das typische Chaos. Mehrere Einsatzwagen stehen überall herum. Die Rolltore sind geöffnet und Schubläden schauen heraus. Sofort kann ich erkennen, dass die meisten von ihnen leer sind. Auf dem Boden, der komplett unter Wasser steht, sind überall Schläuche verteilt.

Mit großen Schritten gehe ich auf das Haupthaus zu, das bis auf die Grundmauern abgebrannt ist. In den letzten Jahren konnte man ihm dabei zusehen, wie es immer weiter verfallen ist. Deswegen wundert es mich nicht, dass es nun den Flammen zum Opfer gefallen ist.

Doch das ist nicht der Grund, weshalb ich nun mein Handy heraushole, um ein paar Fotos zu machen und sie Chris zu schicken. In den letzten Jahren habe ich einiges gelernt. Dazu gehört ebenfalls, genauer hinzuschauen. Auf Dinge zu achten, auf die sonst keiner schaut. Obwohl man nicht mehr viel vom Inventar des Hauses erkennen kann, sieht es nicht so aus, als hätte sich hier niemand blicken lassen. In den rauchenden Überresten kann ich ein paar Möbel erkennen. Oder besser gesagt das, was mal Möbel waren. Und dank Chris, der öfters hergerufen wurde, weiß ich, dass das Gebäude leer stand. Schließlich hat er sich mehr als einmal darüber aufgeregt, dass es dort nichts gibt und er deswegen nicht weiß, wieso die Jugendlichen immer hier sind.

Mein Gefühl sagt mir, dass hier etwas vor sich ging. Ich hoffe, dass Chris mir helfen kann.

»Josh, da bist du ja endlich«, ruft mir Hanson, mein Vorgesetzter, zu, nachdem ich mich ihm ein wenig genähert habe.

Zusammen haben wir unsere Ausbildung gemacht und jahrelang Seite an Seite gearbeitet. Nur weil er jetzt mein Vorgesetzter ist, heißt das nicht, dass sich etwas an unserer Freundschaft geändert hat.

»Ich war die ganze Nacht unterwegs. Doch wenn du mich schon herholst, dann wird das wohl einen Grund haben.«

»Oh ja. Ich habe mir schon gedacht, dass du dem hier nicht widerstehen kannst«, erwidert er. »Ja, hier kann man nichts mehr retten. Aber die rechtmäßigen Besitzer interessieren sich eh nicht dafür. Zumindest denke ich das. In den letzten Jahren habe ich hier niemanden gesehen. Ich denke mal, dass das Grundstück nun verkauft wird.«

»Was ist hier passiert?«, frage ich ihn und komme zum Thema.

»So genau kann ich das noch nicht sagen. Endgültige Gewissheit werden nur die Brandermittler bringen. Aber um die Brandursache geht es nicht. Zumindest jetzt noch nicht.« Mit diesen Worten entfernt er sich ein Stück von mir und bedeutet mir, dass ich ihm folgen soll.

Neugierig trete ich ein paar Schritte näher und kann so noch besser das gesamte Ausmaß erkennen.

»Dahinten in der Ecke stehen Fässer, die man nicht in einem Laden um die Ecke bekommt. Ich bin mir nicht einmal sicher, ob sie im Chemie-Unterricht zu finden sind.«

In Chemie war ich noch nie gut. Auf jeden Fall nicht genug, um genau sagen zu können, wofür man die Chemikalien braucht. Aber sogar ich weiß, dass man mit so etwas nicht in der Schule experimentiert. Das sagen mir allein schon die Gefahrenaufkleber, von denen man noch Überreste erkennen kann.

Ich bin enttäuscht, dass Hanson noch nicht mehr weiß.

»Es wäre schön, wenn du mehr dazu herausfinden könntest«, weist Hanson mich an.

»Ich werde es versuchen.« Bevor er noch etwas sagen kann, schlage ich ihm auf die Schulter. Dann drehe ich mich um und gehe wieder zu meinem Wagen.

»Ich fahre nachher mit den Jungs«, ruft mir Lorenzo noch zu, bevor ich einsteige.

»Wir sehen uns«, verabschiede ich mich von ihm.

Bevor ich den Motor starte, schicke ich die letzten Bilder an Chris.

Irre ich mich, oder kann man sie nicht im Laden kaufen?

Ich habe keine Ahnung, wann er sie sehen wird, doch ich bin mir sicher, dass es nicht lange dauern wird, bis er mir die ersten Details nennen kann.

7

Lina

Ich kann noch immer nicht glauben, dass ich das wirklich getan habe. Dabei habe ich mir fest vorgenommen, dass ich nur diese eine Flasche Wein mit ihm trinken und ihn dann wieder rauswerfen werde. So war auf jeden Fall mein Plan.

Aber aus dieser einen Flasche Wein sind definitiv mehrere geworden.

Seit zwei Tagen versuche ich die Erinnerung an die gemeinsamen Stunden mit ihm nun schon aus meinem Kopf zu bekommen. Doch es bringt nichts. Zu jeder Tageszeit, bei jeder sich bietenden Gelegenheit habe ich sein Gesicht vor meinen Augen. Und als würde das nicht reichen, habe ich noch seine Stimme in meinen Ohren.

Erleichtert atme ich auf, als ich den Saal nach der letzten Vorlesung endlich verlassen kann. Das scheinen auch diejenigen zu merken, die sich in meiner unmittelbaren Nähe befinden. Prüfend sehen sie mich an. *Wahrscheinlich, weil sonst immer das Gegenteil der Fall ist und ich fleißig mitarbeite*, denke ich. Deswegen lasse ich mir nichts anmerken, als ich meine Sachen zusammensuche und alles in der Tasche verstaue.

Während ich mir einen Weg über den Flur bahne, bin ich so sehr in meine Erinnerungen an Josh vertieft, dass ich gar nicht merke, wie mir jemand in den Weg tritt. Erst, als ich mit dieser Person zusammenknalle, schaue ich auf und konzentriere mich wieder auf meine Umgebung.

Es dauert einen Moment, bis ich erkennen kann, dass ein breit gebauter Mann vor mir steht. Er ist mir so nah, dass ich meinen Kopf in den Nacken legen muss, damit ich sein Gesicht sehen kann. Als ich es erblicke, weiß ich sofort, wer vor mir steht. Zumindest fast. Es ist der Mann, mit dem ich Josh das erste Mal hier gesehen habe.

»Sorry«, murmle ich. Doch sein plötzliches Auftauchen irritiert mich.

»Ist alles in Ordnung?«, fragt er und sieht mich dabei prüfend an.

»Ja, ich war nur ein wenig in Gedanken versunken«, gebe ich unsicher zurück. Ich habe sonst ein großes Mundwerk und keine Angst davor, mich mit einem Typen wie ihm zu unterhalten. *Und hätte ich nicht erst kürzlich die Nacht mit seinem Kumpel verbracht, dann wäre das auch jetzt so.* In diesem Punkt bin ich mir sicher.

»Ich bin Roy«, stellt er sich mir vor und grinst dabei frech von einem Ohr zum anderen. »Der Bruder von Josh. Und ich wette, du bist Lina.«

Nun hebe ich überrascht meinen Kopf. Josh hatte mir ja gesagt, dass er Brüder hat. Ich habe jedoch nicht gedacht, dass dieser hier einer davon ist. Aber noch viel mehr überrascht es mich, dass er meinen Namen kennt. Schon allein aus diesem Grund komme ich nicht darum herum mich zu fragen, wie viel er seinen Brüdern von mir erzählt hat. Ich würde die Antwort gerne wissen, dennoch stelle ich die Frage nicht.

»Ähm ja«, erwidere ich nur.

Wahrscheinlich denkt er, dass ich eine totale Idiotin bin.

»Ich bin mir sicher, dass wir uns noch öfter sehen werden. Aber jetzt muss ich los, da ich einen wichtigen Gerichtstermin habe. War nett, dich kennenzulernen.«

Während er spricht, zwinkert er mir noch einmal zu. Ich hingegen kann nichts anderes machen, als stehen zu bleiben und ihm nachzusehen.

»Wer war denn dieser scharfe Typ?«, fragt Claire, nachdem Roy aus meinem Sichtfeld verschwunden ist.

»Er ist Staatsanwalt und verlobt. Du brauchst es also gar nicht erst zu versuchen«, erwidere ich sofort und bringe sie so von dem Gedanken ab, der in ihrem Kopf herumgeht. Ich behalte lieber für mich, dass Josh es mir erzählt hat, als er die Nacht hier geschlafen hat. Trotzdem will ich sie von der Vorstellung abbringen, dass ich etwas mit Roy hätte. Es ist nämlich viel mehr sein Bruder, der mir nicht mehr aus dem Kopf geht.

»Das war ja klar«, murmelt meine Cousine leise und schaut dabei in die Richtung, in die er verschwunden ist. »Alle heißen Typen sind schon vergeben. Und für die Single-Frauen, zu denen wir gehören, bleiben nur die Idioten übrig.«

Ich zucke bei ihren Worten zusammen. Und genauso wenig kann ich verhindern, dass ich schon wieder an Josh denken muss. Unweigerlich frage ich mich, ob er zu den Idioten gehört, schließlich ist er Single.

»Aber was hast du mit einem vergebenen Staatsanwalt zu tun?« Neugierig sieht Claire mich an.

»Nichts«, gebe ich nur zurück. Ich bin mir sicher, dass meine Antwort ihr nicht genügt. Dennoch ist diese Antwort besser, als ihr zu berichten, was ich getan habe. Das würde nämlich einige Diskussionen mit sich bringen. Und das kann ich gerade nicht gebrauchen.

Deswegen setze ich mich in Bewegung, ohne darauf zu warten, dass sie noch etwas sagt. Aus dem Augenwinkel sehe ich, dass sie mir mit schnellen Schritten folgt. Doch bis wir meinen Wagen erreicht haben, gibt sie keinen Ton von sich.

»Freust du dich schon auf nächste Woche?«, fragt mich Claire.

»Nächste Woche?« Verwirrt betrachte ich sie. Fieberhaft überlege ich, worauf sie hinauswill, allerdings fällt es mir nicht ein.

»Danny kommt.«

Kaum hat sie es ausgesprochen, muss ich feststellen, dass ich mich schon mal mehr gefreut habe ihn zu sehen. Ich bin mir sicher, dass es nur daran liegt, dass Josh Chaos in mein Leben gebracht hat.

Während ich nach Hause fahre, überlege ich sogar kurz, ob es nicht eine Möglichkeit gibt, Danny daran zu hindern, herzukommen. Doch das wäre lächerlich. Ich bin erwachsen und deswegen durchaus in der Lage, ein paar Tage mit meinem Ex-Freund zu verbringen.

Kaum haben wir unsere Wohnung betreten, dringt das Klingeln

meines Handys an mein Ohr. Schnell ziehe ich es aus meiner Tasche und schaue auf das Display. Allerdings wird mir eine unbekannte Telefonnummer angezeigt.

»Ich muss da eben rangehen«, erkläre ich Claire. »Das ist eine Freundin.« Von einer Sekunde auf die andere bin ich total nervös. Deswegen bin ich mir nicht sicher, ob sie meine Notlüge glaubt. Ich kann nicht einmal sagen, ob wirklich der am Telefon ist, den ich erwarte. Doch in meinem Inneren macht sich die Hoffnung breit, dass es Josh ist, der mich anruft.

»Mach nur«, winkt Claire ab.

Mit schnellen Schritten gehe ich in mein Schlafzimmer und schließe die Tür hinter mir. Mittlerweile schlägt mein Herz so schnell, als würde es sich aus meiner Brust befreien wollen. Ich muss mehrmals tief durchatmen, um mir nichts anmerken zu lassen.

»Ja?«, frage ich, nachdem ich das Gespräch entgegengenommen habe.

»Hi, wie geht's dir?« Die gut gelaunte Stimme von Josh dringt zu mir hindurch.

Gerade war ich noch angespannt, doch nun entspannen sich meine Muskeln. Es ist die gleiche Reaktion, die er schon vor zwei Tagen in mir ausgelöst hat.

»Gut und dir?« Ich versuche so gelassen wie möglich zu klingen. Ich bin mir jedoch nicht sicher, ob es mir gelingt.

»Ja, zurzeit ist nur einiges zu tun. Doch ich war mehr damit beschäftigt, den richtigen Zeitpunkt herauszufinden.«

»Den richtigen Zeitpunkt für was?«

»Ich hatte vorgehabt, dich noch am gleichen Tag anzurufen. Doch ein Notfall auf der Arbeit ist mir dazwischengekommen. Außerdem waren meine Brüder der festen Überzeugung, dass ich dir noch ein wenig Zeit geben soll«, spricht er weiter.

Je mehr er spricht, umso mehr beruhigt sich mein Herzschlag wieder. Meine Reaktion auf ihn ist vielleicht lächerlich, das behalte ich im Hinterkopf. Und wenn ich ehrlich bin, dann will ich nicht, dass er mir diese Reaktion entlockt. Außerdem sagt mir mein Gefühl, dass es besser ist, wenn ich es darauf ankommen lasse.

Sein leises Lachen dringt an mein Ohr. Es sorgt dafür, dass ich lächeln muss.

»Ich bin neugierig. Was meinten deine Brüder denn, was die perfekte Zeit ist, um sich bei mir zu melden, nachdem du in meinem Bett geschlafen hast?«

Einen Moment ist es still in der Leitung. In dieser Zeit geht mir die Frage durch den Kopf, ob es gut war, diese Worte auszusprechen. Doch ich bin froh darüber, dass ich den Mut habe, mich danach zu erkundigen. Denn eine verspielte Unterhaltung hilft mir, besser mit dieser Situation umzugehen.

»Na ja, da gehen die Meinungen bei ihnen so ziemlich auseinander. Der eine war der Meinung, dass ich nur einen Tag warten soll. Der andere hat von mehreren Tagen gesprochen, was ich doch sehr übertrieben fand. Außerdem sollte ich dich vielleicht darüber aufklären, dass sich keiner von den beiden daran gehalten hat, als es um ihre Frauen ging.«

Seine ehrliche Erklärung überrascht mich ein wenig.

»Deswegen hast du dich für den Mittelweg entschieden«, stelle ich fest.

»Ja.«

Ich genieße es, mich mit ihm zu unterhalten. Obwohl es über so ein belangloses Thema ist. Allein seine Stimme zu hören, reicht schon aus, dass ich mich auf nichts anderes mehr als auf diesen Mann konzentrieren kann.

»Ich hoffe, deine Kopfschmerzen haben dich nicht lange gequält«, spricht er weiter.

»Woher willst du wissen, dass ich überhaupt welche hatte?«

»Als ich verschwunden bin, hast du den Eindruck auf mich gemacht.« Ich wette, würde er jetzt vor mir stehen, würde er die Hände in den Hosentaschen vergraben und mit den Schultern zucken. Und die Vorstellung reicht aus, dass ich wieder leise lache.

Augenblicklich fällt Josh mit ein. Der raue Ton sorgt dafür, dass sich meine Brustwarzen aufrichten. Ich kann das Ziehen in meinem Unterleib, welches sofort einsetzt, nicht verhindern. In diesem Moment bin ich froh, dass er mir nicht gegenübersteht und es deswegen nicht mitbekommt.

»Ja, ich stand ein wenig neben mir. Doch ich kann dich beruhigen. Meine Kopfschmerzen haben mich nicht lange geärgert und nun geht es mir wieder super«, murmle ich. Erst nachdem ich es ausgesprochen habe, merke ich, dass meine Stimme viel zu leise ist. Schnell räuspere ich mich und hoffe, dass sie bei meinen nächsten Worten lauter sein wird. Ich habe die Befürchtung, dass er zu genau weiß, wie es mir geht. Und wie es mir geht, ist eigentlich etwas, das ich ihm nicht zeigen will.

»Wie wäre es, wenn ich dich morgen vom College abhole?«, schlägt er vor.

Mein Herz macht Sprünge vor Freude bei der Aussicht darauf, ihn in wenigen Stunden bereits wiederzusehen und ich antworte vorschnell und übereifrig.

»Du würdest mir einen riesigen Gefallen damit tun. Meine Cousine ist mit meinem Wagen unterwegs«, höre ich mich sagen. Gleichzeitig versuche ich, die Begeisterung ein wenig abzuschwächen. Die Worte kommen so schnell aus meinem Mund heraus, dass ich kaum über sie nachdenken kann. Dabei nutze ich das Auto nur als eine Art Einwand. Auf diese Weise muss ich nämlich nicht zugeben, dass ich mich bereits darauf freue, Zeit mit ihm zu verbringen.

»Super, dann sehen wir uns morgen. Ich freue mich schon.«

»Ich mich auch.« Mehr sage ich nicht. Stattdessen unterbreche ich die Verbindung, bevor ich noch etwas von mir geben kann, was ich wahrscheinlich bereuen werde.

Ein paar Minuten bleibe ich auf meinem Bett sitzen und versuche mich wenigstens einigermaßen wieder in den Griff zu bekommen. Erst als ich mir sicher sein kann, dass Claire nicht sofort merkt, dass etwas nicht stimmt, stehe ich auf und gehe wieder zu ihr. Das ändert jedoch nichts daran, dass ich den restlichen Tag darauf achte, was ich tue, damit sie nicht doch noch Verdacht schöpft.

8

Josh

»Ich würde gerne wissen, wie du immer an diese Einsätze kommst«, eröffnet mir Chris, als er in meine Wohnung kommt.

»Um genau zu sein, war es gar nicht mein Einsatz. Aber ich wurde dazu gerufen«, erwidere ich. Mit seiner Aussage bestätigt er mir, was ich von Anfang an befürchtet habe. *Es war nicht leicht, etwas herauszufinden.*

»Es hat mich Nerven gekostet«, spricht er weiter, ohne dabei auf meinen Einwand einzugehen. »Ich kann dir überhaupt nicht sagen, wie viele Nerven.«

Sein Blick verdeutlicht, was er von dem Mehraufwand hält. Ich weiß, dass er nicht sehr begeistert davon ist. Das braucht er mir nicht extra zu sagen. Und das ist der Grund, warum ich ihm umso dankbarer bin, dass er sich die Zeit dafür genommen hat. Denn man darf nicht vergessen, dass er das nicht machen muss. Dennoch weiß ich, dass er genauso neugierig ist wie ich.

»Danke«, murmle ich und nehme die Mappe entgegen, die er mir reicht. »Was hast du gefunden? Oder will ich es gar nicht wissen?« Fragend ziehe ich meine Augenbrauen nach oben und schlage die erste Seite auf. Allerdings ginge es bedeutend schneller, wenn er es mir berichten würde. Ich bin gerade nicht in der Laune, mir einen seitenlangen Bericht durchzulesen.

»Och, nachdem ich erst einmal den richtigen Weg gefunden habe,

habe ich eine ganze Menge entdeckt. Zuerst habe ich mir die Besitzer angesehen.«

»Das Anwesen ist doch schon seit Jahren im Familienbesitz«, werfe ich ein.

»Das denkst du und das habe ich ehrlich gesagt auch gedacht. Schließlich haben wir in den letzten Jahren nie irgendetwas von einem Besitzerwechsel mitbekommen. Deswegen gehe ich davon aus, dass alle anderen ebenfalls in diesem Glauben sind. Und dennoch muss ich dir sagen, dass es von denen reichlich gab. Die ersten Wechsel waren nichts Besonderes. Das Anwesen wurde innerhalb der Familie weitergegeben. Aber nicht durch einen Erbfall, sondern durch rechtmäßige Verkäufe. Wieso das so ist, kann ich dir nicht sagen.«

»Hört sich beinahe so an, als hätte sich keiner so wirklich darum kümmern wollen«, überlege ich.

»Ja, so etwas Großes macht schließlich einen Haufen Arbeit.«

»Aber wieso kommt es mir so vor, als wäre da noch mehr?«

»Weil da noch etwas kommt. Bei den letzten zwei oder drei Besitzern wird es nämlich interessanter. In den letzten fünf Jahren hat das Grundstück noch dreimal den Besitzer gewechselt.«

Leise pfeife ich durch die Zähne. San Antonio ist eine Großstadt. Dennoch kennt wohl so ziemlich jeder aus dieser Stadt die Farm. Schlagartig verschwindet meine Müdigkeit. Ich lehne mich ein wenig nach vorne, nachdem ich mich auf das Sofa gesetzt habe.

»Ich kenne mich in der Immobilienbranche nicht so aus. Allerdings muss ich sagen, dass das wirklich verdammt viele Wechsel sind. Ich kann mir vorstellen, dass eine Farm ein wenig braucht, bis sie läuft«, sage ich.

»Und genau da liegt das Problem. Ich weiß, wir kommen nicht sehr oft daran vorbei, aber ich kann mich nicht erinnern, dass ich in den letzten Jahren beobachtet hätte, dass sich dort jemand aufgehalten hat. Auf mich macht es eher den Anschein, als hätte man die Farm von einem zum anderen weitergereicht, weil sie keiner haben wollte.«

Mir gefallen seine Worte nicht. Aus Erfahrung weiß ich, dass so etwas nichts Gutes zu bedeuten hat. Dennoch weiß ich, dass ich mich auf das Gespür meines Bruders verlassen kann. Er hat in den letzten Jahren nicht deshalb so viele Fälle gelöst, weil er Unrecht hatte.

Ohne noch ein weiteres Wort zu sagen, lese ich mir die Akte durch, beziehungsweise ich überfliege sie. Im Großen und Ganzen steht da das gleiche, was Chris mir gerade berichtet hat.

»Ich weiß, was dir gerade durch den Kopf geht. Deswegen kann ich dir direkt sagen, dass wir bereits versuchen, die Besitzer und die Vorbesitzer ausfindig zu machen. Doch das ist nicht so leicht.«

»Wie sollte es sonst sein«, murmle ich.

»Zwei von denen wohnen nicht einmal ansatzweise in der Nähe. Und bis jetzt habe ich auch noch keine gültige Adresse gefunden oder eine Telefonnummer. Sollten die Kollegen sie nicht ausfindig machen, werde ich sie zur Fahndung freigeben. Und wenn ich mir die Vorstrafenregister anschaue, dann würde ich mal behaupten, dass ich das auch machen muss. Ich wünschte, dass es einfacher wäre.«

Ich seufze leise. Denn je mehr er mir berichtet, umso weniger gefällt es mir.

»Was ist mit den Chemikalien?«

»Ich sage nur ein Wort: Drogen. Den Rest kannst du dir wahrscheinlich selbst denken.«

»Scheiße«, entfährt es mir. Dabei spanne ich meinen Kiefer an. Ich spüre, wie ich wütend werde. Ich hatte bereits die Befürchtung, dass diese Kanister zu einer Drogenküche gehören. Doch bis jetzt hatte ich noch ein wenig Hoffnung, dass ich mich irre.

Immer ist etwas, denke ich zähneknirschend. Mir gefällt das alles überhaupt nicht. Und ich sehe meinem Bruder an, dass es ihm nicht anders geht.

»Solltest du etwas erfahren, sag mir sofort Bescheid. Irgendetwas ist da im Busch«, erklärt er mir überflüssigerweise. Nickend signalisiere ich, dass ich ihn verstanden habe. »Und jetzt mal etwas anderes. Willst du das wirklich noch allein machen?« Nachdenklich sieht Chris mich an. Ich weiß sofort, wovon er spricht.

»Ewig werde ich es nicht mehr machen«, gebe ich nur von mir und zucke mit den Schultern. Mich überrascht diese Aussage selbst, doch das lasse ich mir nicht anmerken. »Du musst zugeben, dass man auf diese Weise manchmal mehr Möglichkeiten hat als ein Polizist.«

Nachdenklich betrachtet mich mein Bruder und ich kann nur raten, was in ihm vor sich geht.

»Was ist?«, frage ich deswegen.

»Ja, als Polizist sind mir in vielen Fällen die Hände gebunden. Aber wir haben diesen Job lange genug gemacht. Ich muss zugeben, dass es mittlerweile schöner ist, dass ich eine Freundin gefunden habe und nur noch als Polizist unterwegs bin. Was oft schon gefährlich genug ist.«

Chris sieht mich ein letztes Mal eindringlich an. Bevor ich noch etwas dazusagen kann, steht er jedoch auf und verlässt meine Wohnung, die sich in dem gemeinsamen Haus befindet. Ich hingegen bleibe sitzen und schaue ihm nach.

Ich kann ja verstehen, dass meine Brüder dieser Meinung sind. Ich würde mir auch Sorgen machen, wenn einer von ihnen das allein machen würde.

Ein letztes Mal betrachte ich die Akte, die ich in den Händen halte. Dann gehe ich zur Kommode im Wohnzimmer und lasse sie in einer der Schubladen verschwinden, bevor ich zum College fahre.

Dort angekommen, dauert es, bis ich endlich einen freien Parkplatz in der ersten Reihe gefunden habe. Nachdem ich ausgestiegen bin, lehne ich mich am Wagen an und verschränke die Arme vor der Brust, während ich auf Lina warte.

Es dauert noch ein paar Minuten, bis ich sie endlich entdecken kann. Lina hingegen hat mich noch nicht gesehen, was mir die Gelegenheit gibt, sie ein wenig zu beobachten. Ihre Hüften schwingen verführerisch von rechts nach links. Ihre Haare hängen ihr in leichten Wellen über die Schultern, sodass der Wind hindurchfährt.

Es dauert eine Weile, bis sie mich sieht. Doch dann stiehlt sich ein glückliches Lächeln auf ihr Gesicht. Sie so zu sehen, lässt mein Herz schneller schlagen. Dabei kann ich nach den letzten Tagen, in denen ich mir ausgiebig den Kopf darüber zerbrochen habe, nicht einmal sagen, wieso sie diese Reaktion in mir auslöst. Mir ist jedoch klar, dass ich diese Reaktion nicht haben sollte, denn Lina ist eine Freundin meiner Ex und ich kann mit Gewissheit sagen, dass die kein gutes Haar an mir gelassen hat, nachdem ich sie abserviert habe. Gleichzeitig ist das der Grund dafür, dass ich mich darüber wundere, dass Lina sich überhaupt mit mir trifft.

Weiß sie, wer ich bin? Dieser Gedanke trifft mich völlig unvorbereitet. Dabei muss ich mir eingestehen, dass ich in den letzten Tagen nicht wirklich darüber nachgedacht habe, dass das der Fall sein könnte. Und irgendwie wünsche ich mir, ich hätte es auch jetzt nicht getan. Diese Frage will mir nämlich nicht mehr aus dem Kopf gehen.

»Hi«, begrüße ich sie gut gelaunt.

Gleichzeitig lehne ich mich nach vorne und drücke ihr einen sanften Kuss auf die Lippen. Eigentlich hatte ich mir auf der Fahrt vorgenommen, dass ich mich wenigstens etwas zurückhalten werde. Doch dieser Plan ist nach hinten losgegangen, als ich sie entdeckt habe.

Wenn sie sich in meiner Nähe befindet, würde ich sie am liebsten an mich ziehen.

In der ersten Sekunde sind ihre Muskeln noch angespannt. Ich weiß sofort, dass sie nicht mit meinem Kuss gerechnet hat. Aber ich freue mich darüber, dass ich sie mit dieser Aktion überraschen konnte. Und da ich diesen Schritt nun schon gegangen bin, kann ich ihn jetzt auch noch ein wenig weitertreiben. Aus diesem Grund entferne ich mich nicht von ihr. Ich weiß nicht, ob es an meiner Nähe liegt oder nicht, aber ich merke, dass sie sich entspannt. Ich beschließe, dass mir der Grund egal sein kann. Für mich ist nur wichtig, dass sie genau das macht.

»Hi«, murmelt sie tonlos, nachdem ich mich ein Stück zurückgezogen habe. Dabei entferne ich mich aber nicht weit genug von ihr, um sie wieder vernünftig denken zu lassen.

»Ich dachte mir, dass wir etwas essen gehen«, verkünde ich und führe sie dabei um den Wagen herum auf die Beifahrerseite.

»Das klingt gut. Ich habe seit heute Morgen nichts anderes als Kaffee zu mir genommen«, verrät Lina.

Ich würde sie am liebsten zu mir nach Hause bringen. Doch so weit sind wir noch nicht. Ich will es nicht überstürzen, obwohl mir das wirklich schwerfällt.

Schweigend steige ich ebenfalls ein und fahre rückwärts aus der Parklücke heraus. Während ich den Weg zum Brackenridge Park einschlage, greife ich nach ihrer Hand und verschränke meine Finger mit ihren. Dort angekommen, trenne ich mich nur ungern von ihr, aber das lasse ich mir nicht anmerken.

Gemeinsam gehen wir durch den Park. Dabei achte ich darauf, dass wir uns so nah wie möglich sind, ohne dass ich sie dabei bedränge. Denn ich weiß nicht, wie weit ich bei ihr gehen kann. Und das lässt mich unsicher werden. Obwohl ich das vorher noch nie war. Ich bin Feuerwehrmann. Unsicherheit kann mich mein Leben kosten.

An einem Imbissstand hole ich zwei Sandwiches. Gemeinsam setzen wir uns auf eine Bank und beginnen zu essen.

»Und? Freust du dich schon darauf, dass du bald mit dem Studium fertig bist?«

»Ich bin da noch etwas unentschlossen. Die meisten würden wahrscheinlich *Ja* sagen, doch ich gebe zu, dass ich es bestimmt ein wenig vermissen werde.«

»Ja, keine Partys mehr, kein Spring Break«, lache ich. Dabei stelle ich mir vor, wie sie sich in einem Verbindungshaus befindet und irgendwelche Trinkspiele mit ihren Freunden spielt. Solche Dinge habe ich geliebt, als ich auf dem College war. Die Vorstellung wie Lina wilde Partys feiert, sich betrinkt und mit einer Menge Typen flirtet, gefällt mir nicht. Vor allem gefällt es mir nicht, wenn ich daran denke, dass sie allein mit ihnen sein könnte und sie vielleicht übergriffig werden. Dabei weiß ich, dass sie allein auf sich aufpassen kann.

»Du wirst mich wahrscheinlich auslachen. Doch seitdem ich hier bin, war ich nur zweimal auf so einer Feier.« Lina verzieht ein wenig das Gesicht.

»Wirklich?«

»Ja«, erwidert sie nur und zuckt mit den Schultern. »Beim Spring Break war ich sogar noch nie. Obwohl ich zugeben muss, dass meine Cousine sich wirklich große Mühe gegeben hat, mich zu überreden.«

»Wenn du willst, können wir das nächste Mal gemeinsam hinfahren«, schlage ich vor, noch bevor ich überhaupt richtig darüber nachgedacht habe.

»Du willst zum Spring Break?« Ein wenig belustigt schaut sie mich an. Doch ich kann ihr nur Recht geben. Selbst für mich klingt das absurd. Obwohl ich zugeben muss, dass ich diese Zeit immer genossen habe. Aber das werde ich ihr mit Sicherheit nicht auf die Nase binden.

»Wenigstens für einen Tag. An den anderen Tagen können wir etwas anderes machen«, rudere ich ein wenig zurück.

Ihr leises Lachen dringt an mein Ohr. Dabei legt sie ihr Bein über meines und lehnt sich an mich. Aus einem Reflex heraus umgreife ich sie, sodass sie sich an mich kuschelt.

Schweigend sitzen wir da und beobachten unsere Umgebung. Andere Paare gehen spazieren und Kinder spielen auf den großen Wiesen.

»Okay«, stimmt sie schließlich zu. »Aber nur wenn wir eine Nacht am Strand schlafen. Das wollte ich schon immer mal machen.«

Verwundert über ihre Worte schaue ich sie an. Erst in diesem Moment bemerke ich, wie wenig wir voneinander wissen. Und dennoch will ich sie. Ich werde genug Zeit haben, um alles über sie zu erfahren.

»Ich bin mir sicher, dass wir dort ein ruhiges Fleckchen finden werden«, murmle ich so leise in ihr Ohr, dass ich meine eigene Stimme kaum verstehen kann. Doch ich merke, wie sich eine Gänsehaut auf ihrem Körper bildet, die mir zeigt, dass meine Worte ihre Wirkung nicht verfehlt haben.

Sie lehnt sich zu mir und drückt mir einen Kuss auf die Wange. Ich hingegen ziehe sie noch näher an mich heran. Beinahe ist es so, als wären wir eins.

Keiner von uns beiden macht irgendwelche Anstalten sich zu bewegen. Niemals hätte ich gedacht, dass ich diese Ruhe genießen würde.

Dafür stehe ich immer viel zu sehr unter Strom. Doch bei Lina schaffe ich es.

9

Lina

Vom ersten Tag an habe ich es geliebt, mich auf mein Studium zu konzentrieren. Ich bin keine Streberin, das war ich noch nie und werde es nie sein. Doch mich aufs Lernen zu konzentrieren hat mich davon abgehalten, mich auf irgendwelche Typen einzulassen. Zumindest hat das bis jetzt geklappt.

Bis Josh mir über den Weg gelaufen ist.

Und er ist der Grund dafür, dass ich mich nun nicht auf die Bücher konzentrieren kann, die vor mir liegen. Ich schaffe es nicht, diesen Mann aus meinem Kopf zu verbannen. Nicht einmal für eine Minute. Ohne Unterbrechung habe ich seine Stimme in meinem Ohr und spüre seine Küsse auf meinen Lippen.

Seine Küsse. Vor allem die sind es, die ich nicht mehr aus meinen Gedanken herausbekomme. Seine sanften Lippen auf meinen zu spüren, hat etwas mit mir angestellt. Etwas, was ich nicht genau beschreiben kann. Ich bin mir sicher, dass die Nähe zu ihm ihren Teil dazu beigetragen hat, dass ich mich am Abend nicht von ihm trennen wollte.

Davon abgesehen ist sie wahrscheinlich der Grund dafür, dass ich seit Stunden gefühlte alle paar Minuten auf das Display meines Handys schaue. Tief in meinem Inneren weiß ich, dass ich auf eine Nachricht von Josh warte. Erst habe ich noch versucht mir einzureden, dass ich es mache, um die Uhrzeit zu erfahren. Doch ich brauche mir nichts vorzumachen.

Als ich es nicht mehr aushalte, packe ich meine Sachen zusammen und verlasse beinahe fluchtartig die Bibliothek. Doch kaum habe ich das riesige Gebäude verlassen, entdecke ich Josh. Er steht ein paar Schritte von mir entfernt und unterhält sich mit einem älteren Mann, den ich nicht kenne. Doch in diesem Moment ist das unwichtig. Denn ich habe nur Augen für den gutaussehenden Kerl.

Ich bleibe stehen, bevor er mich bemerken kann, und nehme mir die Zeit, um ihn zu beobachten. Sein Shirt ist so eng, dass man alle Muskeln erkennen kann. Seine dunklen Tattoos, die sich an beiden Armen hinaufwinden, lassen ihn noch gefährlicher aussehen. Es sieht so aus, als wären es verschiedene Symbole. Allerdings bin ich mir da nicht so sicher. Und dazwischen erkenne ich einen Tiger, der mich gefährlich ansieht. Ich kann verstehen, wieso sich alle Frauen, die an ihm vorbeigehen, zu ihm umdrehen, und ich kann nicht verhindern, ein wenig eifersüchtig zu werden. Obwohl ein wenig noch untertrieben ist. Dabei gehört er mir nicht. Und ich kann mir nicht vorstellen, dass er eine feste Beziehung haben möchte.

Gerade als ich überlege, ob ich verschwinden soll, dreht Josh sich zu mir um. Als er mich bemerkt, sieht er überrascht aus. Doch dann verabschiedet er sich von seinem Gesprächspartner und kommt zu mir.

»Was machst du denn hier?«, erkundige ich mich, nachdem er vor mir stehen geblieben ist.

»Die Brandschutzprüfung steht bevor. Deswegen musste ich noch ein paar Sachen besprechen. Aber es ist gut, dass wir uns hier über den Weg laufen.«

»Wieso?«

»Ich dachte, dass ich dich vielleicht entführe und wir einen gemütlichen Abend bei mir verbringen.«

Vorsichtig sieht er mich an. Mein Verstand sagt mir, dass ich das nicht machen sollte. Schließlich schreit er mir förmlich zu, dass er gefährlich ist. Doch ich habe überhaupt keine Lust, auf meinen Verstand zu hören. Stattdessen mache ich das, was mein Herz mir sagt. Und das will noch mehr Zeit mit Josh verbringen. Deswegen nicke ich.

Hand in Hand gehen wir zu seinem Wagen. Dabei kann ich nicht für mich behalten, wie nervös ich bin. Ich weiß nicht, wieso es mir so geht, schließlich ist es nicht das erste Mal, dass ich mich mit ihm treffe.

Während Josh sich einen Weg durch die Straßen bahnt, schaue ich mich um. Ich bin neugierig, wo er lebt.

»Wow«, entfährt es mir leise, nachdem Josh durch das riesige Tor gefahren ist. »Hier wohnst du?« Überrascht schaue ich mich um.

Ich kann nicht genau sagen, womit ich gerechnet habe. Aber ich bin mir sicher, dass ich nicht erwartet habe, dass er auf so einem Anwesen wohnt. Es ist riesig. Direkt vor mir befindet sich ein großes Haus, vor dem sich eine ebenfalls große Terrasse befindet.

»Meine Brüder und ich haben das Anwesen vor ein paar Jahren geerbt und dann das Haus gebaut.«

»Ihr wohnt alle hier?«

»Ja, aber jeder hat seinen eigenen Teil. Es ist cool mit ihnen zusammenzuleben, aber müsste ich mir mit ihnen eine Wohnung teilen, würde ich wahrscheinlich durchdrehen«, scherzt er.

Nicht zum ersten Mal in den letzten Minuten bin ich überrascht. Ich hatte mir bereits gedacht, dass sie sich nahestehen. Doch damit habe ich nicht gerechnet. Schließlich machen die meisten Geschwister einen großen Bogen umeinander. Ich zum Beispiel liebe meinen Bruder. Aber würde ich so nah bei ihm wohnen, würde ich wahrscheinlich ausrasten und mich ständig mit ihm streiten.

Ich sage nichts, als er zu den Garagen fährt, die sich auf der linken Seite befinden, und seinen Wagen vor einer von ihnen abstellt.

»Bist du bereit?«, fragt er mich als Nächstes. Dabei lässt er meine Hand nicht los. Ein merkwürdiges Gefühl macht sich in mir breit. Ein Gefühl, das sich dennoch wunderschön anfühlt.

»Du tust so, als würden mich hier irgendwelche Monster erwarten«, scherze ich.

»Nein, da kann ich dich beruhigen. Monster werden dich hier nicht erwarten. Um ehrlich zu sein, ist alles so abgesichert, dass man schon dämlich sein müsste, wenn man versuchen würde hier einzudringen.«

Von einer Sekunde auf die andere scheint er nicht mehr so locker zu sein. Mir kommt es so vor, als hätte ich etwas Falsches gesagt, dabei habe ich es als Scherz gemeint.

Doch bereits kurz darauf macht es den Eindruck, als hätte ich mich geirrt. Frech grinst er mich an, bevor er aussteigt.

Um zu vermeiden, dass ich mir doch noch irgendwelche Gedanken mache, mit denen ich mich gerade nicht auseinandersetzen will, steige ich ebenfalls schnell aus und gehe zu ihm.

»Falls du dir Sorgen machst, dass dir gleich alle über den Weg laufen werden, kann ich dich beruhigen. Chris hat Dienst und Roy ist anscheinend noch nicht da. Die Autos von ihren Mädels sind auch nicht da. Und sollte doch einer der vier auftauchen, dann sind sie umgänglich.«

»Umgänglich?«, erkundige ich mich lachend.

»Du weißt, wie ich das meine«, erwidert er und zuckt mit den Schultern. Dann lacht er auch.

Es ist nicht seine Familie, um die ich mir Sorgen mache, denke ich. In letzter Sekunde kann ich jedoch verhindern, dass ich diese Worte wirklich ausspreche. Es würde die Situation nicht unbedingt besser machen.

Josh greift erneut nach meiner Hand und geht mit mir gemeinsam auf das Haus zu. Dabei versuche ich einen Anhaltspunkt zu finden, hinter welcher der drei Türen er lebt. Doch sie sehen alle gleich aus, sodass ich es nicht genau sagen kann. Aus dem Augenwinkel erkenne ich, dass er immer wieder in meine Richtung sieht. Automatisch frage ich mich, wie viel von dem, was gerade noch in meinem Kopf vor sich ging, er mitbekommen hat. Ich hoffe, dass er nichts davon ahnt, obwohl das wohl eher unwahrscheinlich ist. Schließlich weiß ich, wie aufmerksam er ist.

Als wir das Haus betreten, schlägt mein Herz so wild, dass ich Angst habe, es würde sich gleich aus meiner Brust befreien wollen. Deswegen ziehe ich es vor, Josh erst einmal nicht zu beachten und mir stattdessen sein Haus anzuschauen.

Wir befinden uns mitten im Wohnzimmer. Auf der rechten Seite steht eine riesige Sofalandschaft, auf der man genug Platz hätte, um dort gemütlich mit drei Personen zu schlafen. Ihr gegenüber befindet sich eine Wohnwand, die in dunklen Farben gehalten ist. Ich habe mir den dunklen Ton immer erdrückend vorgestellt, doch die Farbe steht in einem schönen Kontrast zu den hellen Wänden und dem Boden. An den Wänden hängen unterschiedliche Bilder. Dazwischen kann ich ein paar Urkunden erkennen. Ich kann von meiner Position aus nicht sagen, was darauf steht, gehe aber davon aus, dass Josh sie für seine Arbeit bekommen hat.

Beim Anblick seiner Wohnung bin ich wieder überrascht. Schließlich ist Josh ein Junggeselle. Und die Wohnungen von männlichen Junggesellen, die ich bis jetzt gesehen habe, waren eher dürftig eingerichtet. Hier scheint es aber so, als würde sich alles an seinem Platz befinden.

Ob das eine Frau gemacht hat? Ich kann nicht verhindern, dass mir dieser Gedanke durch den Kopf geht. Es müsste mir egal sein, dennoch werde ich eifersüchtig. Eifersüchtig auf eine Frau, die es vielleicht überhaupt nicht gibt.

»Hier«, sagt Josh und zieht meine Aufmerksamkeit wieder auf sich. Dabei bemerke ich, dass er mir eine Bierflasche reicht. Ich war so vertieft in die Betrachtung seiner Wohnung, dass ich überhaupt nicht gemerkt habe, dass er mich kurz allein gelassen hat.

»Danke«, erwidere ich und nehme sie entgegen.

»Ich möchte, dass du dich hier wie zu Hause fühlst«, flüstert mir Josh plötzlich ins Ohr, sodass ich erschrocken zusammenzucke. Dabei schaue ich ihn wieder an.

Josh steht so dicht vor mir, dass ich ihn ohne Probleme küssen könnte. Aus einem Reflex heraus blicke ich auf seine einladenden Lippen. In der nächsten Sekunde führt er mich zum Sofa und bedeutet mir, dass ich mich setzen soll.

Erst jetzt merke ich, wie müde ich bin. Doch es liegt nicht an diesem Tag. Auf jeden Fall nicht nur. Es ist alles, was in der letzten Zeit passiert ist. Und wenn ich ehrlich bin, dann ist das eine ganze Menge.

»An was denkst du?«, fragt Josh.

»Vieles«, erwidere ich. Ich habe keine Idee, wie ich es ihm sonst sagen soll. Ich kann nicht einmal ansatzweise entscheiden, womit ich anfangen soll.

Nachdenklich sieht er mich an.

Zärtlich umgreift Josh mein Handgelenk und zieht mich an sich. Es geht alles so schnell, dass ich keine Zeit mehr habe, zu reagieren. Vorsichtig lande ich auf seiner Brust.

Sofort umhüllt mich sein Geruch und meine Atmung wird ruhiger. Ich schließe die Augen und nehme ihn dadurch noch mehr wahr. Seine Hände streichen sanft über meinen Arm und sorgen dafür, dass sich eine Gänsehaut auf meinem Körper ausbreitet.

»Wie viel hast du in den letzten Nächten geschlafen?«, erkundigt sich Josh.

»So genau weiß ich das nicht. Es war aber eindeutig zu wenig«, murmle ich.

»Dann versuch ein wenig zu schlafen«, fordert er mich auf.

»Hmmm«, mache ich nur.

Ich muss zugeben, dass der Gedanke, bei ihm zu schlafen, wirklich zu gut klingt. Doch ich bin mir nicht sicher, ob es eine gute Idee ist. Josh nimmt mir die Entscheidung ab, indem er die Decke über mich ausbreitet.

Es ist vielleicht eine total bescheuerte Idee, doch ich will es darauf ankommen lassen.

Langsam und ein wenig zögerlich öffne ich die Augen, als das Klingeln meines Handys an meine Ohren dringt. Ich habe die Befürchtung, dass sich das alles nur als ein Traum herausstellen wird, wenn ich endgültig wach werde. Verschlafen richte ich mich auf und taste dabei nach meinem Telefon. Es dauert ein wenig, bis ich registriere, dass ich nicht in meinem Bett liege und ich all das tatsächlich nicht geträumt habe, doch ich spüre die Wärme von Josh an meinem Körper.

Einen Moment bleibe ich noch so liegen und genieße die Nähe zu ihm. Doch es dauert nicht lange, bis ich merke, dass derjenige, der mich da anruft, nicht aufgeben wird. Deswegen klettere ich vorsichtig über Josh und gehe leise zu meiner Tasche.

»Ja?«, frage ich, nachdem ich das Handy endlich gefunden habe.

»Kannst du mir vielleicht mal sagen, wo du steckst? Du kannst dir gar nicht vorstellen, was für Sorgen ich mir mache. Schon seit Stunden renne ich hier hin und her«, dringt die aufgebrachte Stimme meiner Cousine durch die Leitung hindurch. »Und dass du erst jetzt ans Handy gehst, macht es nicht besser.«

Verdammt, schießt es mir durch den Kopf, sobald sie ausgesprochen hat. Ihre Worte bewirken, dass ich mir am liebsten in den Hintern treten würde. Schließlich hätte ich ihr wenigstens eine Nachricht schreiben müssen. Doch ich habe mich seit unserer Ankunft in seiner Wohnung nur noch auf Josh konzentriert. Und das wiederum hat dazu geführt, dass ich gar nicht gemerkt habe, dass es immer später wurde.

»Lina? Bist du noch da?«

»Ja, es tut mir leid. Ich bin bei einer Freundin«, lüge ich sie an. Ich hasse es, dass ich das machen muss. Doch schnell halte ich mir vor Augen, dass sie ausrasten würde, wenn sie wüsste, bei wem ich mich wirklich aufhalte. Deswegen behalte ich das lieber für mich. Zumindest fürs Erste.

»Um diese Uhrzeit noch?«, spricht sie aufgebracht weiter.

»Ich bin auf dem Sofa eingeschlafen«, versuche ich ihr zu erklären. Dabei achte ich darauf, dass meine Stimme nicht zu laut ist, da ich Josh nicht wecken will. Allerdings auch nicht so leise, dass sie hellhörig wird.

Sie gibt keinen Ton von sich. Deswegen kann ich nicht verhindern, dass ich mir auf die Lippen beiße, bis sie mir wehtun.

»Hmmm«, macht sie schließlich. Ich bin mir nicht sicher, ob ich froh darüber sein soll oder nicht. Doch der Ton, in dem sie das von sich gibt, zeigt, dass sie nicht begeistert davon ist.

»Ich werde hierbleiben. Mein Wagen steht auf dem Parkplatz des Colleges. Und um mit dem Bus zu fahren ist es jetzt schon zu spät. Deswegen sehen wir uns erst morgen«, füge ich noch hinzu.

»Okay, dann wünsche ich dir viel Spaß.«

»Und mach dir keine Sorgen.«

»Du bist meine Cousine und du kennst unsere Eltern. Allein deswegen mache ich mir schon Sorgen«, merkt sie an. Was ich nachvollziehen kann. Als wir zusammengezogen sind, haben sie uns eingebläut, dass wir aufeinander aufpassen sollen.

»Mir wird hier schon nichts passieren.« Mit diesen Worten lege ich auf.

Ich lege mich nicht wieder zu Josh, sondern gehe auf das Fenster zu und verschränke dabei die Arme vor der Brust. Schweigend schaue ich hinaus. In meinem Kopf überschlagen sich die Gedanken. In den letzten Tagen ist alles so schnell gegangen, dass ich kaum noch weiß, worum ich mich zuerst kümmern soll.

»Was ist los?«, fragt Josh mich leise. Dabei legt er seine Hände sanft auf meine Schultern. Langsam beginnen sie mich zu massieren. Ich entspanne mich und lehne mich mit dem Rücken gegen seine Brust.

Ich antworte nicht. Stattdessen zucke ich mit den Schultern, sodass er seine Finger weiter nach unten wandern lässt, bis er meine Hüften erreicht hat.

»Ich habe in den letzten Jahren gelernt, dass es einige Dinge gibt, über die man sich vielleicht nicht so viele Gedanken machen sollte.«

Seine Worte bewegen mich dazu, dass ich mich zu ihm umdrehe. Dabei lässt er mich aber nicht los. Ein wenig kommt es mir so vor, als würde er den Griff um meine Hüften noch verstärken. Ich lege meine Arme um ihn und stelle mich auf die Zehenspitzen.

Ich küsse ihn. Seine sanften Lippen auf meinen zu spüren, weckt das Verlangen in mir. Es dauert nur den Bruchteil einer Sekunde, bis es mich vollkommen im Griff hat.

Seine Hände streichen über meine Arme und hinterlassen ein Feuer an den Stellen, an denen er mich berührt. Ich kann mich nicht daran erinnern, dass ich mich jemals so sehr nach einem Mann verzehrt habe wie nach ihm. Ich habe nicht gedacht, dass ich das irgendwann einmal tun würde. Doch Josh hat es mit Leichtigkeit geschafft, mir das Gegenteil zu beweisen.

Sein Gesicht entfernt sich wenige Zentimeter von mir. Aufmerksam betrachtet er mich. In diesem Moment kann ich nur raten, was in ihm vor sich geht.

Die nächsten Sekunden sind zu lang vor. Es erscheint mir, als wäre er viel zu weit von mir weg. Dabei will ich ihn bei mir haben und mit ihm verbunden sein.

Frech grinst er mich an und küsst mich dann erneut. Doch dieses Mal ist der Kuss nicht sanft und beinahe zurückhaltend, er ist das genaue Gegenteil. Stürmisch nimmt er mich in Besitz und lässt mir keine Möglichkeit mehr, mich auf irgendetwas anderes zu konzentrieren. Doch das will ich auch überhaupt nicht.

Seine Finger gleiten unter mein Shirt und schieben es immer weiter nach oben, bis er es mir über den Kopf ziehen kann. Dann streift er einen Träger meines BHs nach unten und senkt seinen Kopf. Sanft zieht er meinen Nippel in seinen Mund.

Ein lautes Stöhnen kommt mir über die Lippen und meine Augen schließen sich. Mit den Fingern kralle ich mich in seinen Haaren fest, da es mir vorkommt, als würden meine Beine gleich unter mir nachgeben. Doch Josh hält mich so fest in seinen Armen, dass ich mich keinen Zentimeter bewegen kann.

Sanft fährt er mit der Zunge um meine erregten Brustwarzen, sodass ich immer feuchter werde. Ich sehne mich nach ihm und seinen Berührungen und kann überhaupt nicht genug davon bekommen.

Ich bin so sehr darauf fixiert, dass ich gar nicht merke, wie er meinen BH öffnet und ihn auf den Boden fallen lässt. Erst als er sich um die andere Brust kümmert, registriere ich es. Doch dann greife ich nach seinem Shirt und befreie ihn ebenfalls davon. Trotz der Dunkelheit, die um uns herum herrscht und nur schwach vom Mond erhellt wird, erkenne ich die vielen Tattoos, die sich auf seinem Oberkörper befinden. Ich kann mich nicht genug auf sie konzentrieren, um einzelne Bilder auszumachen, denn ich werde nur noch von dem Wunsch geleitet, ihn zu spüren.

Während wir uns wieder küssen, öffnet er meine Hose und befördert mich auf das Sofa. Weich lande ich in den dicken Kissen. Dabei beobachte ich ihn, wie er sich von seiner Hose und seinen Boxershorts befreit. Sein bester Freund zieht meine Aufmerksamkeit auf sich. Aus einem Reflex heraus beiße ich mir auf die Lippen.

Ich will ihn endlich in mir spüren und das zeige ich ihm, indem ich nach meiner Hose greife und mich von ihr befreien will.

»Oh nein«. Mehr sagt er nicht, sondern küsst mich kurz, bevor er nach dem Bund meiner Hose greift und sie langsam nach unten zieht.

Mir ist klar, dass er sich einen Spaß daraus macht, mich in den Wahnsinn zu treiben. Doch mein Verlangen ist schon bald so extrem, dass ich mich kaum noch im Griff habe. Als ich die kühle Luft an meiner heißen Mitte spüren kann, zucke ich ein wenig zusammen.

Immer weiter wandert sein Mund nach unten, bis er schließlich zwischen meinen Beinen angekommen ist. Sanft legt er seine Arme auf meinen Bauch und verhindert so, dass ich mich von ihm entfernen kann.

Doch das will ich gar nicht mehr, als er über meine empfindliche Stelle leckt. Es dauert nur wenige Sekunden, bis er es geschafft hat, dass ich nicht mehr weiß, wo oben und unten ist. Als der Orgasmus über mich hinwegfegt, rufe ich immer wieder seinen Namen. Ich bin mir sicher, dass mich jeder hören kann, der sich auf diesem Grundstück befindet. Wahrscheinlich sogar jeder, der in der Nachbarschaft wohnt.

Als ich ihm alles gegeben habe, kommt er nach oben und küsst mich, sodass ich meinen eigenen Geschmack auf den Lippen habe. Allein das reicht schon aus, dass ich sofort wieder feucht werde.

Ohne sich von mir zu lösen, zieht er ein Kondom aus der Schublade heraus und streift es sich über. Dann dringt er in mich ein.

»Josh«, stöhne ich und kratze mit meinen langen Nägeln über seinen Rücken.

Immer wieder dringt er in mich ein und weitet mich. Bei jedem Stoß bearbeitet er die Stelle in meinem Inneren, die dafür sorgt, dass ich schon bald den Druck spüre. Unaufhörlich baut er sich in mir auf.

Als ich dieses Mal komme, fühlt es sich intensiver an als jemals zuvor. Ich bin so sehr in dieser Welt gefesselt, dass ich nur am Rand mitbekomme, dass Josh ebenfalls seinen Höhenpunkt erreicht.

Es scheint eine Ewigkeit zu dauern, bis ich wieder in dieser Welt ankomme. Doch selbst dann trennt er sich nicht von mir. Noch immer hält Josh mich fest in seinem Arm und beschützt mich. Auf jeden Fall kommt es mir so vor.

Ich genieße es und will gar nichts daran ändern.

10

Josh

Das Erste, was ich morgens wahrnehme, ist das Gewicht von Lina auf meinem Körper. Normalerweise würde ich jetzt aufstehen und sie dabei mehr oder weniger sanft wecken. Doch sie hier neben mir liegen zu haben, beruhigt mich. Bis jetzt habe ich nicht gedacht, dass mir das irgendwann einmal passieren würde. Deswegen ziehe ich sie noch näher an mich heran und atme ihren Geruch ein.

Ich habe nicht vor, sie in der nächsten Zeit zu wecken. Schließlich muss ich erst heute Nachmittag auf der Feuerwache sein. Ich will den Tag mit ihr in Ruhe starten. Dabei interessiert es mich nicht, ob sie zu einer Vorlesung muss oder nicht. In diesem Moment bin ich egoistisch.

Ich habe keine Ahnung, wie lange wir hier so liegen. Zum ersten Mal frage ich mich, ob meine Brüder vielleicht Recht haben und ich die Jagd sein lassen sollte. Vor allem vor dem Hintergrund, dass ich sie in den letzten Tagen und Wochen ohnehin schon habe schleifen lassen. Doch so leicht ist die Entscheidung nicht.

Erst als Lina sich leicht auf mir bewegt, verdränge ich diesen Gedanken. Es dauert etwas, doch dann hebt sie vorsichtig ihren Kopf. Dabei sieht sie sich im Zimmer um. Da ich sie letzte Nacht noch ins Schlafzimmer gebracht habe, dauert es ein wenig, bis sie ihre Orientierung wiedergefunden hat und mich betrachtet. Doch dann macht sich ein zaghaftes und gleichzeitig glückliches Lächeln auf ihrem wunderschönen Gesicht breit.

»Guten Morgen«, begrüße ich sie mit guter Laune. Dabei streiche ich ihr eine Strähne aus dem Gesicht, damit ich ihre funkelnden Augen besser sehen kann. Denn die gehören zu den Dingen an ihr, von denen ich nicht genug bekommen kann.

»Hi«, murmelt sie mit rauer Stimme. Lina macht Anstalten, sich aufzurichten. Doch ich lasse nicht zu, dass sie sich von mir entfernen kann. Zärtlich verstärke ich meinen Griff und drücke sie noch ein wenig fester an meinen Körper.

Kurz habe ich die Befürchtung, dass sie sich wehren wird. Zumindest weist ihr Gesichtsausdruck darauf hin. Dann würde ich sie natürlich wieder loslassen. Obwohl ich zugeben muss, dass ich das nur ungern machen würde.

Doch zu meiner Überraschung stelle ich fest, dass Lina genau das nicht macht. Es ist sogar eher das Gegenteil der Fall. Sie kuschelt sich noch näher an mich heran, wobei sie einen zufriedenen Ton von sich gibt.

Ein paar Minuten bleiben wir so liegen. Es ist das erste Mal, dass ich lieber mit einer Frau im Bett liegen bleibe und mit ihr kuschle, als mich ins Krafttraining zu stürzen. Und irgendwie habe ich angenommen, dass mich das irritieren würde. Doch nun muss ich feststellen, dass genau das nicht der Fall ist. Man könnte sogar sagen, dass es mich irritiert, dass es mich nicht irritiert.

Man könnte auch so weit gehen und sagen, dass ich das erste Mal in den letzten Monaten meine Brüder verstehen kann.

Nachdenklich starre ich an die Decke, während ich mit dem Zeigefinger immer wieder über Linas Rücken wandere.

»Wann musst du beim College sein?«, erkundige ich mich.

»Eigentlich habe ich heute Vormittag zwei Vorlesungen und am Nachmittag noch eine«, erwidert sie, ohne sich dabei zu bewegen. Ich bin jedoch der Meinung, dass sie sich nicht so anhört, als wäre sie beim Thema.

Doch dann kommen all ihre Worte bei mir an. Deswegen drehe ich mich ruckartig herum, so dass Lina nun unter mir liegt.

»Eigentlich?«, erkundige ich mich und stupse sie mit der Nase an.

»Hmmm«, macht sie nur. Dabei verzieht sie ein wenig das Gesicht und zuckt mit den Achseln.

»Ich glaube, ich hätte da eine Idee«, verkünde ich.

»Ich bin ganz Ohr«, erwidert Lina und lässt mich dabei nicht aus den Augen.

»Wie wäre es? Du schwänzt die Vorlesungen, die am Vormittag stattfinden, und wir gehen gemeinsam frühstücken«, schlage ich vor.

Ich sehe ihr an, dass sie darüber nachdenkt, ob sie einwilligen soll oder nicht. Um ihr die Entscheidung leichter zu machen, lasse ich meine Hand an ihrer Seite weiter nach unten wandern. Dabei küsse ich ihren Hals. Gerade schien sie sich noch unsicher zu sein. Und um fair zu sein, muss ich zugeben, dass es ein wenig gemein von mir ist. Schließlich geht es hier um ihr Studium. Doch dann kann ich beobachten, wie sie immer weniger Lust hat aufzustehen, und ich weiß, dass meine Argumente überzeugend waren.

Ein glückliches Lächeln erscheint auf ihrem Gesicht.

»Das hört sich wunderbar an«, murmelt sie schließlich. Ein warmes Gefühl erfüllt mich.

»Du bist unmöglich«, zieht sie mich auf und lacht dann.

»Ja, ein wenig«, gebe ich zu. Dann falle ich in ihr Lachen ein.

Die nächsten Minuten bleiben wir noch liegen und kabbeln uns. Ich genieße diese Unterhaltung mit ihr. Sie erweckt den Eindruck bei mir, als würden wir uns schon ewig kennen. Und das ist es, was mir noch mehr gefällt.

Selbst als wir zwei Stunden später endlich im Auto sitzen und in die Stadt fahren, kann ich noch immer nicht meine Hände von ihr lassen. In den letzten Jahren hatte ich schon so einige Beziehungen, die über einen längeren Zeitraum gingen. Obwohl ich sie nicht einmal als Beziehungen bezeichnen würde. Ganz im Gegensatz zu den Frauen. Dort habe ich immer meine Freiheit gebraucht. Doch dieses Mal ist es anders. Ich will Lina bei mir haben. Ich will sie in meiner Nähe haben und wissen, dass es ihr gut geht, dass sie in Sicherheit ist.

Aus dem Augenwinkel kann ich erkennen, dass sie mich nicht aus den Augen lässt. Sie hat ihren Kopf am Sitz angelehnt und sieht mich beinahe verträumt an.

»Verrätst du mir, wer dich in der letzten Nacht angerufen hat? Oder ist das ein Geheimnis?«, fordere ich sie heraus. Ich versuche es wie eine normale Unterhaltung klingen zu lassen, doch die Wahrheit sieht so aus, dass ich neugierig bin.

»Meine Cousine hat sich Sorgen gemacht, weil ich nicht nach Hause gekommen bin und ihr keine Nachricht geschrieben habe, wo ich bin.« Ihre Stimme klingt beinahe gleichgültig. Doch sie scheint ihrer Cousine nahe zu stehen. Deswegen kann ich mir nicht vorstellen.

»Und? Hast du es ihr gesagt?«

»Nein«, antwortet Lina und schüttelt dabei entschieden den Kopf. »Ich habe ihr gesagt, dass ich bei einer Freundin schlafe und sie sich keine Sorgen machen muss. Schließlich geht von dir ja keine Gefahr aus.« Die letzten Worte kommen ihr eindeutig zögerlich über die Lippen. Um das nicht zu bemerken, müsste ich schon sehr doof sein.

Ich kann es mir gerade noch verkneifen, ihr einen entsprechenden Blick zuzuwerfen. Schließlich geht von mir keine Gefahr aus. Auf jeden Fall nicht die, auf die ihre Cousine vermutlich angespielt hat.

Während ich einen Parkplatz suche, sagt keiner von uns ein Wort. Ich unterbreche jedoch den Körperkontakt mit ihr nicht. Nachdem ich in der kleinen Bäckerei an der Ecke zum Park für jeden von uns ein Croissant geholt habe, gehen wir gemeinsam durch die Straßen.

»Wow«, flüstert Lina und bleibt vor einem Schaufenster stehen, in dem sich unterschiedliche Kleider befinden. Dabei betrachtet sie eines, das aus einem grünen Stoff besteht. Am Kragen befindet sich eine aufwändige Perlenstickerei, sodass es einem ins Auge sticht.

»Ja, das sieht gut aus«, antworte ich, bleibe dabei jedoch einen Schritt hinter ihr stehen.

»Der Preis ist utopisch«, sagt sie leise.

Ich muss meine Lippen zu einer dünnen Linie aufeinanderpressen, um ihr nicht anzubieten, dass ich es für sie kaufe. Allerdings weiß ich ohnehin, dass sie das sofort ablehnen und es wahrscheinlich in einer riesigen Diskussion enden würde. Und das will ich nicht. Und schon gar nicht jetzt.

Deswegen sage ich nichts dazu, behalte es jedoch im Hinterkopf. Gemeinsam gehen wir weiter, bis es so weit ist, dass ich sie zum College bringen muss. Ich mache das nur ungern, da ich noch mehr Zeit mit ihr verbringen will. Doch ich muss zur Arbeit und Lina muss nun lernen.

»Hast du heute Abend schon etwas vor?«, frage ich sie, nachdem ich mit mir selbst gerungen habe.

»Ich muss nur ein paar Unterlagen durchgehen«, erwidert Lina und zuckt dabei mit den Schultern.

»Bei mir wird es wohl später. Aber wenn du willst, kannst du schon zu mir fahren und dort auf mich warten, wenn ich noch nicht da sein sollte«, schlage ich vor, nachdem ich vor dem großen Hauptgebäude stehen geblieben bin.

»Ich will mich nicht aufdrängen«, erwidert sie. Ich bin mir sicher, dass sie es mir nicht zeigen will, dennoch spüre ich die Unsicherheit, die sie ausstrahlt.

»Du brauchst dir deswegen keine Sorgen machen. Ich würde mich freuen, wenn ich nach Hause komme und du bist schon da.« Ich kann nicht fassen, dass ich das wirklich gesagt habe. Doch es ist die Wahrheit. Die Aussicht darauf gefällt mir.

»Gerne«, flüstert sie schließlich, als ich schon die Befürchtung habe, dass sie keinen Ton mehr von sich geben wird. Ich liebe diese schüchterne Art an ihr. Vor allem, weil ich weiß, dass sie auch anders sein kann.

»Ich freue mich schon.« Kaum habe ich ausgesprochen, drücke ich ihr einen Kuss auf die Lippen. Im ersten Moment habe ich die Befürchtung, dass sie sich wieder anspannt, wie es gestern der Fall gewesen ist, doch diesmal macht sie das nicht.

Stattdessen erwidert Lina den Kuss, über den ich den restlichen Tag nachdenken muss. Dabei kommt mir der Gedanke, dass sie mein Geheimnis vielleicht schon kennen und sich nur einen Spaß aus mir machen könnte, ganz so, wie ich es angeblich bei ihrer Freundin getan habe.

Doch ich kann es mir bei ihr nicht vorstellen. Ich muss jedoch zugeben, dass sie, würde es nach ihrer Freundin Julia gehen, wahrscheinlich jedes Recht darauf hätte.

Selbst als ich abends in meinem Wagen sitze und in die Dunkelheit starre, werde ich all das nicht los. Ich kann es nicht aus meinem Kopf verbannen, obwohl es gerade einen anderen wichtigen Punkt gibt, auf den ich mich dringend konzentrieren sollte. Direkt vor meinem Wagen befindet sich nämlich das Absperrband, das den Zugang zur Brandstelle verwehrt.

Um nicht das Risiko einzugehen, dass ich von einem vorbeifahrenden Polizeiwagen überrascht werde, habe ich mein Auto etwas abseits auf einen Feldweg gestellt. Auf der Fahrt habe ich diese Idee mehrmals verflucht, da mein Wagen definitiv nicht für diese Strecke geeignet ist.

Doch eine andere Wahl hatte ich nicht. Ich bin mir nämlich sicher, dass hier irgendetwas nicht stimmt. Und der Ursache für dieses Gefühl kann ich nicht bei Tageslicht auf den Grund gehen.

Mehrmals wandern meine Augen von rechts nach links und wieder zurück. Angespannt betrachte ich meine Umgebung. Doch nach wenigen Minuten macht es nicht den Anschein auf mich, als würde sich hier noch jemand befinden. Deswegen steige ich aus und schließe leise die Tür hinter mir. Mit schnellen Schritten husche ich unter dem Band durch und gehe auf die Überreste des Wohnhauses zu.

Anders kann man es nicht bezeichnen. Mehr als ein paar Grundmauern sind nämlich nicht mehr da. Die Scheune, die direkt danebenstand, ist sogar komplett abgebrannt.

Ich wage zu bezweifeln, dass ich irgendetwas finden werde, das mir einen Hinweis darauf gibt, wieso es gebrannt hat, oder wenigstens darauf, wer sich hier in den letzten Wochen aufgehalten hat. Und dennoch zieht es mich hierhin. Es ist beinahe so, als würde mich irgendetwas festhalten wie ein unsichtbares Seil.

Langsam gehe ich auf dem Hof herum, wo ein paar Überreste des

Gebäudes verteilt liegen. Dabei suchen meine Augen, so gut es bei der Dunkelheit geht, den Boden ab. Kurz überlege ich, ob ich meine Taschenlampe anschalten soll, aber ich will verhindern, dass man mich von der Hauptstraße aus erkennen kann, und entscheide mich deshalb dagegen.

Es dauert nicht lange, bis ich merke, dass ich auf diese Weise nichts finden werde. Doch in dem Moment, in dem ich mich umdrehen und wieder verschwinden will, bleiben meine Augen an etwas hängen. Unter all dem Schutt, der sich im Inneren des ehemaligen Hauses befindet, kann ich etwas Glänzendes erkennen. Es ist so gut vergraben, dass man es kaum sehen kann. Um genau zu sein, ist es nur ein winziger Punkt, der das wenige Licht des Mondes reflektiert. Meine Neugier ist geweckt.

Vorsichtig suche ich mir einen Weg in das verfallene Gebäude und schiebe alles mit dem Fuß zur Seite, was mir in die Quere kommt. Es dauert einen Moment, bis ich die Stelle freigelegt habe. Dann aber starre ich meine Entdeckung ungläubig an.

Mehrmals frage ich mich, wieso das hier nicht viel eher schon jemanden aufgefallen ist. Doch ich kenne die Antwort darauf nicht. Andererseits weiß ich, dass bei solchen Einsätzen immer viel zu tun ist und man deswegen nicht auf alles achtet.

Doch wenn mir das sogar in der Nacht ins Auge sticht, dann muss es jemandem bei Tageslicht aufgefallen sein, denke ich grummelnd. Ich schiebe den Gedanken jedoch erst einmal beiseite und beschließe mich später unauffällig auf der Wache umzuhören.

Schnell rufe ich mir die Gebäudepläne wieder in den Kopf, die ich mir vor meiner Fahrt hierher noch angesehen habe. Auf denen war kein Keller verzeichnet. Doch das glänzende Stück, das ich entdeckt habe, ist definitiv Teil einer Klappe, die eine Etage tiefer führt.

Kurz überlege ich, ob es wirklich eine so gute Idee ist, allein da hinunterzugehen. Schließlich kann ich nicht einmal ansatzweise sagen, was mich dort erwarten wird. Aber Lina wartet zu Hause auf mich, deshalb kann ich nicht noch einmal zurückfahren, um mit meinen Brüdern herzukommen. Außerdem habe ich gar keine Lust dazu. Schließlich will ich schnellstmöglich wissen, was sich dort unten befindet. Deswegen öffne ich die Klappe vorsichtig und bleibe zunächst an der Öffnung stehen. Ich achte auf Geräusche, die von unten kommen. Doch da ist nichts. Um nicht doch noch jemanden auf mich aufmerksam zu machen, klettere ich schnell die Leiter hinunter. Unten angekommen schalte ich die Taschenlampe meines Handys ein und schaue mich um.

Ich stehe mitten in einer Drogenküche. Leise pfeife ich durch die Zähne. Ich habe zwar noch keine im realen Leben gesehen, doch sogar ich kann sagen, dass diese hier verdammt gut ausgerüstet ist. Die Geräte sind alle auf dem neusten Stand der Technik und obwohl man sie offenbar oft benutzt hat, sind sie gut gepflegt.

Niemals hätte ich gedacht, dass sich auf diesem Gelände so etwas befindet. Das trifft wohl auf jeden zu.

Was mich aber viel mehr beunruhigt, ist die Tatsache, dass der Brand, der das ganze Haus zerstört hat, ihr nichts anhaben konnte. Und dabei wird mir klar, dass die Besitzer es wahrscheinlich genau auf diese Verwüstung angelegt haben. Denn auch wenn oben kein Stein mehr auf dem anderen liegt, bin ich mir sicher, dass die Küche noch genutzt wird.

Dieses Equipment lässt man nicht zurück.

Mein Gefühl sagt mir, dass die Besitzer sich in den nächsten Tagen nicht hier blicken lassen werden, denn das wäre viel zu auffällig. Was für mich bedeutet, dass ich das Grundstück längerfristig überwachen muss. Vor allem, um zu erfahren, wer diese Leute sind. Ob es die Besitzer der Farm sind, oder ob es jemand ganz anderes ist.

Um nicht noch mehr Zeit zu verlieren und Gefahr zu laufen, dass mich doch noch jemand entdeckt, mache ich schnell ein paar Bilder.

»Ich bin mir sicher, dass Chris das interessieren dürfte«, murmle ich dabei vor mir her.

Ich nutze die Gelegenheit und schaue mich noch weiter um. Doch ich bin mir nicht sicher, wonach ich Ausschau halte. Der Raum ist klein und vollgestellt bis unter die Decke. Ich kann nicht genau sagen, welche

Drogen hier hergestellt werden. Doch ich bin mir sicher, dass mein Bruder das kann.

Nachdem ich mich vergewissert habe, dass ich die wichtigsten Dinge wirklich auf meinem Handy habe, oder, besser gesagt, die in meinen Augen wichtigsten Dinge, verschwinde ich schnell wieder. Noch bevor ich meinen Wagen erreicht habe, habe ich Chris bereits alles geschickt.

11

Lina

»Du verschwindest die ganze Nacht, ohne mir vorher Bescheid zu geben?« Wütend sieht meine Cousine mich an, nachdem ich die Küche betreten habe.

Innerlich winde ich mich. Dabei habe ich jedoch im Kopf, dass sie Recht hat. Trotzdem lasse ich mir nach außen hin nichts anmerken. Schließlich bin ich eine erwachsene Frau.

»Ich habe dir doch bereits erklärt, dass es spät geworden ist und ich auf dem Sofa eingeschlafen bin.«

Skeptisch betrachtet Claire mich. Als sie noch eine Augenbraue nach oben zieht, bin ich mir sicher, dass sie nicht mehr sauer auf mich ist.

»Du brauchst dir wirklich keine Sorgen zu machen«, wiederhole ich meine Worte ein letztes Mal. »Mir geht es super und wie du siehst, ist mir nichts passiert.«

Noch immer ist sie skeptisch, das erkenne ich genau. Zu gerne würde ich ihr die Wahrheit sagen. Doch ich bin mir darüber im Klaren, dass es keine sonderlich gute Idee ist. Aus diesem Grund behalte ich die Worte für mich, auch wenn ich mich wirklich zusammenreißen muss.

»Und was machen wir heute Abend? Sollen wir uns eine Pizza bestellen? Oder sollen wir vielleicht mal wieder ins Kino gehen?«

»Sorry«, erwidere ich. Dabei macht sich das schlechte Gewissen in mir breit. Ich hasse es, dass ich ihr nach dieser Geschichte absagen muss. Doch ich bin bereits mit Josh verabredet. Und der Gedanke, dass ich ihm absagen muss, gefällt mir noch weniger. »Wir treffen uns heute Abend erneut zum Lernen.«

Ich kann den Blick nicht deuten, mit dem sie mich nun betrachtet. Aber ich kann mir denken, was in ihrem Kopf vor sich geht. Sie fragt sich, ob ich die Wahrheit sage und ob wirklich alles in Ordnung ist.

Doch die Wahrheit ist, dass es mir schon lange nicht mehr so gut ging. Und das habe ich nur Josh zu verdanken. Auf eine merkwürdige Art und Weise hat er es geschafft, dass ich nicht nur ans College denke und daran, dass ich die nächsten Prüfungen bestehen muss.

Ich warte darauf, dass sie etwas von sich gibt, doch zu meiner Überraschung muss ich feststellen, dass kein Ton über ihre Lippen dringt.

»Das holen wir aber nach«, bestimme ich und lasse dabei keinen Zweifel daran, dass ich es wirklich so meine.

Und vielleicht kann ich dir dann von Josh berichten, setze ich in meinen Gedanken noch hinzu.

»Du musst dir keine Sorgen machen«, erwidert sie und grinst mich an. »Ich weiß, dass das letzte Jahr das schwerste ist. Es ist anstrengend, alles gleichzeitig lernen zu müssen.«

»Ach«, rufe ich aus und richte mich ein wenig auf. »Und deines war nicht schwierig? Wenn ich mich nämlich richtig erinnere, dann warst du in den letzten Monaten trotzdem jedes Wochenende unterwegs.« Nun bin ich es, die sie skeptisch betrachtet.

»Schwierig ja, aber nichts im Vergleich zu dem, was du als Feuerwehrmann machst.«

Wir beide lachen. Ich bin froh, dass sie nicht mehr sauer auf mich ist. Wieder mit ihr zu scherzen, nimmt mir einen Teil der Anspannung, der, seit ich sie belogen habe, Besitz von mir ergriffen hat.

Während der ganzen Zeit kann ich nicht aufhören, an Josh zu denken. Ich weiß nicht einmal, wieso er diese Kontrolle über mich hat. Doch ich muss zugeben, dass er sie von Anfang an hatte.

»Ich muss mich jetzt auf den Weg machen, sonst komme ich noch zu spät«, verabschiede ich mich von ihr. Dabei greife ich nach den Schlüsseln, die vor mir auf der Tischplatte liegen.

»Pass auf dich auf«, ermahnt sie mich und sieht mich dabei eindringlich ein. Für einen Moment befürchte ich, sie würde etwas ahnen. Es gibt keinen Grund, wieso das so sein sollte, und doch sieht sie so aus, als würde sie etwas verschweigen.

In diesem Fall ist es wahrscheinlich besser, wenn ich nicht darüber nachdenke. Es würde nur dafür sorgen, dass ich in den nächsten Stunden verrückt werde. Und das wiederum ist etwas, was ich gerade nicht gebrauchen kann. Ich bin nämlich ohnehin schon total durch den Wind, weil zwischen Josh und mir alles so schnell geht. Ich habe immer gedacht, dass ich mich mehrmals mit einem Typen treffen würde, bevor ich mich allein in seiner Wohnung befinde.

Doch wenn ich genau darüber nachdenke, dann haben wir uns mehrmals getroffen. Vor allem, wenn ich daran denke, wie oft wir uns über den Weg gelaufen sind, bevor es zu einem richtigen Treffen kam.

Und dennoch fühlt es sich so an, als würden wir nun einen Punkt überschreiten.

»Werde ich machen. Wir sehen uns.« Mit diesen Worten umarme ich sie noch einmal kurz, bevor ich endgültig verschwinde.

Während ich zu Josh fahre, frage ich mich immer wieder, ob er schon da ist oder noch unterwegs. Er hatte mir vorhin zwar eine Nachricht mit den Zugangsdaten für das Tor geschrieben, doch das ändert nichts daran, dass ich mir wie ein Eindringling vorkomme. Schon allein deswegen hoffe ich, dass er schon wieder zurück ist, wenn ich ankomme. Irgendwie finde ich es nämlich merkwürdig, allein in seinem Haus zu sein. Vor allem, weil wir uns noch nicht so lange kennen und wir an einem Punkt angelangt sind, von dem ich selbst nicht so genau weiß, wie ich ihn eigentlich einordnen soll. Wenn ich ehrlich zu mir selbst bin, dann muss ich mir eingestehen, dass das nur die eine Hälfte der Wahrheit ist. Ich will nämlich nicht, dass seine Brüder mich für eine Einbrecherin halten oder der Meinung sind, dass ich ihn nur ausnutze. Denn das habe ich überhaupt nicht vor.

Nachdem ich endlich das Tor passiert habe, stelle ich meinen Wagen direkt vor der Eingangstür ab. Schnell steige ich aus und gehe auf das Haus zu. Doch ich habe noch nicht einmal die Treppen erreicht, als bereits zwei Frauen erscheinen, die ungefähr mein Alter haben.

Mit einem strahlenden Lächeln auf dem Gesicht kommen sie zu mir. Dabei lassen sie mich keine Sekunde aus den Augen. Ich habe sie vorher noch nicht einmal auf einem Bild gesehen, doch ich bin mir sicher, dass sie die Freundinnen seiner Brüder sind.

»Hi, du musst Lina sein. Ich bin July und das ist Emma«, begrüßt mich die größere von beiden.

»Ja«, antworte ich, wobei ich nicht für mich behalten kann, dass ich ein wenig überrumpelt bin.

»Wir haben gehört, dass du kommst. Und da Josh noch nicht da ist, dachten wir, dass wir dafür sorgen, dass du dir nicht ganz so vorkommen musst, als würdest du hier eindringen«, verkündet nun Emma und grinst dabei von einem Ohr zum anderen. »Ich kann mich sehr gut in deine Lage hineinversetzen. Deswegen weiß ich, dass das nicht unbedingt einfach ist. In gewisser Weise erinnert mich Josh an Chris.«

»Was meinst du?« Ihre Aussage irritiert mich.

»Man kann sagen, dass er mich direkt ins kalte Wasser geschmissen hat, nachdem ich das erste Mal bei ihm geschlafen habe. In gewisser Weise hat er mich hierbehalten, obwohl er auf der Arbeit war. Klar, ich hätte nach Hause fahren können, aber irgendwie war ich doch neugierig, wie er lebt. Außerdem war July hier und hat dafür gesorgt, dass mir all das nicht mehr so merkwürdig vorkommt.«

»Oh«, sage ich überrascht.

»Aber deswegen brauchst du dir keine Gedanken zu machen. Wenn etwas sein sollte, melde dich bei uns. Ich habe eine Idee«, erklärt July. »In den nächsten Tagen könnten wir abends mal etwas gemeinsam machen. Nur wir Mädels. Oder wir nehmen die Jungs mit, wenn du möchtest.« Emma sieht so aus, als wäre sie von der Idee begeistert.

»Ja, das klingt super«, stimme ich den beiden sofort zu. Auch ich finde, dass das eine gute Idee ist. Ich habe die Hoffnung, dass ich so

Josh und seine Familie besser kennenlernen kann. Und wer könnte mir da mehr berichten als die beiden?

»Super«, ruft July begeistert aus. »Dann ist das beschlossene Sache.«

Glücklich sehen die beiden mich an. Und ich freue mich darauf. Und das vor allem, weil die beiden mir gerade bewiesen haben, dass ich mir umsonst Sorgen gemacht habe.

»Das wird ein riesiger Spaß werden«, bekräftigt Emma.

Ich will gerade den Mund aufmachen, um noch etwas zu erwidern, als ich sehe, wie zwei Autos auf den Hof fahren. Gespannt halte ich die Luft an und halte Ausschau nach dem Wagen von Josh. Ich bin enttäuscht, als ich ihn nicht entdecken kann.

»Mach dir keine Sorgen. Ich bin mir sicher, dass Josh gleich da ist.« July lächelt mich aufmunternd an. Doch ich kann ihre Zuversicht nicht teilen. Ein merkwürdiges Gefühl macht sich in mir breit und ich setze alles daran, mir mein Unbehagen nicht anmerken zu lassen.

»Das ist schon in Ordnung«, erwidere ich.

»Ladies«, begrüßt uns Roy, nachdem er neben mir stehen geblieben ist. Dabei greift er nach July und zieht sie an sich.

Dann stößt eine weitere Person zu uns. Wie sich herausstellt, handelt es sich um den dritten Bruder, Chris. Ein paar Minuten bleiben wir noch vor dem Haus stehen und unterhalten uns. Als ich merke, wie nett sie alle sind und wie viel Mühe sie sich geben, mich in ihre Gespräche einzubinden, verschwindet meine Nervosität immer mehr.

Ich fühle mich zwischen ihnen gut aufgehoben. Und sie machen nicht den Eindruck, als würden sie mich bedrängen wollen, um mehr über mich zu erfahren. Ja, sie sind neugierig, aber das wäre ich auch.

»Ich werde dann mal reingehen und auf Josh warten. Ich wünsche euch noch einen schönen Abend.« Mit diesen Worten drehe ich mich um und winke ihnen ein letztes Mal zu, bevor ich die Stufen nach oben zur Haustür gehe.

»Gute Nacht«, verabschieden sich die anderen von mir.

Schnell schließe ich die Eingangstür mit dem Schlüssel auf, den

Josh mir gegeben hat, und schlüpfe hinein, bevor noch jemand etwas sagen kann.

Als ich in der Stille des Hauses angekommen bin, bleibe ich einen Moment stehen und schaue mich um. Ich gehe ein paar Schritte ins Wohnzimmer hinein und lasse meine Tasche dabei auf das Sofa fallen. Ich will gerade nach der Fernbedienung greifen, als ich höre, wie die Tür hinter mir geöffnet wird. Ruckartig drehe ich mich wieder herum und entdecke Josh in der Tür.

Er sieht müde aus, das vergnügte Funkeln in den Augen von heute Mittag ist verschwunden. Sein Gesicht ist blass, was von den dunklen Klamotten, die er trägt, noch unterstrichen wird.

Er hat sicherlich einen harten Tag hinter sich.

Suchend gleitet sein Blick durch das Zimmer, während er den Schlüssel auf den kleinen Tisch schmeißt, der neben der Tür steht. Es dauert etwas, doch dann sieht er mich an. Er macht den Eindruck auf mich, als würde er plötzlich fitter aussehen. Mit großen Schritten kommt er auf mich zu und lächelt dabei glücklich. Kaum steht er vor mir, greift er nach meinem Arm und zieht mich so eng an sich, dass kein Blatt mehr zwischen uns passt.

Für einige Sekunden sieht er mich eindringlich an. Dann lehnt er sich zu mir und küsst mich. Seine Begrüßung überrascht mich. Dann merke ich, dass etwas mit ihm nicht stimmt. Obwohl ich ihn noch nicht so gut kenne, werde ich das komische Gefühl nicht los.

»Hi«, begrüße ich ihn und versuche den Ausdruck in seinen Augen irgendwie zu deuten, doch ich kann es nicht.

»Hi«, erwidert er nur. Dabei macht er keine Anstalten, sich von mir zu trennen.

»Ich war gerade am überlegen, was ich machen könnte, bis du nach Hause kommst.«

»Und zu welchem Entschluss bist du gekommen?«

»Da ich selbst gerade erst hier angekommen bin, bin ich noch nicht sehr weit gekommen. Aber erst einmal dachte ich, dass ich den Fernseher einschalte, ich hasse es, wenn es ruhig im Haus ist. Und dann wollte ich uns etwas zu essen machen«, erwidere ich. »Wie war dein Tag?«, erkundige ich mich schließlich, da ich hoffe, dass ich Josh so auf andere Gedanken bringen kann.

»Gut, und deiner? Oder sollte ich lieber fragen, wie deine letzten Stunden waren?« Belustigt sieht er mich an. Ich bin froh darüber, dass er nicht mehr so bedrückt zu sein scheint.

»Gut«, gebe ich zurück. Kurz überlege ich, ob ich ihm von meiner Unterhaltung mit meiner Cousine berichten soll. Doch dann entscheide ich mich dagegen. Was immer heute bei ihm geschehen ist, ich bin froh, dass er nicht mehr darüber nachdenkt. Da will ich ihn nicht noch mit meinen Problemen belasten.

Erneut küsst er mich. Es kommt mir vor, als würde er es körperlich brauchen, mir so nah zu sein, und das ist ein Gefühl, das ich nur zu gut kenne. Mir geht es nämlich nicht anders, wenn es um ihn geht.

»Du brauchst nichts kochen. Wir bestellen uns etwas.« Mit diesen Worten zieht er mit einem Grinsen auf seinen Lippen das Handy aus der Hosentasche und befördert mich auf das Sofa.

Zufrieden kuschle ich mich an ihn, während er telefoniert.

12

Josh

Gemeinsam liegen wir auf dem Sofa, während wir auf das Essen warten. Dabei streiche ich Lina ohne Unterbrechung über ihren Bauch. Gleichzeitig denke ich immer an meine Entdeckung. Ich will mir gerade nicht den Kopf darüber zerbrechen. Schließlich ist Lina bei mir und irgendwie komme ich mir wie ein Arsch vor, weil ich mich nicht so sehr auf sie konzentrieren kann, wie ich es gerne würde. Doch ich habe keine Ahnung, auf was ich da gestoßen bin, und das beschäftigt mich.

Ich hatte die Hoffnung, dass Chris irgendetwas über die Drogenküche in der alten Farm gehört hat, und selbst wenn es nur ein Verdacht gewesen wäre. Doch er war genauso überrascht wie ich. Er hat mir jedoch versprochen, dass er sich darum kümmern wird, obwohl er das gar nicht gemusst hätte. Doch ich weiß, dass ihm die Frage, wie auch mir, keine ruhige Minute mehr lassen wird.

Außerdem gibt es noch einen anderen Punkt, der mir keine Ruhe lässt. Ich würde nämlich zu gerne wissen, wieso meine Kollegen von der Feuerwehr nicht über den Keller gestolpert sind. Auch wenn es dafür einen vernünftigen Grund geben kann, schließlich war viel los, sagt mir mein Verstand, dass da noch etwas anderes dahinterstecken muss.

Spätestens bei der Kontrolle hätte es auffallen müssen. Und dennoch kann ich mit Gewissheit sagen, dass genau das nicht der Fall war. Und das ist es, was mich stutzig macht. Schließlich weiß ich, wie gewissenhaft diese Nachprüfungen gemacht werden.

»Grüble nicht so viel«, flüstert Lina über die leisen Geräusche des Fernsehers hinweg.

»Das mache ich doch gar nicht«, gebe ich schnell zurück, bevor sie noch etwas sagen kann. Ich will nicht, dass sie sich den Kopf darüber zerbricht, was mich beschäftigt.

»Du bist ein schlechter Lügner«, lacht sie.

Kaum hat sie ausgesprochen, drehe ich mich blitzschnell so, dass sie unter mir liegt. Dann kitzle ich sie so lange, bis sie sich mir lachend ergibt. Völlig außer Atem liegt sie unter mir und betrachtet mich.

»Gib es zu«, fordert Lina mich auf und verzieht ein wenig den Mund, als würde sie schmollen.

»Okay, ich gebe zu, dass ich über ein paar Dinge nachdenke«, sage ich schließlich.

»Siehst du? Das war doch überhaupt nicht so schwer. Aber mir hat mal jemand gesagt, dass es besser ist, wenn man sich über manche Dinge nicht so sehr den Kopf zerbricht.«

Ihre Worte bewegen mich dazu, dass ich darüber nachdenke, was ich vor ihr verheimlichen sollte und was nicht. Vor allem wenn ich an den Hintergrund dieser Geschichte denke. Ich muss daran denken, wie July und Emma das Geheimnis meiner Familie erfahren haben. Vor allem für July war es nicht unbedingt leicht. Schließlich hat sie nur durch Zufall davon Wind bekommen. Aber bei Emma war es nicht besser. Chris kam nach einer nächtlichen Prügelei nach Hause und hatte unter anderem ein blaues Auge und eine aufgeplatzte Lippe. Da kam er gar nicht darum herum, ihr die Wahrheit zu sagen.

Und beide Wege sind nicht unbedingt das, was ich mir für Lina wünsche. Doch jetzt kann ich es ihr nicht sagen. In diesem Moment habe ich nur noch einen einzigen Wunsch. Und der hat nichts damit zu tun, was ich in meiner Freizeit so treibe.

Deswegen bedecke ich ihre Lippen wieder mit meinen und nehme sie in Besitz. Ich lasse ihr keine Chance, über irgendetwas nachzudenken. Ich will, dass sie sich nur noch auf mich konzentriert und auf das, was ich mit ihr mache.

Um ihr das zu verdeutlichen, lasse ich meine Hand unter ihr Top gleiten und streichle abwechselnd ihre Brüste. Noch in der gleichen Sekunde höre ich das leise Stöhnen, das aus ihrem Mund dringt, und weiß, dass sie darauf anspringt.

Doch nicht nur ihre Lust steigert sich. Mein Schwanz wird so hart, dass er schmerzhaft gegen meine Hose drückt. Und in diesem Moment kann ich mich nicht mehr zurückhalten. Ich will sie spüren und dafür sorgen, dass sie kommt. Ich will es sein, der ihr das Gefühl verschafft, fliegen zu können.

Schnell entledige ich mich meiner Klamotten und küsse Lina erneut, während ich sie von ihrer Hose befreie. Kaum ist sie auf den Boden gefallen, streiche ich mit meinen Fingern sanft über ihre empfindliche Stelle. Ich spüre das Beben, das von ihrem Körper ausgeht, und kann mich nicht mehr beherrschen.

Mit einer schnellen Bewegung dringe ich in sie ein, nachdem ich mir ein Kondom übergezogen habe, und presse sie eng an mich. Ihre Augen schließen sich und ihr Kopf fällt nach hinten.

»Josh«, stöhnt sie immer wieder, während ich nicht aufhöre, mich in ihr zu bewegen.

Ihre leise raue Stimme an meinem Ohr zu hören, sorgt dafür, dass ich die Kontrolle über meinen Körper verliere. Und in der gleichen Sekunde, in der ich komme, merke ich, wie Lina sich anspannt. Ihre Rufe werden lauter, bis sie völlig außer Atem unter mir liegt.

Ein paar Minuten bleiben wir so liegen. Ich genieße es, noch immer auf diese Art mit ihr verbunden zu sein. Und Lina scheint es ebenfalls zu gefallen, wenn ich die Art und Weise, wie sie meinen Rücken streichelt, richtig deute. Erst als sich mein Herzschlag wieder einigermaßen beruhigt hat, richte ich mich ein wenig auf und stütze mich mit meinen Händen rechts und links von ihrem Kopf ab.

Mein Mund öffnet sich, da ich etwas sagen will, doch soweit komme ich überhaupt nicht. Vorher dringt der schrille Ton der Klingel durch das Haus. Ich lasse meinen Kopf hängen, was Lina nur dazu bringt, leise zu lachen.

»Na los«, fordert sie mich auf und nickt in die entsprechende Richtung.

»Ich bin gleich wieder da«, erkläre ich und greife dabei nach meiner Boxershorts. »Geh schon mal hoch. In der Zwischenzeit werde ich das Essen entgegennehmen.«

Überrascht sieht sie mich an. Ich kann nicht sagen, auf was sie das bezieht, deswegen bleibe ich fragend vor ihr stehen.

»Du willst im Bett essen?«

»Vor allem möchte ich dich in meinem Bett liegen haben. Und irgendwie kommt es mir so vor, als würde es nach hinten losgehen, wenn wir uns aufs Sofa legen. Du siehst genauso müde aus, wie ich es bin. Da würden wir wahrscheinlich auf der Couch einschlafen.«

Ich sehe Lina an, dass sie darauf etwas erwidern will. Und ich kann mir bereits denken, was sie sagen will. *Wahrscheinlich möchte sie mir mitteilen, dass es ihr egal ist.* Und eigentlich wäre es mir das auch, doch ich habe sie bereits in der letzten Nacht hochgebracht und deswegen werde ich es nun schlauer angehen. Dabei kann ich mir selbst nicht erklären, wieso ich sie unbedingt in meinem Bett haben will. Es kommt mir so vor, als wäre genau da ihr Platz.

Ich lasse ihr keine Gelegenheit, noch etwas dazuzusagen. Schnell ziehe ich mich an und mache mich auf den Weg zur Tür. Ich erwarte, dass sie noch ein wenig auf dem Sofa liegen bleibt. Doch noch bevor ich das Haus verlassen habe, höre ich, wie sie ebenfalls aufsteht. Aus dem Augenwinkel sehe ich noch, dass sie sich die Decke um den Körper wickelt und nach oben verschwindet. Allerdings wirft sie dabei noch einen letzten Blick in meine Richtung.

Absichtlich wende ich mich ab, denn ich bin mir ziemlich sicher, dass ich die Pizza nicht entgegennehmen werde, wenn ich sie jetzt noch länger betrachte. Dabei müssen wir dringend etwas essen. Mein Gefühl sagt mir nämlich, dass sie heute seit unserem Frühstück noch nichts zu sich genommen hat, genauso wie ich.

Schnell nehme ich die Tüten entgegen, nachdem ich das Tor erreicht habe, und drücke dem Lieferanten die Geldscheine in die Hand. Mit großen Schritten gehe ich zurück zum Haus. Dabei huschen meine Augen immer wieder über die Umgebung. Ich weiß, dass hier nichts passieren kann, doch ich habe es mir angewöhnt, meine Umgebung im Auge zu behalten. Auch bei mir zu Hause.

Kaum habe ich die Eingangstür wieder hinter mir geschlossen, hole ich zwei Gabeln aus der Küche für die Lasagne, die wir neben der Pizza bestellt haben. Dann gehe ich ebenfalls nach oben.

In der Tür zum Schlafzimmer bleibe ich stehen und betrachte Lina. Sie steht mitten im Zimmer und hat mir den Rücken zugedreht. Ich nehme mir die Zeit, sie einige Sekunden anzusehen. Keine noch so kleine Bewegung von ihr entgeht mir.

Als ich merke, dass sie sich kein Stück bewegt, lege ich das Essen auf dem Bett ab und trete dicht hinter sie. Meine Hände senken sich auf ihre Schultern und beginnen sie zu massieren. Sie gibt einen genießerischen Ton von sich.

Eine Ewigkeit stehen wir so vor dem Bett. Doch dann mache ich einen Schritt an ihr vorbei, sodass sie mich ansehen kann.

»Leg dich hin. Dann werden wir den restlichen Abend genießen«, weise ich sie an und zeige dabei auf das Essen.

»Du weißt aber schon, dass du mich ganz schön verwöhnst, oder?«, fragt sie mich. Für einen Moment habe ich die Befürchtung, dass es ihr peinlich sein könnte, dass ich mich so sehr um sie kümmere. Doch nachdem ich sie ausgiebig betrachtet habe, muss ich zugeben, dass sie nicht den Anschein erweckt. Und darüber bin ich froh.

»Ich würde das nicht verwöhnen nennen«, entgegne ich. Gleichzeitig zucke ich mit den Schultern.

»Wie denn dann?«

»Ich würde eher sagen, dass ich dich so behandle, wie du es verdienst.«

Ein sanftes und gleichzeitig glückliches Lächeln erscheint auf ihrem wunderschönen Gesicht, das mir zeigt, dass sie sich über meine Aussage freut. Und das reicht mir, um weiterzumachen.

»Ich glaube es ja nicht. Während ich schon seit Stunden auf den Beinen bin und den Morgen damit verbracht habe, über den Bildern zu brüten, die du mir geschickt hast, liegst du noch immer im Bett«, ertönt am nächsten Morgen die Stimme von Chris.

Doch das ist nicht das Einzige, was ich höre, noch bevor ich meine Augen geöffnet habe. Da ist noch das leise Lachen von Roy, dem das ganze anscheinend Spaß macht.

Kurz bleibe ich noch liegen in der Hoffnung, dass ich noch immer träume. Doch es dauert nicht lange, bis mir klar wird, dass das nicht der Fall ist.

Langsam öffne ich meine Augen und starre fassungslos meine Brüder an, die mit einem breiten Grinsen im Gesicht in der Tür zu meinem Schlafzimmer stehen. Gleichzeitig bewege ich mich so, dass ich mir sicher sein kann, dass die beiden Lina nicht sehen können. Es dauert nur kurz, dann spüre ich, wie sie sich neben mir ebenfalls leicht bewegt. Und das ist der Moment, in dem ich Roy und Chris am liebsten aus dem Zimmer schleifen würde.

Wie ich, ist auch Lina noch immer nackt. Vor allem bin ich mir aber sicher, dass meine Brüder sich denken können, dass sie hier ist. Schließlich steht ihr Wagen vor der Tür.

Da ich noch immer darauf konzentriert bin, den beiden böse Blicke zuzuwerfen, bemerke ich nur aus dem Augenwinkel, dass Lina unsicher ist. Das wäre ich an ihrer Stelle auch. Verschlafen und gleichzeitig irritiert schaut sie zwischen uns hin und her, wobei sie darauf bedacht ist, sich hinter mir zu verstecken.

»Verschwindet«, fahre ich die beiden an.

»Sorry«, murmelt Roy und verzieht schuldbewusst das Gesicht. »Wir wussten nicht, dass ihr tatsächlich beide noch im Bett liegt. Wir haben gedacht, dass nur du noch schläfst. Schließlich muss Lina doch sicherlich zu einer Vorlesung.«

»Du wusstest es nicht«, verkündet Chris. »Ich habe es mir bereits gedacht.«

Roy boxt Chris in die Seite und bringt ihn so zum Schweigen.

»Wir sehen uns gleich unten. Wir müssen ein paar Dinge besprechen.« Roy dreht sich um, um mein Schlafzimmer zu verlassen. Chris hingegen macht keine Anstalten, wieder zu verschwinden. Er sieht grimmig drein und bleibt stehen. Doch mein Gefühl sagt mir, dass er nicht auf mich sauer ist. Dafür hat er nämlich gar keinen Grund. Deswegen kann es nur etwas mit den Bildern zu tun haben, die ich ihm geschickt habe.

»Kommst du?«, fragt Roy und zieht Chris dabei hinter sich her, ohne auf eine Antwort von ihm zu warten.

»Ich komme gleich«, erkläre ich noch, bevor sie verschwunden sind.

Einige Sekunden ist es ruhig im Zimmer. Dann richtet Lina sich etwas auf, sodass sie mich besser ansehen kann.

»Passiert das öfter?«

»Ja, aber nur wenn etwas passiert ist«, erkläre ich.

Doch dieses Mal hätten sie mir wenigstens eine Nachricht schreiben oder sich ein besseres Timing aussuchen können.

»Klär mit den beiden, was los ist«, fordert Lina mich auf. »Ich kenne sie zwar nicht so gut, aber ich bin mir sicher, dass sie einen guten Grund für ihr Auftreten hatten. Ich kann mir nicht vorstellen, dass sie das aus Spaß machen. Und dein Bruder hat Recht. Ich muss wirklich zur Vorlesung. Ich glaube nicht, dass es so gut ist, wenn ich noch einen Vormittag fehle.«

»Na gut«, murmle ich. »Aber ich kann dir versprechen, wären die beiden nicht auf der Bildfläche erschienen, würde ich dich nicht gehen lassen.« Mit diesen Worten umgreife ich ihren Hals und küsse sie leidenschaftlich.

Ich merke, wie es ihr immer schwerer fällt, sich von mir zu trennen, und mir geht es genauso. Deswegen ziehe ich mich zurück, bevor noch mehr passieren kann. Frech grinst sie mich an, steht dann aber auf und zieht sich an.

»Sehen wir uns heute Abend?«, fragt sie mich schließlich, nachdem wir uns angezogen haben.

»Sicher doch«, antworte ich sofort. »Und dann werden wir die letzte Nacht wiederholen.«

Kaum habe ich meinen Satz beendet, kann ich beobachten, wie sie rot wird. Doch das ist nichts, was ihr peinlich sein muss. Es dauert nicht lange, bis ihre Hautfarbe wieder einen normalen Farbton angenommen hat.

Ein letztes Mal küsst sie mich, bevor sie verschwindet. Dann drehe ich mich um und gehe in die Küche zu meinen Brüdern.

»Was habt ihr?«, frage ich die beiden direkt. Mich darüber zu unterhalten hat Vorrang vor einer Standpauke, weil sie in mein Schlafzimmer gekommen sind. Das ändert aber nichts daran, dass ich ihnen später noch sagen werde, dass sie da nichts zu suchen haben.

»Erst mal herzlichen Glückwunsch«, verkündet Roy und grinst dabei genauso blöd, wie er es vorhin schon gemacht hat.

»Wozu?«

»Dass du nun endlich eine Frau an deiner Seite hast. Mom und Dad werden sich freuen.«

Sofort liegen mir ein paar Worte auf der Zunge, die ich gerne von mir geben würde. Doch ich halte sie zurück. Gerade will ich mich nicht über Lina oder unsere Beziehung unterhalten, wie auch immer die aussieht. Ich möchte viel lieber erfahren, was die beiden wissen.

»Okay«, sagt Chris. »Das Labor, das du im Keller der Farm entdeckt hast, ist auf dem neusten Stand der Technik. Aber das hast du wahrscheinlich schon gemerkt. Du kannst mir glauben, wenn ich dir sage, dass diese Ausrüstung nicht billig war. Vor diesem Hintergrund werden die derzeitigen Besitzer des Anwesens noch einmal überprüft, um zu schauen, ob sie das nötige Kleingeld dafür haben. Außerdem habe ich zwei Kollegen hingeschickt. Sie sollen das Grundstück im Auge behalten. Wem immer das gehört, die Wahrscheinlichkeit, dass er wiederkommt ist sehr hoch. Ich zumindest würde wissen wollen, wie meine Ausrüstung nach dem Brand aussieht.«

»Und du hoffst, dass ihr sie so bekommen könnt«, stelle ich fest. Chris braucht es nichts zu sagen, ich weiß es auch so.

»Sollte dort jemand auftauchen, der da offiziell nichts zu suchen hat, werde ich es sofort erfahren. Das gilt ebenfalls für Feuerwehrmänner, die da mitten in der Nacht ermitteln«, fügt er noch hinzu.

»Schon klar«, erwidere ich. »Wenn ich mich das nächste Mal dort zeige, dann nur tagsüber und am besten in meiner Uniform.«

Wir lachen, doch jedem von uns ist klar, wie ernst die Lage ist.

»Ich habe den Fall an mich genommen. Und sobald wir alles und jeden haben, werde ich es vor Gericht bringen«, erklärt nun Roy.

»Gibt es denn schon einen Bericht?«

»Nein, aber so schwer ist das nicht. Das Haus steht seit Jahren leer und plötzlich brennt es. Da gibt es gar keine andere Variante, als dass es Brandstiftung war.«

Ich höre ihm an, dass er sich bereits auf die Anklage freut und bin mir gleichzeitig sicher, dass die verantwortlichen Typen dieses Gefühl nicht teilen werden. Mein Bruder ist nicht umsonst der beste Staatsanwalt. Er hat den Ruf, dass er jeden auseinandernimmt. Ich kann mich beim besten Willen nicht daran erinnern, dass er jemals vor Gericht verloren hat. Er weiß genau, was er sagen muss und wann er es sagen muss, damit die Geschworenen ihm zu Füßen liegen.

»Und wie bist du an den Fall gekommen?«, wende ich mich nun an Chris.

»Mein Kollege war froh, dass er ihn abgeben konnte. Ihm gefällt der Gedanke nicht, dass jemand ein Haus, das seit Jahren leer steht, in Brand setzt.«

»Müsste ich raten, würde ich sagen, dass die Drogenhersteller mit jemandem zusammenarbeiten«, murmle ich vor mir her.

»Daran habe ich schon gedacht. Doch die Hintermänner werden wir erst bekommen, wenn wir die Handlanger haben.«

Auch wenn Chris sich so anhört, als würde er warten können, so kann ich es nicht.

13

Lina

Ich schaffe es nicht, das merkwürdige Verhalten von Joshs Brüdern aus meinem Kopf zu bekommen. Und das hat nichts damit zu tun, dass die beiden in der Tür standen, als ich halb nackt war. Ich muss zugeben, dass das peinlich war. Aber immerhin hatte ich noch die Decke.

Ich habe gemerkt, dass etwas passiert sein muss. Und auch wenn es mich nichts angeht, bin ich neugierig, was es sein könnte. Da alle drei jedoch auf der Seite des Gesetzes arbeiten, gehe ich davon aus, dass es etwas mit der Arbeit zu tun hat. Und das ist der Grund, wieso ich mir nicht sicher bin, ob Josh es mir sagen würde.

Während der einzigen Vorlesung, die ich an diesem Vormittag habe, denke ich ununterbrochen darüber nach. Dabei sollte ich mich auf das konzentrieren, was der Professor erzählt. In gewisser Weise kann man sagen, dass ich genau deswegen in den letzten Jahren Beziehungen aus dem Weg gegangen bin. Sie lenken nur ab. Doch bei Josh hatte ich keine andere Wahl, wenn man das, was wir haben, überhaupt als Beziehung bezeichnen kann. So genau weiß ich das nämlich nicht. Das Einzige, was ich mit einem ruhigen Gewissen sagen kann, ist, dass es kompliziert ist.

»Kannst du mir vielleicht mal sagen, was mit dir los ist? Schon seit Tagen benimmst du dich so merkwürdig«, erkundigt sich meine Cousine, als ich mittags in der Mensa neben ihr am Tisch sitze.

»Nichts ist los. Was soll ich denn haben?«, erwidere ich nur. Dabei ist sogar mir klar, dass ich wahrscheinlich nicht die beste Schauspielerin bin. Auf jeden Fall war das in der Vergangenheit so. Deswegen kann ich mir nicht vorstellen, dass es nun besser klappt.

»Seitdem du diesen Unfall hattest, bist du schon so komisch. Doch dein Verhalten bisher war nichts im Vergleich zu dem, das du jetzt an den Tag legst«, wirft sie mir an den Kopf. Sie lässt mich nicht aus den Augen, als würde sie so die Wahrheit erfahren können.

Stumm erwidere ich ihren Blick. Dabei überlege ich mir, was ich sagen könnte, doch mir fällt nichts ein.

»Oh mein Gott!«, ruft sie so laut, dass sich alle, die sich in unserer Nähe befinden, zu uns umdrehen. »Du hast einen Typen kennengelernt.«

Es dauert ein wenig, bis ihre Worte bei mir angekommen sind. Doch dann zucke ich zusammen. Ich versuche meine Reaktion auf ihre Worte ein wenig einzudämmen, doch ich schaffe es nicht. Bevor mir allerdings ein Ton über die Lippen dringt, beiße ich mir darauf.

»Ich hätte es wissen müssen. Wieso bin ich nicht schon eher daraufgekommen? So seltsam kann man nur sein, wenn man jemanden kennengelernt hat.«

Und ich hätte wissen müssen, dass ich es nicht für mich behalten kann.

Das ist der Moment, in dem ich beschließe, dass ich alles auf eine Karte setzen werde. Außerdem muss ich endlich mit jemandem darüber sprechen. Ich weiß nämlich selbst nicht so genau, wo Josh und ich stehen, und vielleicht hat Claire einen Ratschlag für mich.

»Du hast Recht, es gibt da einen Typen. Es ist Josh«, sage ich also. Dabei spannen sich meine Muskeln an, da ich auf ihre Reaktion warte.

»Josh?« Fragend betrachtet sie mich.

»Der Typ, dem ich in der letzten Zeit mehrmals über den Weg gelaufen bin«, erkläre ich ihr.

Die nächsten Sekunden ist es still.

»Das ist ein Scherz, oder?« Beinahe bittend sieht sie mich an.

»Nein«, sage ich jedoch nur. Dabei schiebe ich meine Hände in die Hosentaschen und zucke mit den Schultern.

Ungläubig starrt sie mich an. Doch ich bin bekannt dafür, dass ich meine Meinung nicht ändere, nur weil jemand eine andere hat.

»Bist du wahnsinnig?«, erkundigt sie sich und sieht mich so an, als würde sie mich für bescheuert erklären wollen. »Ich wollte es für mich behalten. Schließlich dachte ich, dass ich mich nicht mehr mit ihm auseinandersetzen muss. Aber weißt du, wer er ist?«

»Wer soll er denn sein?« Meine Stimme klingt aufgebracht und das bin ich auch. Ich habe mir schon gedacht, dass sie das erst verdauen muss. Doch mit dieser Reaktion auf mein Geständnis habe ich nicht gerechnet. »Ein Frauenheld? Auf der einen Seite ist das der Grund dafür, dass ich es dir nicht früher gesagt habe. Und auf der anderen Seite dafür, dass ich nicht mehr weiß, was ich machen soll«, gebe ich zurück. Dabei achte ich darauf, dass ich nicht zu laut spreche. Schließlich muss nicht jeder wissen, über was wir uns unterhalten.

»Ja, das ist er. Aber das meine ich jetzt nicht. Ich spreche davon, dass er der Ex-Freund von Julia ist. Ich habe ein paar alte Bilder aus dem ersten Semester auf meinem Laptop gefunden und ihn darauf erkannt. Und da ist es mir wieder eingefallen. Er hat sie wie den letzten Dreck behandelt. Und wenn ich mich richtig erinnere, dann hast du ihr versprochen, ihm gehörig in den Hintern zu treten, sollte er dir irgendwann über den Weg laufen.«

Ich schlucke und versuche so den riesigen Kloß loszuwerden, der sich in meinem Hals gebildet hat. Etwas anderes kann ich gerade nicht machen, doch dadurch geht es mir nicht besser. In meinem Kopf befinden sich so viele Gedanken, dass ich nicht weiß, wo ich anfangen soll um sie zu sortieren. Um ehrlich zu sein, habe ich schon seit Jahren nicht mehr an Julia gedacht. Wahrscheinlich habe ich deswegen Josh nicht mit ihr in Verbindung gebracht.

»Julia?«, frage ich noch einmal, um wirklich sicherzugehen, dass ich sie richtig verstanden habe.

»Ja, deine ehemalige beste Freundin«, hilft Claire mir auf die Sprünge, obwohl sie das nicht muss.

»Und genau das ist der springende Punkt. Sie ist meine ehemalige

Freundin, ich weiß überhaupt nicht, was sie macht. Seit zwei Jahren habe ich nicht mehr mit ihr gesprochen. Und ich kann noch einen obendrauf setzen, indem ich sage, dass wir nie wirklich beste Freundinnen waren. Das sah nur nach außen hin immer so aus. Ich war nur mit ihr *befreundet*, damit ich meine Ruhe vor ihr habe.«

Gleichgültig zucke ich erneut mit den Schultern. Wahrscheinlich ist das eine Überraschung für Claire. Ich habe nie ein Wort darüber verloren. Und eigentlich will ich das auch jetzt nicht. Schließlich ist es Vergangenheit. Und um mich jetzt damit auseinanderzusetzen, fehlt mir die nötige Kraft.

»Na gut, ihr wart also keine Freundinnen. Doch in meinen Augen ändert das nichts daran, dass er sie hat sitzen lassen.«

»Da ich Julia kenne, bin ich mir sicher, dass er einen sehr guten Grund dafür hatte.«

Angespannt sitzt sie mir gegenüber. Mir ist klar, dass diese Unterhaltung in ihren Augen noch nicht vorbei ist.

»Okay«, gibt Claire schließlich nach. »Du magst ihn. Ich freue mich, dass du endlich einen Mann gefunden hast. Ich will nur nicht, dass er dich verletzt, indem er das gleiche mit dir macht wie mit Julia.«

»Ich weiß, dass du dir Sorgen machst. Und die würde ich mir auch machen, wenn du plötzlich mit einem Mann um die Ecke kämst. Aber du brauchst dir keine Gedanken machen, ich fühle mich sicher und geborgen bei Josh. Jedenfalls ...«, beginne ich. Da ich jedoch nicht weiß, wie ich den Satz beenden soll, schließe ich meinen Mund wieder, bevor irgendein Quatsch herauskommen kann.

»Aber du bist dir nicht sicher, ob es wirklich etwas für die Zukunft ist?«

Ich sage nichts, sondern nicke lediglich.

»Ich bin ehrlich zu dir. Ich bin auch kein großer Fan von Julia gewesen. Allerdings mag ich Typen nicht, die Frauen behandeln als wären sie Ware. Aber ich weiß, dass du eine gute Menschenkenntnis hast. Und wenn du der Meinung bist, dass er in Ordnung ist, dann ist das super. Ich kenne ihn nicht, deswegen kann ich nicht sehr viel dazusagen. Aber ich gebe dir einen Rat: Lass es darauf ankommen. Aber sei vorsichtig und pass auf dich auf.«

Ich höre die Besorgnis in ihrer Stimme. Doch gerade bin ich viel zu sehr mit Josh und mir beschäftigt, als dass ich darauf eingehen könnte.

»Wenn du also das Gefühl hast, dass er nur mit dir spielt, dann beende es sofort. Da ich schon einige gescheiterte Beziehungen hinter mir habe, kann ich nur sagen, dass es sehr wenige Männer gibt, die sich für eine Frau ändern. Und er sieht nicht so aus, als wäre er einer davon.«

Bei ihrer Anschuldigung liegen mir ein paar Worte auf der Zunge, doch die behalte ich für mich. Ich bin viel zu froh darüber, dass wir uns nicht mehr streiten.

»Ich werde schon auf mich aufpassen«, erwidere ich. Obwohl ich nicht genau sagen kann, wie ich das machen soll. Ich habe mein Herz schon viel zu sehr an Josh verloren, als dass ich noch aufpassen könnte. Und ich bin mir sicher, ich bin auf dem besten Wege, mich in ihn zu verlieben.

»Ich habe eine super Idee«, ruft Claire nun begeistert. »Wie wäre es, wenn wir alle gemeinsam ausgehen, wenn Danny da ist?«

Ich hatte die Befürchtung, dass sie das vorschlagen würde. Danny und ich sind zwar inzwischen Freunde, dennoch finde ich es irgendwie merkwürdig, mich mit beiden gleichzeitig zu treffen. »Ich bin mir nicht sicher, ob das so eine gute Idee ist. Vor allem solange ich selbst nicht weiß, wo das mit Josh und mir hinführt«, gebe ich deswegen zu bedenken.

»Überleg es dir. Ich bin mir sicher, dass es lustig wäre. Und so hätte er die Chance, uns alle kennenzulernen.«

Die Aussicht darauf, einen gemeinsamen Abend mit meinem Ex-Freund und meinem Freund zu verbringen, ist nicht gerade das, was ich als aufbauend bezeichnen würde. Sie sorgt eher dafür, dass mir schlecht wird. Außerdem weiß ich noch nicht, was Josh davon hält. Weil ich mir nicht weiter den Kopf darüber zerbrechen will, verziehe ich nur ein wenig das Gesicht und hoffe, dass ihr das reicht.

Und tatsächlich hält Claire den Mund. Auch wenn ich mir sicher bin, dass ihr das schwerfällt. Doch den Rest des Tages sagt sie nichts mehr dazu. Ich bemerke aber, dass sie mich beobachtet, wenn wir uns über den Weg laufen. Deswegen bin ich froh, dass ich keine Vorlesungen mit ihr habe.

14

Josh

Ich weiß nicht, wie lange ich nun schon hier sitze und die Bilder begutachte, die ich Chris geschickt habe. Ich bin mir sicher, dass es Stunden sein müssen. Er und seine Kollegen werden sie bereits gründlich betrachtet haben, doch ich habe das Gefühl, als würden wir etwas übersehen, was sich direkt vor unserer Nase befindet. Dabei kann ich nicht ansatzweise sagen, was es ist. Und ich kann nicht hinfahren, um es mir noch einmal aus der Nähe anzusehen. Schließlich hat Chris mir ausdrücklich gesagt, dass ich mich fernhalten soll.

Sicher, ich könnte behaupten, dass ich im Dienst bin. Doch dann würde ich das Risiko eingehen, dass sie auf der Feuerwache anrufen. Und mein Verstand sagt mir, dass ich das lieber nicht riskieren sollte.

Trotzdem will ich mich heute noch einmal umsehen. Der beste Weg wäre, sich nachts auf das Grundstück zu schleichen. Mir behagt das gar nicht, doch wenn ich nicht gesehen werden will, ist das die einzige Möglichkeit, die ich habe. Leider würde das aber bedeuten, dass ich Lina erst später sehen kann. Und darauf habe ich keine Lust.

Deswegen beschließe ich, dass ich das Risiko eingehen werde und mich sofort auf den Weg mache. Ich will nicht schon wieder nur so wenig Zeit mit Lina verbringen. Doch kaum habe ich die Tür meines Wagens hinter mir geschlossen, klingelt mein Handy. Ich ziehe es aus meiner Hosentasche. Ich bekomme ein schlechtes Gewissen. Schließlich könnte es Lina sein.

Nachdem ich einen Blick auf das Display meines Telefons geworfen habe, erkenne ich, dass es nicht Lina ist, die da versucht mich zu erreichen, sondern meine Mom. Und ich brauche nicht großartig darüber nachzudenken, um zu wissen, was sie von mir will. Unweigerlich schießt mir die Frage durch den Kopf, wer ihr von Lina und mir berichtet hat.

»Hi, Mom«, begrüße ich sie. Dabei lasse ich mir nichts anmerken.

»Störe ich?« Ich erkenne den vorsichtigen Ton in ihrer Stimme. Er sorgt dafür, dass ich mir gerade noch verkneifen kann, nicht leise zu lachen.

»Ich bin gerade unterwegs«, erwidere ich und starte den Motor, nachdem ich das Handy auf Lautsprecher gestellt habe. »Was kann ich für dich tun?«

»Es ist jedes Mal eine Herausforderung, mich mit euch zu unterhalten. Aber ja, ich gebe zu, dass es einen bestimmten Grund gibt, wieso ich mich jetzt melde«, erwidert sie.

Nun kann ich es nicht verhindern. Ich lache leise. Allerdings reiße ich mich schnell wieder zusammen.

»Ich habe gehört, dass du eine Freundin hast.«

»Hmmm«, mache ich nur. So genau habe ich noch nicht über unseren Beziehungsstatus nachgedacht.

»Was soll das denn bedeuten?«, hakt meine Mutter nach.

»Das bedeutet, dass ich es noch nicht so genau sagen kann.«

»Wie du kannst es nicht sagen?« Nun hört sie sich nicht mehr vorsichtig, sondern beinahe empört an. »Wenn ich Roy richtig verstanden habe, dann verbringt ihr jede freie Minute miteinander. Außerdem schläft sie bei dir.«

Mein Mund öffnet sich. Doch noch bevor ich etwas dazu sagen kann, spricht sie bereits weiter. Zumindest hat sie damit meine unausgesprochene Frage beantwortet.

»Und jetzt sag mir nicht, dass es daran liegt, dass sie eine Freundin deiner Ex ist.«

Ich halte vor einer roten Ampel. In diesem Moment nehme ich mir vor, dass ich mir Roy vorknöpfen werde, sobald ich die Gelegenheit dazu habe.

»Mom«, sage ich nur. Niemals habe ich gedacht, dass ich meinen Beziehungsstatus mit meiner Mutter besprechen müsste. Mir haben schon die Unterhaltungen gereicht, die ich mit meinen Brüdern geführt habe, als sie ihre Frauen kennengelernt haben. Da brauch ich nicht noch eine Diskussion um mein Leben und Lina.

Und schon gar nicht mit der Frau, die mich auf die Welt gebracht hat.

»Mom«, bitte ich sie zum wiederholten Mal. Fieberhaft überlege ich, wie ich die Unterhaltung abbrechen oder wenigstens in eine andere Richtung lenken kann.

»Ich weiß. Du bist alt genug und willst dich nicht mit mir darüber unterhalten. Doch ich bin noch immer deine Mutter und würde mich freuen, wenn es klappen würde zwischen euch.«

»Ich werde mit ihr darüber sprechen, ob sie Zeit hat, dass wir in der nächsten Woche vorbeikommen.«

Mehr sage ich nicht. Mir ist bewusst, dass sie Lina unbedingt treffen will. Schließlich liebt sie July und Emma. Und irgendwie bin ich mir sicher, dass sie auch Lina lieben wird. Dennoch weiß ich nicht, ob es nicht zu früh dafür ist, um über solche Treffen auch nur nachzudenken.

»Hör zu, Mom. Ich würde mich ja gerne noch ein wenig länger mit dir unterhalten. Doch ich bin nun da und muss auflegen, da ich mich noch um ein paar Sachen kümmern muss.«

»Okay, dann will ich dich nicht weiter stören.«

Mit diesen Worten legt sie auf. Ich bin mir nicht sicher, ob sie beleidigt darüber ist, dass ich ihr noch nichts von Lina gesagt habe. Doch zu meiner Verteidigung: wir stehen noch ganz am Anfang. Und nur weil ich eine Beziehung zu ihr haben möchte, heißt das nicht, dass ich sie drängen werde. Ich bin mir nämlich sicher, dass das nach hinten losgehen würde.

Schon von weitem kann ich das verbrannte Haus erkennen. Der Brand ist schon eine Woche her, doch es macht den Eindruck, als wäre es erst gestern gewesen. Ich habe immer wieder zu hören bekommen, dass die meisten Bewohner von San Antonio nicht glauben können, was hier passiert ist. Und ich muss zugeben, dass es auch mir noch immer schwerfällt. Schließlich gehört diese leerstehende Farm irgendwie zur Stadt. Umso schwerer fällt es mir zu realisieren, dass dort unten tatsächlich Drogen hergestellt wurden.

Nachdem ich hinter dem Wagen der beiden Polizisten stehen geblieben bin, schalte ich den Motor aus. Dabei frage ich mich, wieso die beiden sich an einer Stelle befinden, an der man sie sofort entdecken kann. Aber Chris wird schon einen guten Grund dafür haben.

Bevor ich es mir doch noch einmal anders überlegen kann, steige ich aus. In der gleichen Sekunde, in der ich die Tür hinter mir schließe, öffnet sich die des anderen Wagens. Mit großen Schritten kommt einer der Polizisten auf mich zu. Schnell strecke ich ihm meine Hand entgegen und stelle mich vor.

»Ich bin Josh Thompson, von der Feuerwache 39.«

Ich kann ihm dabei zusehen, wie er überlegt. Doch dann erhellt sich sein Gesicht.

»Thompson?«, fragt er dennoch nach. Ich bin mir sicher, dass er das nur macht, um wirklich sicherzugehen, dass er mich richtig verstanden hat.

»Ja, ich bin der Bruder von Chris Thompson.« Ich hasse es, wenn ich einen meiner Brüder ins Spiel bringen muss.

Aufmerksam beobachte ich ihn. Als ich den Namen meines Bruders erwähne, kann ich erkennen, dass er sich anspannt. Mir ist klar, dass sein Ruf ihm vorauseilt. Denn nicht nur Roy hat sich einen ausgezeichneten Ruf erarbeitet, sondern jeder von uns.

Wahrscheinlich ist das der Grund dafür, dass er nun einen Schritt zur Seite macht, um mich vorbeizulassen. Allerdings bin ich mir sicher, dass Chris mich darauf noch einmal ansprechen wird, sobald er davon erfährt. Doch in diesem Moment interessiert es mich nicht. Hier zu sein ist immer noch besser als zu Hause zu sitzen und mir den Kopf zu zerbrechen.

Deswegen gehe ich an ihm vorbei und nicke dabei einmal leicht.

Noch immer scheint er nicht zu wissen, wie er sich verhalten soll. Unter anderen Umständen würde ich mir einen Spaß daraus machen, allerdings bin ich gerade viel zu angespannt, um mich näher damit zu beschäftigen. Was ich hier gerade mache, ist schließlich nicht wirklich legal, denn ich bin ohne Befugnis unterwegs.

Mehrmals atme ich tief durch, während ich auf die Reste des Hauses zugehe, das einmal auf dem Grundstück stand. Dabei schaue ich mich nach allen Seiten um. Auch wenn es jetzt hell ist, weiß ich nicht genau, wonach ich Ausschau halte. Ich bin mir sicher, dass die Polizisten hier noch einmal alles auf den Kopf gestellt haben.

Dennoch lasse ich keinen Zentimeter aus. Während der nächsten Stunde versuche ich irgendetwas zu finden, was darauf hindeutet, wer hinter dieser Geschichte stecken könnte. Der Verdacht, dass sich die Lösung vor meinen Füßen befindet, verstärkt sich.

Doch als ich nichts gefunden habe, verabschiede ich mich wieder von den Polizisten und verschwinde. Wenn ich ehrlich zu mir selbst bin, dann hätte ich mir denken können, dass ich keine Hinweise finde. Deswegen mache ich das Einzige, was mir in dieser Situation noch einfällt, um endlich einen Schritt voranzukommen. Detektivarbeiten waren noch nie mein Ding. Obwohl ich zwischendurch ein paar gute Ideen hatte, habe ich das doch immer lieber meinen Brüdern überlassen. Aber wenn ich mich auf der Feuerwache umsehe, ist das eindeutig weniger auffällig, als wenn meine Brüder das tun. Deshalb mache ich mich gleich auf den Weg zur Wache 39.

»Hi, was machst du denn hier? Hast du heute nicht deinen freien Tag?«, fragt Lorenzo mich.

»Ja, eigentlich habe ich den. Ich verschwinde gleich wieder«, erwidere ich, während ich den Weg zum Büro meines Chefs einschlage.

Mit großen Schritten gehe ich an meinen Kollegen vorbei, die mich irritiert ansehen. Man könnte sagen, dass ich nur darauf warte, dass jemand von ihnen etwas sagt. Doch als würden sie merken, wie angespannt ich bin, halten sie sich zurück. Ich bin nicht sauer oder so, nein, es ist vielmehr so, dass ich endlich wissen will, was hinter dieser Geschichte steckt.

»Lass mich raten. Du bist genauso gespannt auf diesen Brandbericht wie jeder andere hier«, stellt Lorenzo fest.

Überrascht bleibe ich stehen und drehe mich in seine Richtung.

»Alle warten auf den Bericht zum Brand der Farm?« Es sollte mich nicht verwundern und dennoch ist genau das der Fall.

»Ja, die Farm steht schließlich schon seit Jahren leer. Ich bin mir sicher, dass nicht nur wir darauf warten, sondern jeder Bewohner dieser Stadt, der davon gehört hat.«

Die Befürchtung habe ich auch, denke ich zähneknirschend. Der einzige positive Punkt dabei ist, dass der Bericht nicht sofort öffentlich gemacht werden wird. Vor allem wenn ich Recht habe und es tatsächlich Brandstiftung war.

In letzter Sekunde kann ich gerade noch verhindern, das laut zu sagen. Meine Vermutung laut auszusprechen, würde es nicht besser machen.

Also setze ich mich wieder in Bewegung und gehe weiter.

Nachdem ich das Büro des Chefs erreicht habe, trete ich ein, ohne vorher anzuklopfen. Mein Freund und Vorgesetzter hebt seinen Kopf und sieht mich an.

»Ich bin neugierig«, begrüße ich ihn. »Ist der Bericht schon da?«

Hanson sieht so aus, als würde er nicht wissen, von was ich spreche. Doch dann erhellt sich sein Gesicht.

»Ja, er ist vorhin gekommen«, murmelt er und überreicht ihn mir.

Während ich ihn lese, lasse ich mich auf das Sofa sinken, das sich neben der Tür befindet. Ich nehme mir die Zeit und gehe ihn zweimal durch. Doch dadurch ändert sich nichts an dem, was darin steht.

»Oh Mann«, murmle ich, als ich alle Fakten erfasst habe.

»Ja, so kann man das ausdrücken. Ich glaube nicht, dass ich dir sagen muss, dass ich noch immer nicht glauben kann, was da steht.«

»Lässt du uns kurz allein?«, wende ich mich an Lorenzo, der hinter mir das Büro betreten hat.

Ich sehe ihm an, dass er nicht sehr glücklich darüber ist, schließlich ist er genauso neugierig wie ich. Doch das hier muss ich unter vier Augen klären.

»Der Brand wurde also von falsch gelagerten Chemikalien ausgelöst«, stelle ich fest. Mit diesen Worten fasse ich den drei Seiten langen Bericht zusammen, den ich noch immer in meinen Händen halte.

Mein Chef sagt nichts, sondern nickt lediglich. Er braucht kein Wort zu sagen, ich weiß auch so, dass dieser Bericht ihm nicht passt. Und da kann ich mich nur anschließen. Mir geht es nämlich nicht besser.

»Schon von der Drogenküche gehört?«, erkundige ich mich nun. Dabei behalte ich für mich, dass ich es war, der sie unter den Trümmern entdeckt hat.

»Ja, diese Nachricht ist schon bei mir angekommen.«

Nachdenklich schaue ich ihn an. Ich kenne ihn schon seit so vielen Jahren, sodass ich mit Gewissheit sagen kann, dass er noch nie so in sich gekehrt war, wobei ich nicht sicher bin, ob mein Eindruck vielleicht täuscht. Schließlich weiß ich, dass dieser Job nicht immer leicht ist. Zu sehen, wie Menschen innerhalb weniger Minuten alles verlieren, wofür sie ein ganzes Leben gearbeitet haben, ist nicht gerade das, was man als leicht bezeichnen kann. Dennoch kann ich mich nicht daran erinnern, dass Hanson jemals so drauf gewesen wäre.

Einige Sekunden betrachte ich ihn. Doch dann stehe ich auf und lege den Bericht auf seinen Schreibtisch. Dabei nehme ich mir vor, dass ich meinen Vorgesetzten ein wenig im Auge behalten werde. Ich habe das Gefühl, als wäre das angebracht.

»Na gut, da das ja nun geklärt wäre, werde ich wieder verschwinden. Ich habe noch etwas vor«, sage ich.

»Ein Date?«

»Ja«, rufe ich und verlasse dabei das Zimmer eilig, um der nächsten Unterhaltung über Lina aus dem Weg zu gehen.

Hinter mir höre ich Hanson laut lachen.

15

Lina

Es ist egal, wie oft ich darüber nachdenke. Es ändert nichts daran, dass mir die letzten Tage immer noch wie ein Traum vorkommen. Wenn ich nicht gerade auf dem Campus war, habe ich die Zeit mit Josh verbracht. Und obwohl er sich nur auf mich konzentriert hat, so habe ich doch gemerkt, dass ihn irgendetwas bedrückt. Aber ich bin nicht in der Lage, auch nur ansatzweise zu sagen, was es sein könnte. Zwischendurch habe ich einen vorsichtigen Versuch unternommen, um zu erfahren, was ihn bewegt. Doch Josh hat nichts gesagt. Und das wiederum war Grund genug für mich, dass ich weitere Fragen unterlassen habe.

Wenn er mit mir darüber sprechen will, wird er das schon machen. Ich versuche mir zwar einzureden, dass es okay für mich ist, dass er mich im Unklaren lässt, doch die Wahrheit sieht ganz anders aus. In meinem Inneren bin ich enttäuscht darüber, dass er nicht mit mir redet. Doch ich lasse es mir nicht anmerken, als ich mich von ihm verabschiede.

»Bist du sicher, dass du zum College musst?«, fragt er mich noch einmal, als wir auf der Treppe vor dem Haus stehen. Ich weiß, dass er nur sichergehen will, dass ich es mir nicht doch anders überlegt habe. Zu gerne würde ich Josh den Gefallen tun und nicht zum College gehen, doch mein Studium verlangt Aufmerksamkeit. Deswegen nicke ich nur schweren Herzens. Ich habe gedacht, dass es mir leichter fallen würde, mich von ihm zu verabschieden, je öfter ich ihn sehe. Doch nun merke ich mal wieder, dass ich dafür wohl noch eine ganze Menge Zeit mit ihm verbringen muss.

Er öffnet den Mund und will noch etwas sagen, als das leise Klingeln meines Handys an mein Ohr dringt. Ich öffne meine Tasche und ziehe es heraus. Dabei sticht mir sofort der Name meines Ex-Freundes ins Auge. Ich verdrehe ein wenig die Augen. Normalerweise freue ich mich immer, wenn wir miteinander sprechen. Doch gerade hätte er sich einen besseren Zeitpunkt aussuchen können.

»Moment«, sage ich zu Josh und hebe dabei meinen Zeigefinger. Mit der anderen Hand drücke ich auf das grüne Symbol, um den Anruf anzunehmen.

»Hi«, dringt die laute Stimme von Danny durch die Leitung hindurch. Ich zucke zusammen. Dabei muss ich mir eingestehen, dass ich an meinen Ex überhaupt nicht mehr gedacht habe.

»Hi«, begrüße ich ihn.

»Ich habe eine gute und eine schlechte Nachricht für dich«, verkündet er sofort.

»Ich höre«, sage ich nur. Dabei lasse ich Josh nicht aus den Augen, der mich ebenfalls fragend ansieht. Ich bin mir sicher, dass er nur zu gerne wissen will, mit wem ich spreche. Und das würde ich ihm sagen, wenn ich ihm vorher mitgeteilt hätte, dass mein Ex-Freund in die Stadt kommt. Doch alles andere schien wichtiger zu sein als dieses Thema.

»Ich bin morgen schon da. Allerdings nur für ein paar Tage. Ich habe berufliche Termine, die ich leider nicht verschieben kann. Das bedeutet leider, dass ich nicht zur Abschlussfeier von Claire da sein werde.«

»Oh Mann«, sage ich nur. Mir ist klar, dass er immer viel um die Ohren hat, doch Claire hat sich bereits darauf gefreut, dass er dabei ist. Die beiden waren immer gut miteinander befreundet.

Und wenn ich den Ton in seiner Stimme richtig deute, dann weiß er das.

»Den letzten Punkt solltest du ihr sagen«, erwidere ich nur. Mir ist klar, dass er darauf hofft, dass ich das mache. Doch hierbei geht es um ihren Abschluss am College. Das soll er also mal schön selbst mit Claire klären. Außerdem werde ich einen Teufel tun und mich da einmischen. Das habe ich schon zu oft getan und bis jetzt habe ich es jedes Mal bereut.

Ich bin noch nicht so weit, meinem Ex-Freund von Josh zu erzählen, oder umgekehrt. Ich weiß aber genau, dass ich nicht darum herumkommen werde. Schließlich gehört Claire nicht unbedingt zu den Frauen, die ihren Mund halten können. Und sie hat vorgeschlagen, dass wir uns alle zusammen treffen.

»Hmmmm«, macht er nur.

»Schick mir deine Flugdaten und dann werde ich dich abholen.« Kaum habe ich ausgesprochen, lege ich resigniert auf. Ich will mich nicht länger mit ihm beschäftigen.

»Was war das denn?«, fragt mich Josh. Dabei grinst er mich frech an. Außerdem kann ich das Funkeln in seinen Augen erkennen.

»Mein Ex-Freund kommt morgen in die Stadt«, kläre ich ihn deswegen auf. Ich weiß nicht, was für eine Reaktion ich mir von Josh erhoffe. Ich weiß nur, wie ich reagieren würde, und glücklich wäre ich nicht.

In der nächsten Minute weiß ich, dass auch er es nicht ist. Sein Kiefer ist angespannt und seine Lippen bilden nur noch eine dünne Linie.

Einige Sekunden ist es still zwischen uns. In dieser Zeit versuche ich verzweifelt etwas zu finden, was ich sagen kann. Vor allem mache ich mich aber auf die Frage gefasst, warum ich ihm das nicht schon viel früher gesagt habe. Dass mein Ex-Freund sich angekündigt hat, ist ja keine Kleinigkeit. Zu meiner Verteidigung muss ich sagen, dass ich es immer wieder vergessen habe.

»Was will er denn hier?«, fragt Josh.

Ich schlucke. Von einer Sekunde auf die andere macht sich das Gefühl in mir breit, dass es definitiv der falsche Zeitpunkt war, ihm von meinem Ex zu erzählen. Aber so habe ich es wenigstens hinter mich gebracht.

»Claire hat nächste Woche ihre Abschlussfeier. Und da die beiden befreundet sind, hat sie ihn eingeladen.«

»Und wieso kommt er dann jetzt schon?«

Schnell berichte ich ihm von dem Inhalt des Telefonats und hoffe, dass ich ihn so ein wenig beruhigen kann. Schließlich wird er nur für ein paar Tage hier sein und dann wieder verschwinden.

Ich muss mir eingestehen, dass ich eifersüchtig wäre, wenn plötzlich eine von Joshs Ex-Freundinnen auftauchen sollte.

»Hmmm«, macht er nur.

Und das ist der Moment, in dem ich am liebsten durchdrehen würde.

»Claire hat vorgeschlagen, dass wir alle zusammen ausgehen«, füge ich noch hinzu.

Ich kann ihm ansehen, dass er noch immer skeptisch ist. Ich verstehe ihn, die Aussicht darauf, einen Abend mit meinem Ex zu verbringen, ist wahrscheinlich nicht gerade das, was man als reizvoll bezeichnen kann.

Josh sagt nichts, sondern packt mich plötzlich bei den Schultern und dreht mich herum. Ich gebe einen überraschten Ton von mir, während er mich vor sich her in Richtung meines Wagens schiebt.

»Von mir aus können wir uns ruhig treffen. Allerdings verspreche ich nichts«, murmelt er. Ich beschließe, dass es besser ist, wenn ich nicht weiter darauf eingehe. Schließlich will ich mich nicht mit ihm streiten. Und wie ich mein Glück kenne, würde es wahrscheinlich darauf hinauslaufen.

»Jetzt solltest du dich wirklich auf den Weg machen. Sonst kommst du noch zu spät.« Josh küsst mich leidenschaftlich, sodass ich schon nach kurzer Zeit nicht mehr weiß, worüber wir uns unterhalten haben. Nur er hat das Talent, mich auf diese Weise sofort ablenken zu können.

Als er sich von mir trennt, ringe ich nach Atem. Mein Herz rast so schnell, dass ich befürchte, es wird gleich aus meiner Brust springen. Es dauert etwas, bis ich meine Umgebung wieder scharf erkennen kann.

»Wir sehen uns heute Abend«, flüstert er mit verheißungsvoller Stimme so leise, dass ich ihn kaum verstehen kann. Doch ich nicke und suche mit meiner freien Hand bereits nach dem Autoschlüssel in meiner Tasche.

Ein letztes Mal schaue ich ihn an, bevor ich einsteige und verschwinde.

Als ich auf dem Parkplatz des Colleges ankomme, weiß ich noch immer nicht, wo oben und unten ist. Und auch während der ersten Vorlesung wird es nicht besser. Ich mache mir immerzu Gedanken darüber, ob es wirklich meine beste Idee war, mich auf ein Treffen mit allen einzulassen. Als Claire den Vorschlag gemacht hat, fand ich ihn bereits nicht gut und mittlerweile bin ich sogar der Meinung, dass das eine bescheuerte Idee ist. Schließlich kenne ich meinen Ex. Und ich weiß, dass er Josh bei jeder Gelegenheit unter die Nase reiben wird, was zwischen uns war. Und ich bin mir nicht sicher, ob Josh das gefallen wird. Mir zumindest würde es nicht gefallen. Deswegen nehme ich mir vor, dass ich Claire bei der nächsten Gelegenheit sagen werde, dass das Treffen eine blöde Idee ist.

Doch so weit komme ich überhaupt nicht. Als ich am Ende des Tages zu meinem Wagen gehe, erkenne ich Danny bereits von weitem. Mit einem breiten Grinsen auf dem Gesicht steht er gemeinsam mit Claire vor meinem Auto. Sein Grinsen wird noch breiter, als er mich schließlich entdeckt.

Mit großen Schritten kommt er auf mich zu und schließt mich in seine Arme.

Er ist nicht nur vom Charakter das genaue Gegenteil von Josh, sondern auch vom Aussehen. In gewisser Weise kann man also sagen, dass es kein Wunder ist, dass Claire sich wegen Josh Sorgen macht. Schließlich habe ich mich noch nie mit einem Mann wie ihm getroffen.

»Überraschung«, verkündet er stolz.

»Was machst du denn schon hier? Hattest du nicht heute Morgen gesagt, dass du erst morgen kommst?« Fragend schaue ich ihn an. Dann wandert mein Blick zu Claire. Sie steht ein paar Schritte von uns entfernt und sieht mich an, als wäre das auf ihrem Mist gewachsen. Und irgendwie glaube ich das sogar.

»Ich habe mir gedacht, dass ich dich überrasche und schon einen Tag früher komme.« Mit diesen Worten zieht er mich erneut an sich.

Das, was als Nächstes kommt, sehe ich nicht voraus. Und ich wünschte, dass ich es geahnt hätte. In der einen Sekunde umarmt er mich noch, doch in der nächsten küsst er mich bereits.

Stocksteif bleibe ich stehen. So sehr ich es mir wünsche, ich kann mich nicht mehr bewegen. Sämtliche Muskeln sind angespannt, während ich darauf warte, dass er endlich von mir ablässt. Dabei habe ich das Gesicht von Josh vor meinen Augen, was dafür sorgt, dass es mir noch schlechter geht.

Auf der anderen Seite hilft es mir aber auch, dass ich wieder in der richtigen Welt ankomme. So energisch wie es nur irgendwie geht, schiebe ich ihn an den Schultern von mir weg. Es ist nicht leicht, da Danny ein gutes Stück größer ist als ich. Doch schließlich gelingt es mir, mich von ihm zu entfernen.

»Mach das nie wieder«, weise ich ihn an. Dabei lasse ich keinen Zweifel daran, dass ich wütend bin. Um sicherzugehen, dass er mich auch wirklich nicht missversteht, kneife ich meine Augen noch ein wenig zusammen. »Sonst wirst du es bereuen«, zische ich noch. Gleichzeitig schaue ich mich um, ob ich Josh vielleicht in der Nähe entdecken kann.

In den letzten Tagen wäre ich enttäuscht darüber gewesen ihn nicht zu sehen. Doch jetzt bin ich es gerade nicht. Ich bin mir nämlich nicht sicher, was er dann machen würde.

Doch diesen Gedanken schiebe ich schnell wieder zur Seite und konzentriere mich stattdessen wieder auf meinen Ex-Freund. Noch immer steht er so dicht vor mir, dass uns nur wenige Zentimeter trennen. Ich wusste, dass er noch lange nach unserer Trennung hinter mir her war. Schließlich hat er nie ein Geheimnis daraus gemacht. Doch ich habe nicht erwartet, dass es noch immer so ist.

Unschuldig schaut Claire mich an. Aber ich frage mich, ob sie das wirklich ist. Damals hatte sie nicht für sich behalten, dass sie unsere Trennung schade fand.

Um endlich wieder vernünftig denken zu können, mache ich einen Schritt nach hinten und bringe so Abstand zwischen uns. Ohne ihn weiter zu beachten, gehe ich zu meinem Wagen und öffne ihn, um meine Tasche auf den Beifahrersitz zu werfen.

»Ist das nicht cool? Ich dachte, dass wir dich so überraschen können«, erklärt nun Claire in einem Augenblick, in dem Danny uns nicht hören kann. »Ich muss zugeben, dass es mich überrascht hat, dass er dich geküsst hat.«

»Ganz cool. Sollte er das noch ein einziges Mal versuchen, werde ich ihn kastrieren«, erwidere ich wütend. »Ich bin mir sicher, dass wir uns in den nächsten Tagen noch sehen werden. Aber nun muss ich zu Josh.«

»Wer ist Josh?«, mischt sich nun Danny in unsere Unterhaltung ein. Ich sehe ihm an, dass ihm die Erwähnung eines anderen Mannes überhaupt nicht passt. Doch das ist sein Problem. In diesem Moment habe ich nur noch den Wunsch, mich in Joshs Arme zu flüchten und zu hoffen, dass ich die letzten Minuten nur geträumt habe.

»Mein Freund«, erwidere ich nur. Meine Stimme klingt kühl.

Es ist deutlich, dass Danny das überhaupt nicht gefällt. Doch er ist schlau und sagt keinen Ton mehr. Bevor er es sich doch noch anders überlegen kann, steige ich in meinen Wagen und fahre davon.

Es dauert zu lange, bis ich endlich bei Josh angekommen bin. Auf der Fahrt zerbreche ich mir den Kopf über das eben Geschehene. Vor allem, weil ich mir nicht sicher bin, ob es nicht vielleicht doch eine Möglichkeit gegeben hätte, wie ich das ganze hätte verhindern können. In der letzten Zeit hat er keine Versuche unternommen, um mir näherzukommen.

Er hat nicht einmal einen Kommentar fallen lassen. Irgendetwas Zweideutiges oder so. Ich war mir sicher, dass er endlich mit mir abgeschlossen hat. Nur aus dem Grund habe ich überhaupt zugestimmt, dass er zu Claires Abschluss kommen kann.

Als ich durch das Tor fahre, spüre ich die Ruhe, die mich erfasst. Nach einem prüfenden Blick auf den Hof bin ich enttäuscht, denn von

Joshs Wagen ist weit und breit nichts zu sehen. Dabei habe ich gehofft, dass er da sein wird.

»Hi«, werde ich von July begrüßt, nachdem ich meinen Wagen abgestellt habe. Sie sitzt auf der großen Terrasse vor dem Haus.

»Hi«, murmle ich so leise vor mir her, dass ich meine eigene Stimme kaum hören kann.

»Ist alles in Ordnung?« Besorgt sieht sie mich an.

»Ja«, antworte ich nur und nicke dann.

»Ich will dir wirklich nicht zu nahe treten, aber du siehst nicht so aus, als wäre alles in Ordnung.« Skeptisch betrachtet sie mich.

»Das ist kompliziert«, raune ich.

»Hey«, begrüßt uns nun Emma, die gerade aus der Tür tritt, noch bevor July etwas sagen kann.

Man könnte sagen, dass ich in gewisser Weise froh darüber bin, dass ich keine Chance habe, etwas zu sagen.

Doch July lässt mich nicht aus den Augen. Ein paar Sekunden ist es ruhig. Emma sieht zwischen uns hin und her. Ich kann erkennen, dass sie irritiert ist.

»Mein Ex ist in der Stadt«, platzt es aus mir heraus, noch bevor ich es verhindern kann. Kurz habe ich die Befürchtung, dass ich es bereuen werde, doch dem ist nicht so.

»Ich hole den Wein«, verkündet Emma und verschwindet sofort, ohne mir auf diese Weise überhaupt die Chance zu geben, etwas zu erwidern.

Es dauert nicht lange, bis sie wieder bei uns steht. Schnell reicht sie uns jeweils ein Glas und füllt sie.

»Wenn es um den Ex geht, dann muss man sich betrinken. Sonst kann man keine vernünftige Unterhaltung über ihn führen«, stellt sie als Nächstes fest und nimmt einen großen Schluck.

Ich beginne leise zu lachen und July stimmt mit ein. Ich hätte es nicht gedacht, die beiden haben es geschafft, dass es mir wieder ein wenig besser geht. Obwohl das Problem noch lange nicht aus der Welt geschafft ist.

16

Josh

Ich bin noch nicht einmal durch das Tor gefahren, als ich den Wagen von Lina in der Einfahrt stehen sehe. Ein schlechtes Gefühl macht sich in mir breit. Das passiert mir nur äußerst selten, doch wenn, dann kann ich mich darauf verlassen, dass wirklich etwas passiert sein muss.

Erst als ich näher heranfahre, fallen mir die drei Frauen auf. Gemeinsam sitzen sie auf den Stufen und lachen. Ich bin froh darüber, dass Lina sich so gut mit July und Emma versteht. Wenn ich ehrlich zu mir selbst bin, dann war eine meiner größten Befürchtungen, dass es nicht so sein könnte.

Doch nachdem ich meinen Wagen abgestellt habe und auf die Mädels zugehe, erkenne ich, dass Lina so aussieht, als würde sie etwas belasten. Ich bin mir nicht sicher, ob die anderen es bemerkt haben, allerdings haben wir genug Zeit miteinander verbracht, dass ich mit großer Gewissheit sagen kann, dass ihr etwas auf dem Herzen liegt.

»Hi«, begrüße ich sie, als ich nur noch wenige Meter von ihnen entfernt bin.

Sofort schauen alle in meine Richtung und verstummen dabei. Als Nächstes erkenne ich das freche Funkeln in Julys Augen.

»Der Erste ist zu Hause«, ruft Emma, als würde sie sichergehen wollen, dass es alle bemerkt haben.

Ohne einen Ton von mir zu geben, greife ich nach Linas Hand und ziehe sie auf die Füße. Ich lege meine Hände auf ihren Rücken und küsse sie leidenschaftlich. Dabei spüre ich, dass sie sich anspannt. Ich kann nicht herausfinden, ob sie das tut, weil July und Emma uns genau beobachten oder ob es einen anderen Grund gibt. Ich nehme mir vor, dass ich sie danach fragen werde. Schließlich will ich nichts tun, was ihr unangenehm ist.

»Ich hoffe, du musstest nicht lange warten«, wende ich mich an Lina, obwohl ich mir die Antwort darauf bereits denken kann. Schließlich ist es bereits neun Uhr.

»Mir ist ja nicht langweilig geworden«, erwidert sie nur und zuckt mit den Schultern.

Noch immer macht sie den Anschein auf mich, als wäre etwas passiert. Und je länger ich darüber nachdenke, umso weniger gefällt es mir. Schließlich haben wir uns heute Morgen erst über ihren Ex-Freund unterhalten.

»Das bezweifle ich nicht«, erwidere ich leise lachend.

»Wir werden euch dann mal allein lassen. Roy und Chris werden gleich nach Hause kommen.« Mit diesen Worten steht July ebenfalls auf und Emma folgt ihr.

Die beiden zwinkern noch ein letztes Mal, bevor sie im Inneren des Hauses verschwinden. Verwirrt werfe ich Lina einen fragenden Blick zu. Doch sie geht nicht näher darauf ein. Stattdessen macht sie einen Schritt nach hinten und bringt so ein wenig Abstand zwischen uns. Bevor ich sie daran hindern kann, hat sie sich bereits umgedreht und verschwindet ebenfalls im Haus.

Ich habe keine Ahnung, warum sie sich so komisch verhält. Doch ich weiß, dass es etwas zu bedeuten hat. Schließlich hat sie sich noch nie so merkwürdig benommen. Ich bin mir sicher, dass irgendetwas dahinterstecken muss.

»Es tut mir leid, dass ich heute Morgen vielleicht ein wenig lauter geworden bin«, sage ich also, nachdem ich die Haustür hinter mir geschlossen habe. »Aber ich kann mir nicht vorstellen, dass es so eine gute Idee ist, dass du ihn abholst. Schließlich ist er dein Ex-Freund.«

Ich hoffe, dass ich ihr mit dieser Erklärung verständlich machen kann, wieso ich heute Morgen entsprechend reagiert habe. Denn ich will nicht, dass diese Sache zwischen uns steht.

»Was?« Langsam dreht sich Lina zu mir herum. Dabei kann ich erkennen, dass sie nicht weiß, wovon ich spreche. Erst nach einigen Sekunden scheint es, als wären meine Worte bei ihr angekommen. »Du hattest Recht«, murmelt sie schließlich. Dabei weicht sie meinem Blick aus. Mir gefällt das überhaupt nicht und so mache ich einen großen Schritt in ihre Richtung.

»Was ist passiert?«, erkundige ich mich alarmiert.

»Nichts«, entgegnet Lina nur. Dabei lässt sie ihre Tasche auf den Tisch fallen. »Wieso sollte etwas passiert sein?«

Ich glaube ihr kein Wort.

Sie sieht mir nicht in die Augen. Mehr braucht sie nicht zu tun, um mir zu zeigen, dass ich mit meiner Vermutung richtig liege.

»Was Danny angeht, hattest du Recht. Er ist schon hier.«

Überrascht schaue ich sie an.

Mit kurzen Sätzen berichtet sie mir, was nach den Vorlesungen heute geschehen ist. Je mehr sie erzählt, desto mehr spannen sich meine Muskeln an, am liebsten würde ich auf etwas einschlagen. Aber mein Gefühl sagt mir, dass es nichts bringen würde. Deswegen lasse ich es sein.

»Er hat dich geküsst?«, frage ich nach, um sicherzugehen, dass ich sie richtig verstanden habe. Ich komme mir vor, als hätte ich mich verhört.

Mehr als ein Nicken gibt sie nicht von sich. Mit wenigen Schritten bin ich bei ihr und ziehe sie an mich. Erschöpft lässt sie ihren Kopf an meine Brust sinken. Schließlich entspannt sie sich und ihre Muskeln werden wieder lockerer.

In diesem Moment gehen mir so viele Dinge durch den Kopf, dass ich gar nicht weiß, wo ich anfangen soll. Ich bin wütend. Allerdings nicht auf Lina. Sie kann nichts dafür, dass ihr Ex sie geküsst hat. Mehrmals hat sie mir das versichert und ich glaube es ihr. Sonst würde sie mit Sicherheit nicht so fertig vor mir stehen.

Ich nutze die Gelegenheit, um mir Gedanken darüber zu machen, wie ich diesen Danny am besten in seine Schranken weisen kann. Am liebsten würde ich hinfahren und ihm eine Standpauke halten. Auf meine persönliche Art möchte ich ihm begreiflich machen, dass er die Hände von Lina lassen soll.

Ich habe kein Problem damit, wenn die beiden weiterhin befreundet sind. Und anscheinend hatte sie sich ja erst über die Überraschung gefreut. Doch damit ist er einen Schritt zu weit gegangen. Und das werde ich ihm bei der nächsten Gelegenheit klarmachen. Wobei ich darauf achten muss, dass Lina nicht in der Nähe ist. Das braucht sie nicht mitzuerleben.

Doch jetzt ist erst mal wichtig, dass ich ihr das schlechte Gewissen nehme. Denn es ist nicht ihre Schuld, dass er anscheinend nicht verstanden hat, dass es zwischen ihm und Lina vorbei ist.

Deswegen umgreife ich ihr Kinn und zwinge sie auf diese Weise den Kopf zu heben. Langsam und ein wenig zögerlich sieht sie mich an. Ich erkenne, dass sie unsicher ist. Doch es gibt nicht einen einzigen Grund, wieso sie das sein sollte.

Zärtlich küsse ich sie. Mein Körper will ihr zeigen, dass sie mir gehört und sie sich deswegen nie irgendwelche Gedanken machen muss. Langsam spüre ich, wie sie sich locker macht und mir die Kontrolle überlässt. Und das ist der Moment, in dem ich weiß, dass ich mich für den richtigen Weg entschieden habe.

Ihr Körper schmiegt sich an meinen. Meine Hände legen sich auf ihren Rücken und drücken sie noch fester an mich heran. Ich lasse nicht zu, dass ihr Ex-Freund sich zwischen uns drängen kann.

Langsam gleiten meine Finger immer weiter nach unten, bis ich ihren Hintern erreicht habe. Fest umgreife ich ihn und hebe sie hoch. Lina gibt einen überraschten Ton von sich. Gleichzeitig umschlingt sie mit den Beinen meine Hüften, als würde sie die Befürchtung haben, dass sie gleich herunterfällt. Doch ich halte sie sicher in meinen Armen.

Ich drehe mich so, dass sie die Wand in ihrem Rücken spürt. Obwohl ich mir noch vor wenigen Minuten vorgenommen habe, es langsam angehen zu lassen, so überlege ich es mir nun anders. Ich will ihr zeigen, dass sie zu mir gehört. Dass ich es bin, der dafür sorgen kann, dass sie alles um sich herum vergisst. Ich bin mir sicher, dass sie das insgeheim auch schon weiß. Schließlich ist sie in diesem Augenblick bei mir und nicht bei ihrem Ex.

Ich schiebe ihren Rock noch ein Stück nach oben und ihr Höschen zur Seite. Dann öffne ich meine Hose und befreie meinen Schwanz, der schon wild pocht. Er ist so hart, dass ich keine Sekunde mehr warten kann. Schnell ziehe ich ein Kondom aus meinem Geldbeutel und rolle es mir über. Mit einer einzigen geschmeidigen Bewegung schiebe ich mich in Lina hinein. Ihr Mund öffnet sich und ihr Kopf sinkt gegen die Mauer in ihrem Rücken. Dabei schließen sich ihre Augen. Noch nie habe ich es so sehr genossen, wie in diesem Moment.

Immer wieder dringe ich in sie ein. Lina spannt sich bei jedem Stoß weiter an. Es dauert nicht lange, bis ich merke, wie sie auch ihre restliche Kontrolle immer mehr verliert. Doch mir geht es nicht anders. Schon allein der Gedanke daran, dass ein anderer Mann sie geküsst hat, sorgt dafür, dass es mir vorkommt, als müsse ich unter Beweis stellen, dass sie nur mir gehört.

In der Sekunde, in der ich mich nicht mehr im Griff habe und meinem Verlangen nachgebe, spüre ich, wie Lina kommt. Ihr Stöhnen dringt leise an mein Ohr und befeuert mich. Immer wieder dringe ich in sie ein und pumpe meinen Samen in sie.

Ich habe jegliches Zeitgefühl verloren. Doch gerade ist das nebensächlich. Ich genieße die Nähe zu ihr. Eine weitere Sache, die ich in diesem Ausmaß vorher noch nie verspürt habe. Ich kann nicht genug von dieser Frau bekommen und das werde ich ihr immer wieder zeigen.

Erst als Lina sich langsam bewegt und die Augen öffnet, bewege ich mich ebenfalls und gehe zum Sofa, um sie sanft darauf zu legen. Dabei weicht sie mir nicht aus. Schnell greife ich nach der Decke, die über der Lehne hängt, und breite sie über ihr aus.

Ein sanftes Lächeln breitet sich auf ihrem Gesicht aus, als ich ihr eine Strähne hinters Ohr streiche.

»Vorhin hatte ich kurz den Eindruck, als wäre es falsch gewesen, dass ich hergekommen bin«, flüstert Lina so leise, dass ich sie kaum verstehen kann.

Eigentlich wollte ich gerade aufstehen und etwas zu essen holen, doch nun halte ich mitten in der Bewegung inne und schaue sie prüfend an.

»Wie kommst du denn darauf?«, erkundige ich mich, nachdem sie nach einigen Sekunden keine Anstalten gemacht hat, noch etwas zu sagen.

Einen Moment sieht sie mich so an, als wäre sie sich nicht sicher, ob sie es wirklich sagen kann. Doch ich bin neugierig. Deswegen setze ich mich auf die Kante des Sofas und konzentriere mich auf Lina.

»Du hast so ausgesehen, als wärst du sauer«, stellt sie schließlich fest.

»Ja, ich bin sauer. Aber nicht auf dich.« Ich lasse nicht den kleinsten Zweifel daran, dass ich es genauso meine, wie ich es gesagt habe.

»Versprich mir bitte, dass du dich nicht prügeln wirst, falls ihr euch über den Weg lauft.«

Ein wenig belustigt schaue ich sie an.

»Ich werde es dir nicht versprechen. Denn wenn er es provoziert, dann werde ich das machen. Aber ich kann dir versprechen, dass ich es nicht darauf anlegen werde und ihm auf eine erwachsene Art und Weise zeigen kann, an wessen Seite du gehörst.«

Kaum habe ich ausgesprochen, öffnet sich ihr Mund ein Stück weit. Ich bin mir sicher, dass sie etwas darauf erwidern will. Und mir würde es da wahrscheinlich nicht anders gehen. Doch bevor ein Ton über ihre Lippen dringen kann, schließt sie ihn wieder.

Um ihr zu verdeutlichen, dass ich es wirklich ernst meine, greife ich nach ihrer Hand und verschränke meine Finger mit ihren. Dann beuge ich mich nach vorne und gebe ihr einen sanften Kuss.

Ich kann nicht einmal ansatzweise sagen, wieso es mir bei ihr so geht. Das, was zwischen uns ist, kann ich nicht beschreiben.

Ich habe mir noch keine genauen Gedanken darüber gemacht und dennoch weiß ich mit Gewissheit, dass ich sie an meiner Seite und in meinem Leben haben will. Und da wird ihr Ex, der anscheinend wieder hinter ihr her ist, nichts daran ändern können.

Ein letztes Mal lächle ich sie aufmunternd an, ehe ich mich von ihr trenne und in der Küche verschwinde. Dabei kann ich jedoch nicht aufhören an den Moment zu denken, in dem sie mir von ihrem Ex-Freund berichtet hat. Ich habe ihr angesehen, dass sie nicht wusste, wie ich darauf reagieren würde. Ich bin mir sogar sicher, dass sie sich nicht sicher war, ob sie es mir überhaupt sagen sollte. Doch ich bin froh, dass sie es getan hat. So weiß ich nämlich, wie ich ihm gegenübertreten muss. Und das wird ihm keinen Spaß bereiten.

Schnell greife ich nach einer Wasserflasche und mache zwei Sandwiches. Dann gehe ich mit großen Schritten wieder zu ihr zurück.

Lina hat bereits den Fernseher eingeschaltet und sich noch ein wenig tiefer in die Kissen gekuschelt. Ich liebe diesen Anblick. Es ist der, den ich immer sehen möchte, wenn ich nach Hause komme.

Lina schlafend auf meinem Sofa. Obwohl sie jetzt nicht schläft.

»Wie war dein Tag?«, fragt sie mich.

»Gut«, erwidere ich nur. Dann schlucke ich. Zu gerne würde ich über alles mit ihr sprechen, was mich in der letzten Zeit beschäftigt hat. Vor allem darüber, dass ich nun schon seit Tagen meinen Vorgesetzten und Freund heimlich beobachte. Ich muss zugeben, dass ich bis jetzt noch zu keinem Ergebnis gekommen bin.

»Ich denke jetzt schon seit zwei Tagen darüber nach. Doch ich muss zugeben, dass ich niemals damit gerechnet hätte, dass sich auf dieser alten Farm eine Drogenküche befindet, wie es in der Zeitung stand. Ich bin bis jetzt nur ein paarmal an dem Anwesen vorbeigekommen, doch nie sah es so aus, als würde sich dort jemand aufhalten«, überlegt Lina.

»Hmmm«, mache ich nur, überrascht über ihren Kommentar. Ich will es mir nicht anmerken lassen, doch ich bin mir nicht sicher, ob ich es schaffen werde, etwas vor ihr zu verheimlichen. Auf der anderen Seite fällt es mir vielleicht leichter darüber zu sprechen, wenn sie selbst etwas bemerkt.

Denn nun muss ich meinen Brüdern Recht geben. Es ist nicht leicht, ihr die Wahrheit zu sagen, in allen Bereichen.

17

Lina

Wenn ich nicht müsste, dann würde ich es nicht tun. Dann würde ich auf direktem Weg zum College fahren und so dem Gespräch aus dem Weg gehen, von dem ich weiß, dass es stattfinden wird. Doch ich habe ein paar Unterlagen in meinem Schlafzimmer liegen, die ich heute dringend brauche.

Ein letztes Mal atme ich tief durch, ehe ich den Schlüssel ins Schloss der Wohnungstür stecke. Obwohl es meine Wohnung ist, komme ich mir ein wenig wie ein Einbrecher vor, als ich einen Moment stehen bleibe und lausche. Es dauert nicht lange, bis das laute Lachen von Danny und Claire an meine Ohren dringt. Kurz überlege ich tatsächlich, ob ich nicht wieder verschwinden sollte. Doch das wäre kindisch.

Schließlich ist das hier meine Wohnung, rufe ich mir noch einmal in Erinnerung. Und schon allein deswegen habe ich das Recht darauf, mich hier frei zu bewegen. Auch wenn mein Ex anscheinend wieder der Meinung ist, dass er mich zurückhaben will.

Also straffe ich meine Schultern und schließe die Tür hinter mir. Dabei bin ich gerade laut genug, um sicherzugehen, dass sie mich gehört haben. Ich habe noch keine zwei Schritte hinter mich gebracht, als Claire bereits aus der Küche kommt. Als sie mich sieht, grinst sie mich breit an.

»Hi, mit dir haben wir gar nicht gerechnet«, eröffnet sie mir.

»Ich wohne hier«, gebe ich nur von mir und gehe mit entschlossenen Schritten an ihr vorbei.

Ich erkenne ihren irritierten Ausdruck. »Welche Laus ist dir denn über die Leber gelaufen?«, fragt sie mich. Doch ich beachte sie noch immer nicht wirklich.

Ich bin sauer. Sauer, weil sie keinen Ton darüber verloren hat, dass Danny bereits hier ist. Und sauer darüber, dass sie nichts unternommen hat, als sie gesehen hat, wie er mich küsste. Und das, obwohl sie genau weiß, dass ich mit Josh zusammen bin.

Aber wahrscheinlich hat sie Danny genau deswegen eingeladen, überlege ich. Dieser Gedanke hilft mir nicht, ruhiger zu werden.

»Hi«, begrüßt Danny mich nun gut gelaunt, als er hinter Claire aus der Küche tritt. Mit einem strahlenden Lächeln sieht er mich an. Doch auch ihn beachte ich nicht weiter. Stattdessen gehe ich an den beiden vorbei in mein Schlafzimmer.

Im ersten Moment ist es ruhig. Doch dann höre ich, wie die Tür hinter mir geschlossen wird. Ruckartig drehe ich mich herum und erkenne Danny. Mit einem Gesichtsausdruck, den ich nicht genau deuten kann, steht er einige Schritte von mir entfernt. Nicht eine Sekunde lässt er mich aus den Augen. Und genauso wie vor wenigen Jahren läuft es mir kalt den Rücken hinunter. Diese Reaktion war unter anderem der Grund dafür, dass ich mich von ihm getrennt habe.

»Was ist?«, erkundige ich mich und ziehe dabei den Ordner mit den Unterlagen, die ich brauche, aus meinem Schrank heraus.

»Ich wollte mich wegen gestern bei dir entschuldigen.«

Überrascht halte ich mitten in der Bewegung inne und sehe zu ihm. Noch immer kann ich den Gesichtsausdruck, mit dem er mich ansieht, nicht deuten. Und deswegen weiß ich nicht, was ich von seiner Entschuldigung halten soll.

»Du meinst, weil du über mich hergefallen bist?« Skeptisch ziehe ich die Augenbrauen nach oben.

»Ja, das war wahrscheinlich nicht meine beste Idee. Aber ich will, dass du weißt, dass ich dich noch immer liebe.«

Mein Mund öffnet sich. Doch bevor ich einen Ton von mir geben kann, fährt er bereits fort.

»Na ja, du hast gesagt, dass du einen neuen Freund hast, und da will ich mich nicht dazwischendrängen. Auch wenn Claire sich nicht sicher ist, was sie von deinem neuen Freund halten soll.«

Mir dringt ein leiser Seufzer über die Lippen. Dabei verdrehe ich ein wenig die Augen. Mir ist klar, dass unsere Unterhaltung nicht dafür gesorgt hat, dass wirklich alle Zweifel verschwunden sind. Dennoch hatte ich nicht erwartet, dass sie meinem Ex damit auf die Nerven geht. Ich bin mir sicher, dass er sehr neugierig war und es wahrscheinlich immer noch ist.

»Was zwischen Josh und mir läuft, geht dich gar nichts an. Das gilt auch für meine Cousine«, erwidere ich deswegen.

»Ich weiß, ich werde nichts sagen. Aber ich muss zugeben, dass ich ihn wirklich gerne einmal kennenlernen würde.«

Wenn ich vorhin schon überrascht war, dann bin ich es jetzt erst recht. Langsam, beinahe in Zeitlupe, drehe ich mich zu ihm herum und betrachte ihn aufmerksam. Ich suche nach irgendetwas Auffälligem, nach irgendetwas, was mir zeigt, dass er das nicht ernst meint. Doch da ist nichts. Nicht der kleinste Anhaltspunkt.

»Ich glaube nicht, dass das eine gute Idee ist«, sage ich also und schüttle dabei energisch den Kopf.

»Wieso?«

»Da ich mir sicher bin, dass du es dir bereits denken kannst, werde ich mich kurzfassen. Er war nicht gerade begeistert darüber, als er erfahren hat, was du gemacht hast.«

Während ich spreche lasse ich ihn keine Sekunde aus den Augen. Deswegen kann ich genau beobachten, wie er bei meinen Worten zusammenzuckt.

»Du hast es ihm erzählt?« Mit großen Augen sieht er mich an.

»Ja, schließlich war ja nicht sonderlich schwer zu erkennen, dass etwas passiert sein muss, so aufgewühlt wie ich war.« Gleichgültig zucke ich mit den Schultern.

Ich warte nicht, ob er noch etwas sagen will. Für mich ist diese Unterhaltung abgeschlossen und deswegen will ich kein Wort mehr darüber hören. Zumindest jetzt nicht.

Schnell packe ich meine Sachen zusammen und gehe an ihm vorbei, um mein Zimmer zu verlassen. Es gefällt mir nicht, ihn allein in meinem Schlafzimmer zurückzulassen. Doch noch weniger will ich mich allein mit ihm in einem Raum aufhalten. Schon gar nicht nach dem, was gestern geschehen ist.

»Was ist los mit dir?« Claire sieht mich fragend an, als ich wieder an ihr vorbeigehen will.

Kurz überlege ich, ob ich mich wirklich auf diese Unterhaltung einlassen soll. Ich habe keine Lust. Doch ich weiß, dass sie mich so lange danach fragen wird, bis ich nachgebe.

»Nichts«, sage ich dennoch. »Ich habe es nur eilig, da ich sonst zu spät zur Vorlesung komme.«

Mit diesen Worten lasse ich sie stehen und verschwinde aus der Wohnung. Mir ist klar, dass es gemein ist, sie so zu behandeln, doch ich weiß nicht, was ich von alldem halten soll. In gewisser Weise kann man sagen, dass ich noch immer sauer auf sie bin, weil sie mir keinen Ton davon gesagt hat, dass Danny bereits hier ist.

Und da sie nicht nur meine Cousine, sondern ebenfalls meine beste Freundin ist, hätte ich das schon erwartet. Aber es wird nicht besser, wenn ich mich jetzt noch weiter damit befasse. Sobald ich mich wieder einigermaßen beruhigt habe, werde ich das mit ihr klären. Doch jetzt muss ich mich erst einmal auf die letzten Tage am College konzentrieren, bevor Ferien sind und ich danach in mein letztes Jahr starte.

»Hi«, rufen mir July und Emma entgegen, als ich mich mittags auf den Weg in die Mensa machen will. Schnell kommen sie auf mich zu und umarmen mich.

»Was macht ihr denn hier?«, frage ich die beiden. Dabei kann ich nicht für mich behalten, dass ich über ihr plötzliches Auftauchen überrascht bin.

»Wir haben den Nachmittag frei. Deswegen dachten wir, dass wir dich entführen und uns auf eine riesige Shoppingtour machen«, antwortet Emma gut gelaunt.

»Schließlich bist du eine von uns«, verkündet July und stimmt damit Emma zu.

Mein Mund hingegen öffnet sich ein Stück. Ich weiß gar nicht so genau, was ich sagen will. Deswegen schließe ich ihn sofort wieder.

»Ich hoffe, du hast heute Nachmittag keine wichtige Vorlesung«, spricht July weiter.

Ich beschließe, dass ich nichts dagegen sagen werde. Bei allem, was zurzeit in meinem Leben passiert, ist es vielleicht eine angenehme Abwechslung, mit meinen beiden neuen Freundinnen einkaufen zu gehen.

Und auf diese Weise gehe ich dem Risiko aus dem Weg, dass Danny nachher wieder vor mir steht. Wenn es nach mir geht, möchte ich ihm nämlich noch ein wenig aus dem Weg gehen.

Deswegen nicke ich und ziehe meinen Autoschlüssel aus der Tasche heraus.

»Ich habe zwar noch ein wenig zu tun, doch das kann ich später machen.« Kaum habe ich ausgesprochen, kann ich das strahlende und glückliche Lächeln auf den Gesichtern der beiden erkennen.

»Dann wollen wir mal keine Zeit verschwenden und uns direkt auf den Weg machen.« July klatscht in die Hände. »Fahr uns nach. Es sei denn, du möchtest deinen Wagen hier stehen lassen.«

Einen Moment denke ich darüber nach. Das würde bedeuten, dass ich später noch einmal herkommen muss. Auf der anderen Seite habe ich gerade überhaupt keine Lust, mich hinters Steuer zu setzen.

»Ich fahre mit euch«, erwidere ich also und stecke meinen Schlüssel wieder weg.

Gemeinsam gehen wir zu dem Geländewagen, der in einiger Entfernung steht und machen uns auf den Weg in die Innenstadt. Dort dauert es nicht lange, bis wir einen freien Parkplatz gefunden haben.

»Ich bin froh, dass Josh dich getroffen hat«, stellt Emma fest, als wir gemeinsam die Straße entlanggehen.

»Wieso?« Ich klinge irritiert.

»Er war der Einzige, der seine Abende allein verbracht hat. Wir haben Chris und Roy schon immer zu Männerabenden losgeschickt. Doch so ist es natürlich besser. Außerdem haben wir jetzt noch eine Frau bei uns, mit der wir etwas unternehmen können, wenn die Jungs ihrem Kram nachgehen.«

Ich kann mich irren, doch für mich hört es sich so an, als würde sie die letzten Worte nur zögerlich aussprechen. Emma sieht July kurz auf eine Art und Weise an, die ich nicht richtig deuten kann. Doch das reicht, dass ich neugierig geworden bin.

»Aber Roy ist als Staatsanwalt doch bestimmt abends immer zu Hause«, sage ich deswegen.

»Es kommt immer darauf an. Es gibt Tage, da bekomme ich ihn kaum zu Gesicht. Aber das macht er wieder gut, indem wir dann meist für ein paar Tage wegfahren.«

July macht nicht den Eindruck auf mich, als würde sie es stören, dass er so viel unterwegs ist. Ich vermute, dass es zwangsläufig so ist, wenn man mit einem Mann zusammen ist, der einen solchen Beruf hat. Genauso wie Josh teilweise wirklich lange unterwegs ist, da er im Schichtdienst als Feuerwehrmann arbeitet. Doch es ist sein Beruf und schon allein deswegen würde ich nicht auf die Idee kommen, etwas dagegen einzuwenden.

Während der nächsten zwei Stunden gehen wir von einem Geschäft zum nächsten. Ich habe Spaß mit den beiden. Auch wenn ich sie noch nicht so gut kenne, so lassen sie keinen Zweifel daran, dass ich eine von ihnen bin. Nicht für eine Minute habe ich das Gefühl, als wäre ich nur dabei, weil sie der Meinung sind, dass sie mich mitnehmen müssten.

»Hi, das ist ja eine Überraschung. Was macht ihr denn hier?« Mit einem glücklichen Lächeln kommt eine ältere Frau auf uns zu, als wir uns einen freien Tisch in einem Restaurant suchen.

»Wir haben uns den Nachmittag frei genommen und beschlossen, dass es mal wieder Zeit ist, einen Mädelstag zu machen«, erklärt July und umarmt sie dabei herzlich.

»Was für eine wundervolle Idee. Eigentlich wollte ich mich schon längst bei euch gemeldet haben. Ich konnte nur nicht sagen, wann ihr Zeit habt.«

»Setz dich doch zu uns«, schlägt Emma nun vor.

Schweigend schaue ich zwischen ihnen hin und her. Ich habe diese Frau vorher noch nie gesehen. Ich bin mir nicht sicher, ob ich sie in Ruhe lassen oder auf mich aufmerksam machen soll. Doch bevor ich zu einem Ergebnis kommen kann, zieht July meine Aufmerksamkeit auf sich.

»Dürfen wir dir Lina vorstellen?«, fragt sie und zeigt dabei in meine Richtung. »Sie ist Joshs Freundin.«

Kaum hat July ausgesprochen, strahlt die Frau noch mehr, als es ohnehin schon der Fall war.

»Wirklich? Ich habe nicht damit gerechnet, dir so über den Weg zu laufen. Schließlich muss ich meinen Söhnen des Öfteren auf die Füße treten, damit sie sich mal bei mir melden.«

Langsam klingelt es bei mir. Überrascht schaue ich die Frau an, während ich überlege, was ich darauf erwidern kann. Doch das, was mir gerade durch den Kopf geht, hat damit nichts zu tun.

Sie haben mich vor seiner Mutter als seine Freundin vorgestellt.

Ja, zwischen Josh und mir ging bis jetzt alles sehr schnell. Doch ich weiß mit Gewissheit, dass wir an diesem Punkt noch lange nicht sind. Um genau zu sein, habe ich mir bis jetzt noch überhaupt keine Gedanken über unseren Beziehungsstatus gemacht. Man könnte eventuell sagen, dass die beiden mir damit einen Schritt voraus sind.

»Ich werde mich euch, meinen lieben Schwiegertöchtern, anschließen«, beschließt die Frau kurzerhand, nachdem sie mich ebenfalls umarmt hat. Als Nächstes schiebt sie mich auf einen freien Tisch mit vier Stühlen zu.

Auch wenn ich nervös bin, mich mit seiner Mutter zu unterhalten, so freue ich mich dennoch darüber, ein wenig Zeit mit ihr zu verbringen.

18

Josh

Müde fahre ich durch das Tor und stelle meinen Wagen vor der Garage ab. Dabei achte ich nicht auf meine Umgebung. Erst als ich ausgestiegen bin und hinter mir abgeschlossen habe, werde ich darauf aufmerksam, dass der Wagen von Lina nicht in der Einfahrt steht. Und auch auf dem riesigen Hof kann ich ihn nicht entdecken.

Ein ungutes Gefühl macht sich in mir breit. Vor allem vor dem Hintergrund, dass ihr Ex-Freund in der Stadt ist und er versucht hat sie zu küssen.

Nein, er hat es nicht versucht, korrigiere ich mich. *Er hat es tatsächlich gemacht.*

Seit gestern habe ich dieses Bild vor Augen. Und auch jetzt kann ich mich nicht davon befreien. Es sorgt dafür, dass ich meine Lippen zu einer dünnen Linie aufeinanderpresse. Ich habe Lina versprochen, dass ich mich zurückhalten werden, doch ich wäre heute am liebsten zu ihm gefahren. Und das nur, um ihm klarzumachen, dass er seine Hände bei sich behalten soll.

Ich bin mir sicher, dass Lina nun sauer auf mich wäre, wenn sie davon Wind bekommen hätte. Was heißt hätte? Es hätte nicht sehr lange gedauert und Lina hätte Bescheid gewusst. Und da ich keine Lust habe, mich mit ihr wegen diesem Arsch zu streiten, habe ich es vorgezogen, die Füße stillzuhalten. Doch das bedeutet nicht, dass es dabei bleibt, wenn wir uns tatsächlich einmal über den Weg laufen sollten.

»Verdammt«, fluche ich laut und ziehe mein Handy aus der Hosentasche. Ein letztes Mal schaue ich zur Auffahrt, doch ich kann ihren Wagen noch immer nicht entdecken. Deswegen entferne ich die Sperre aus meinem Handy und wähle ihre Nummer.

»Hi«, begrüßt sie mich. Ich nehme mir einige Sekunden Zeit und versuche ihre Stimme zu analysieren.

Doch ich finde nichts. Sie hört sich nicht gestresst an und macht auch sonst nicht den Anschein, als wäre etwas passiert.

»Hi, wo bist du?«, frage ich sie. Dabei rufe ich mir in Erinnerung, dass wir nicht zusammen sind. Doch das ändert nichts daran, dass ich mir Sorgen um sie mache.

»Ich bin mit July und Emma unterwegs. Dabei haben wir deine Mom getroffen und den restlichen Nachmittag zusammen verbracht. Gerade befinden wir uns in einer Bar in der Main Street.«

Einerseits bin ich froh darüber, dass sie nicht mit diesem Danny zusammen ist. Andererseits weiß ich nicht, was ich davon halten soll, dass sie mit meiner Mutter unterwegs ist. Meine Mom ist dafür bekannt, dass sie gerne peinliche Geschichten über unsere Kindheit erzählt. Und da sind bestimmt ein paar dabei, die Lina nicht erfahren braucht.

»Soll ich dich abholen?«, erkundige ich mich. Ich will nicht wie ein übervorsichtiger Freund klingen, doch ich kann nicht einschätzen, wie viel sie getrunken hat.

»July ist nicht mehr ganz nüchtern. Deswegen wäre es vielleicht von Vorteil, wenn du uns in einer Stunde abholst.«

»Werde ich machen«, stimme ich zu.

»Nein, Emma hat gerade gesagt, du sollst erst in zwei Stunden hier sein«, kichert Lina.

In diesem Moment frage ich mich, was die Frauen gemeinsam machen, denn ich weiß, dass meine Mutter nicht zu zügeln ist, wenn sie einmal in Partylaune ist. Also gehe ich vom Schlimmsten aus.

»Wir sehen uns nachher«, will Lina sich bereits von mir verabschieden.

»Bau keinen Mist«, fordere ich sie auf. Dabei nehme ich mir vor, dass ich meine Brüder mitschleppen werde, sollten sie hier sein. Vor meinem inneren Auge erscheint nämlich ein Bild, wie ich alle vier Frauen aus der Bar zerren muss.

»Ich freu mich schon auf dich«, sagt sie noch, ehe die Verbindung unterbrochen wird.

Ich hatte mir den ganzen Tag vorgestellt, wie ich sie langsam verführe, bis sie mich anbettelt, dass ich sie endlich erlöse. Doch Vorfreude ist ja bekanntlich die schönste Freude.

Aus diesem Grund hole ich drei Flaschen Bier aus dem Kühlschrank und setze mich vor das Haus, um auf meine Brüder zu warten.

»Was machst du denn hier?«, fragt Roy mich, als er eine halbe Stunde später auf mich zukommt. »Ist Lina nicht da?«

»Nein, sie macht einen Mädelsabend mit July und Emma. Wir sollen sie nachher abholen. Und bevor ich es vergesse, Mom ist dabei.«

Noch während ich die letzten Worte ausspreche, kann ich beobachten, wie mein Bruder immer größere Augen bekommt.

»Mom ist mit den Mädels unterwegs? Ist das dein Ernst?«

Als Antwort nicke ich nur.

»Oh Mann«, meint Roy. »Das lasse ich mir nicht entgehen.«

Wieder nicke ich. Dabei bin ich mit meinen Gedanken schon wieder ganz woanders.

»Was ist los?«

»Vieles«, erwidere ich.

»Und irgendetwas, bei dem ich helfen kann?«

Ich will gerade den Mund aufmachen, als ich sehe, wie der Wagen von Chris die Auffahrt hinauffährt und zwischen unseren Fahrzeugen stehen bleibt.

»Bitte lass mich ihm sagen, dass er die Ehre hat, unsere betrunkene Mutter nach Hause zu bringen.« Roy grinst von einem Ohr zum anderen. Doch ich bin genauso gespannt auf Chris Gesichtsausdruck wie unser ältester Bruder.

Während er ihm davon berichtet, erkennt man genau, wie sehr Roy es genießt. Aber das tue ich auch. Vor allem weil wir alle wissen, dass unsere Mutter kein Blatt vor den Mund nimmt.

»Oh nein«, ruft Chris, nachdem Roy seine Botschaft beendet hat, und schüttelt energisch den Kopf. »Das werde ich nicht machen. Sie ist unsere Mutter. Können wir nicht Dad anrufen, damit er das macht?« Beinahe flehentlich sieht er uns an. Doch Roy und ich schütteln nur den Kopf.

»Dad hat doch heute das Geschäftsessen mit dieser Medienfirma. Ich glaube nicht, dass er das unterbrechen wird, um sie abzuholen«, überlege ich.

»Na toll. Dann muss ich sie vermutlich auch noch ins Bett bringen. Wieso macht das keiner von euch?«

»Du bist der Letzte, der nach Hause gekommen ist.« Roy zuckt entschuldigend mit den Schultern, während ich mich vor Lachen nicht mehr halten kann.

»Ihr wisst aber schon, dass ich euch das heimzahlen werde«, kontert Chris.

»Sieh es mal von der Seite: Ich kann mir nicht vorstellen, dass du sie tatsächlich ins Bett bringen musst.«

Chris sieht mich wütend an. Doch das bringt ihm nichts.

»Aber um auf unser Thema zurückzukommen«, wende ich mich wieder an Roy. »Du könntest mir deinen Rat geben.«

»Ich höre.« Neugierig betrachtet er mich.

Schnell erzähle ich ihm davon, wie ich meinen Chef in den letzten Tagen beobachtet habe. Er war völlig durch den Wind und hat mehr als einmal den Eindruck auf mich gemacht, als wäre er mit seinen Gedanken ganz woanders. Und das ist etwas, was man nicht sehr oft bei ihm beobachtet. Vor allem aber behalte ich nicht für mich, dass ich unsicher bin, wie ich darauf reagieren soll.

»Jedes Mal, wenn man ihn auf den Brand auf der Farm anspricht, spannt er sich an und verhält sich irgendwie merkwürdig.«

»Merkwürdig?« Chris lässt mich nicht aus den Augen, als würde er so eher die Antwort auf seine Frage bekommen.

»Merkwürdig, ja«, sage ich. »Wir hatten schon einige schwierige Brände. Und viele, die die Aufmerksamkeit der Öffentlichkeit auf sich gezogen haben. Aber nie hat er sich so verhalten.«

»Gehe ich richtig in der Annahme, dass du davon ausgehst, dass er etwas damit zu tun hat?«, erkundigt sich nun Roy.

»Er ist mein Freund und Vorgesetzter. Wir haben zusammen angefangen. Deswegen würde ich nie so weit gehen und ihm das unterstellen.«

»Dennoch werde ich eine Personenüberprüfung machen. Er wäre nicht der Erste, der die Seiten wechselt«, stimmt Chris mir zu.

Mir ist klar, dass Chris Recht hat. Dennoch sträubt sich alles in mir dagegen, anzunehmen, dass mein Freund und Chef etwas mit dem Brand zu tun haben könnte. Wenn es so sein sollte, dann hätte ich doch etwas merken müssen, oder?

Doch ich weiß es nicht. Die Wahrheit ist nämlich, dass ich nur wenige Fälle kenne, in denen sofort herausgekommen ist, dass jemand ein doppeltes Spiel spielte.

»Dann lasst uns mal losfahren. Nicht dass die Frauen noch denken, wir hätten sie vergessen.«

Je mehr Roy sagt, umso mehr verzieht Chris das Gesicht. Mir ist klar, dass es nicht gerade freundlich war, über seinen Kopf hinweg zu entscheiden, dass er unsere Mutter nach Hause bringen darf. Doch ich will mit Lina zusammen sein und nicht vorher noch einen Umweg fahren müssen.

»Hast du dir endlich überlegt, wie es mit deiner nächtlichen Aktivität weitergehen soll?«, fragt Roy und schließt dabei die Tür auf der Beifahrerseite.

»Ja, ich habe noch nicht mit Lina darüber gesprochen, doch nach dieser Sache werde ich aufhören. Ich will eine Beziehung mit ihr. Und ich kann mir nicht vorstellen, dass beides zugleich auf Dauer funktionieren wird. Bei der Feuerwehr zu arbeiten ist schon gefährlich genug.« Ich habe nicht wirklich darüber nachgedacht, sondern es gerade mehr oder weniger aus meinem Bauch heraus entschieden. Doch es ist richtig.

Roy sagt nichts weiter dazu. Er gibt einen zufriedenen Ton von sich. Mehr braucht er nicht zu machen, um mir zu signalisieren, dass er mit meiner Entscheidung zufrieden ist.

Ich habe immer gedacht, dass es sich merkwürdig anfühlen würde, wenn ich die Jagd eines Tages an den Nagel hänge. Schließlich habe ich es lange gemacht. Doch dem ist nicht so. Ich bin sogar ehrlich gesagt ziemlich froh darüber.

Es ermöglicht mir, dass ich ein gemeinsames Leben mit Lina beginnen kann. *Der Frau, die ich liebe.*

Noch nie habe ich vorher darüber nachgedacht, doch es stimmt: Ich liebe Lina. Und schon allein aus diesem Grund will ich nicht, dass ihr etwas passiert.

Als wir die Bar betreten, ist sie so voll, dass man sich nicht bewegen kann, ohne dabei jemanden anzurempeln. Suchend halte ich nach Lina Ausschau. Doch im vorderen Bereich kann ich sie nirgends entdecken. Deswegen gehe ich mit meinen Brüdern im Schlepptau weiter nach hinten.

Hier kann ich sie sofort sehen. Zusammen mit ihren Schwägerinnen und ihrer Schwiegermutter sitzt sie vor dem großen Fenster. Doch diejenigen, die bei ihnen sind, gefallen mir überhaupt nicht. Drei Männer sitzen ihnen gegenüber und labern unsere Frauen zu.

»Das könnte interessant werden«, murmelt Chris neben mir. Doch ich erwidere nichts darauf, da ich mich bereits wieder in Bewegung gesetzt habe.

Mit großen Schritten halte ich auf meine Frau zu. Es dauert einen Moment, doch dann entdeckt sie mich. Ein zaghaftes Lächeln erscheint auf ihren wunderschönen Gesichtszügen. Als ich mich in ihrer Reichweite befinde, strecke ich meine Hand nach ihr aus und ergreife ihre Finger. Schnell ziehe ich sie auf die Beine und drücke sie fest an meinen Körper. Ich bin mir sicher, dass der Typ, der gerade noch ihre Aufmerksamkeit haben wollte, uns genau betrachtet. Auf diese Weise kann ich ihm und allen anderen nämlich zeigen, dass sie einen Freund hat.

Leidenschaftlich küsse ich sie, sodass es nicht lange dauert, bis ich merke, wie sich mein Schwanz meldet. Obwohl das hier definitiv nicht der richtige Zeitpunkt ist, so kann ich nichts dagegen unternehmen.

»Hi«, flüstert Lina so leise, dass man es in dem lauten Laden beinahe nicht hören kann. Ein wenig schüchtern betrachtet sie mich. Ich weiß, dass sie nicht schüchtern ist. Deswegen gehe ich davon aus, dass es ihr ein wenig peinlich ist. *Vor allem wohl, weil meine Mutter nur ein paar Stühle weiter sitzt.*

»Sorry«, ertönt nun die Stimme eines weiteren Mannes hinter mir. Betont langsam drehe ich mich zu ihm um und erkenne, dass es der Mann ist, der unverkennbar scharf auf sie ist.

»Was?« Ich lasse nicht den kleinsten Zweifel daran, dass ich keine Lust habe, mich mit ihm zu unterhalten.

»Sie ist mit mir hier«, erklärt er.

Meine Muskeln spannen sich an.

»Nein, sie ist mit ihren Freundinnen unterwegs.« Ich lasse meine Stimme ruhig klingen. Sofort kann ich beobachten, dass ihn das aus der Bahn wirft. Dieser Typ ist nämlich nur auf Ärger aus. Wenn es um Lina geht, kann er den haben.

»Das sehe ich aber nicht so.« Während er spricht, macht er sich ein ganzes Stück größer. Doch jetzt kann er mich noch immer nicht beeindrucken.

Aus dem Augenwinkel erkenne ich, dass meine Brüder auf unsere Unterhaltung aufmerksam geworden sind. Sie bauen sich auf und machen sich innerlich schon einmal darauf gefasst, dass sie seine Freunde zurückhalten müssen.

»Ich erkläre es dir gerne noch einmal, nur um sicherzugehen, dass du es wirklich verstanden hast. Sie ist meine Freundin. Und falls du es nicht mitbekommen hast, sie hat kein Interesse an dir. Glaub mir, wenn Frauen Interesse an einem Mann haben, sehen sie nicht so gelangweilt aus.« Nachdem ich ausgesprochen habe, schaue ich ihn provokant an.

Auf diese Weise gebe ich ihm zu verstehen, dass er sich die Mühe gar nicht erst machen braucht.

»Ich habe ihnen gesagt, dass sie meine Schwiegertöchter sind. Nur irgendwie hat es sie nicht interessiert«, meldet sich nun meine Mutter zu Wort. Dass sie ebenfalls hier ist, macht die ganze Sache nicht unbedingt leichter.

Doch ich beachte sie nicht. Stattdessen lasse ich den Typen nicht aus den Augen. Deswegen kann ich blitzschnell ausweichen, als er mit der rechten Hand ausholt und mir seine Faust ins Gesicht rammen will. Bevor er reagieren kann, greife ich mir sein Handgelenk, ziehe es nach unten und ramme mein Knie in seinen Bauch.

»Pack mein Mädchen ein einziges Mal an und du wirst es bereuen, das verspreche ich dir«, brumme ich.

»Wichser«, schreit er mich an, sodass sich noch mehr Leute nach uns umdrehen.

Um nicht noch mehr die Aufmerksamkeit auf uns zu ziehen, lasse ich ihn los und schubse ihn dabei ein Stück nach hinten, sodass sich nun ein wenig Abstand zwischen uns befindet. Dann ziehe ich Lina an meine Seite und gehe mit ihr gemeinsam hinaus, dicht gefolgt von den anderen.

»Es geht doch nichts darüber, das Alpha-Männchen heraushängen zu lassen«, lacht Chris.

»Du hast dich damals in noch größere Gefahr wegen mir begeben«, erinnert Emma ihn.

»Ja, und das würde ich jederzeit wieder machen. Deswegen meinte ich das auch nicht böse.«

Während die anderen sich unterhalten, schaue ich zu Lina. Sie ist auffällig ruhig. Ich kann den Blick nicht deuten, mit dem sie mich betrachtet.

Ich beuge mich zu ihr und küsse sie sanft. Einen Moment sieht sie mich ausdruckslos an.

»Bring mich nach Hause«, flüstert sie schließlich zögerlich.

Das muss sie mir nicht zweimal sagen. Fest umgreife ich ihre Hand und führe sie zu meinem Wagen. Ohne dass wir uns vorher verabschiedet haben, verschwinden wir.

19

Lina

Während wir zu Josh fahren, versuche ich mich auf die Straße zu konzentrieren. Doch die Wahrheit ist, dass mir das nicht einmal ansatzweise so gut gelingt, wie ich es mir wünsche. Seitdem er sich in dem Laden geprügelt hat, ist meine Aufmerksamkeit noch mehr bei ihm als bereits zuvor. Und das liegt nicht nur daran, dass ich betrunken bin, obwohl ich mir vorgenommen habe, dass ich nicht so viel trinken werde. Und es liegt auch nicht daran, dass der Typ mir schon eine ganze Weile auf die Nerven ging.

Es ist eher so, dass es mich angemacht hat, ihn so zu sehen. Dass er dem Typen klargemacht hat, dass er die Finger von mir lassen soll, hat mir gezeigt, dass das hier mehr als nur irgendeine Bettgeschichte ist. Er hat mich *Freundin* genannt und seine Mom hat mich sogar als Schwiegertochter bezeichnet. Obwohl das ein Punkt ist, von dem wir noch ganz weit entfernt sind.

Doch es bringt mich auf andere Gedanken, mich damit auseinanderzusetzen, denn ich habe nur noch den Wunsch, mich ihm endlich hinzugeben. Aus diesem Grund kommt mir die Fahrt zu seiner Wohnung vor, als würde sie eine Ewigkeit dauern.

Als Josh endlich den Wagen abgestellt hat, schlägt mein Herz so schnell, dass ich befürchte, es würde sich aus meiner Brust befreien wollen. Mit wackeligen Beinen steige ich aus und warte darauf, dass er den Wagen umrundet hat. Auf einmal bin ich nervös. Schließlich war ich schon so oft hier, und das sogar ohne ihn.

Doch es kommt mir vor, als wäre es dieses Mal etwas anderes.

Kaum ist Josh vor mir zum Stehen gekommen, umgreift er mein Gesicht und küsst mich. Allein dieser Kuss reicht aus, dass ich feucht werde. Dabei ist mir bewusst, dass das hier eindeutig nicht der richtige Ort dafür ist. Schließlich stehen wir mitten auf dem Hof und einer seiner Brüder oder sogar beide können jederzeit um die Ecke biegen. Doch ich kann es nicht verhindern.

Das lustvolle Ziehen in meinem Bauch wird immer schlimmer.

Fest umgreift Josh meinen Hintern und drückt zu. Das Verlangen nach ihm wird noch größer, obwohl ich nicht gedacht habe, dass das noch möglich ist. Ich gebe einen überraschten Ton von mir, denn Josh hebt mich hoch. Ich schlinge meine Beine um seine Hüften, um mich festzuhalten, obwohl ich das überhaupt nicht müsste, denn Josh hält mich sicher fest, sodass ich mir keine Sorgen darüber machen muss, dass ich gleich auf dem Hintern landen werde.

Ich bin so sehr auf ihn konzentriert, dass ich gar nicht merke, wie er sich bewegt. Erst als ich das mittlerweile kühle Metall seiner Motorhaube unter meinem Hintern spüre, registriere ich, dass wir nicht mehr am selben Platz stehen wie zuvor.

Seine Lippen wandern über meine Halsschlagader und hinterlassen ein Feuer in mir. Es fällt mir schwer, dennoch rufe ich mir in Erinnerung, dass wir hier für alle gut sichtbar sind. Doch ich bin nicht in der Lage, irgendetwas gegen Joshs Versuche zu unternehmen. Er hat die Kontrolle über mich und meinen Körper übernommen.

Als seine Hände unter mein Kleid wandern, bin ich froh, dass ich mich heute Morgen dafür entschieden habe. Sofort findet er meine empfindliche Stelle und streicht darüber. Ein Zittern fährt durch mich hindurch.

»Josh«, stöhne ich heißer. In diesem Moment kann ich mich nicht mehr zurückhalten, doch das will ich auch überhaupt nicht.

Mit meinen Beinen ziehe ich ihn näher an mich heran, während ich gleichzeitig seine Hose öffne. Ich weiß nicht, wieso ich es plötzlich so eilig habe, doch ich sehne mich nach ihm. Ich will von ihm geführt und in Besitz genommen werden. Ich will seins sein.

Josh schiebt mein Kleid so weit nach oben, bis er meine Unterhose entblößt hat. Als Nächstes zieht er sie zur Seite und dringt mit einer schnellen Bewegung in mich ein, sodass ich scharf die Luft einziehe. Er gibt mir keine Zeit, mich an seine Größe zu gewöhnen.

Unerbittlich dringt er immer wieder von neuem in mich ein. Es dauert nicht lange, bis ich merke, wie sich die Lust in mir steigert. Doch ich will nicht allein kommen. Ich will, dass wir gemeinsam die Kontrolle verlieren. Deswegen versuche ich, mein Verlangen so gut es geht zurückzuhalten, obwohl es mir schwerfällt.

»Komm mit mir«, raunt Josh mir so leise ins Ohr, als würde er sichergehen wollen, dass ihn sonst niemand hören kann. Dabei sind wir allein.

Da ich mich in meiner eigenen Welt befinde, kann ich nichts anderes machen, als leicht zu nicken. Erst jetzt merke ich, dass er sich ebenfalls immer mehr angespannt hat.

Ich lasse mich fallen und kralle mich an seinem Shirt fest. Als ich komme, rufe ich immer wieder laut seinen Namen. Ich kann nur hoffen, dass mich niemand hört und der Meinung ist, dass er mir etwas antun würde.

Immer weiter bearbeitet er meine Mitte, bis ich ihm alles von mir gegeben habe. Schwer atmend sinkt mein Kopf an seine Brust. Er hält mich fest und lässt mich nicht mehr los. Ich genieße diese Zweisamkeit mit Josh.

Ich will mich nicht bewegen. Am liebsten würde ich für immer hier so mit ihm stehen. Allerdings geht das nicht. Es ist schließlich nur noch eine Frage der Zeit, bis auch die anderen zu Hause sind.

»Ich glaube, wir sollten uns wieder anziehen«, murmelt er, bevor er mir noch einen Kuss auf die Lippen drückt.

»Das habe ich auch gerade gedacht«, stimme ich ihm zu.

Leise lacht er. Ich liebe diesen Ton und werde ihn nicht mehr vergessen können. Er hat sich in meinem Kopf festgesetzt.

Langsam zieht er sich aus mir zurück, sodass mir ein leises Stöhnen entfährt.

Schnell zieht er mein Kleid wieder an die richtige Stelle und schließt seine Hose, nachdem er seine Boxershorts nach oben gezogen hat.

Und wie sich herausstellt, hatte er Recht. Kaum bin ich von der Motorhaube gerutscht, erhellen Scheinwerfer die Dunkelheit.

»Das ist Roy«, klärt er mich auf.

Während sein Bruder seinen Wagen parkt, atme ich mehrmals tief durch und hoffe, dass man mir nicht anmerkt, was wir gerade hier getan haben.

»Na, was macht ihr denn noch hier draußen?«, fragt Roy grinsend.

»Wieso noch? Wir sind gerade erst gekommen«, erwidert Josh gelassen.

Roy wirft ihm einen skeptischen Blick zu, das erkenne sogar ich, und ich kenne ihn kaum. Deswegen kann ich nur schlucken und hoffen, dass der Kloß aus meinem Hals verschwindet, der sich dort gebildet hat. July sagt nichts zu unserem Auftritt, zwinkert mir aber einmal verschwörerisch zu.

»Gute Nacht«, verabschiedet sich nun Josh und greift nach meiner Hand.

Bevor ich noch etwas sagen, kann zieht er mich bereits hinter sich her und bringt mich ins Bett.

Als ich am nächsten Morgen wach werde, dröhnt mein Kopf, als würde ich mich direkt neben einem startenden Jet befinden. Vorsichtig öffne ich meine Augen, doch bereits in der nächsten Sekunde bereue ich es. Das Zimmer dreht sich so schnell um mich herum, dass ich glaube, mich in einem Karussell zu befinden. Außerdem wird mir schlecht und das Gefühl alles auskotzen zu müssen, was ich gestern zu mir genommen habe, meldet sich.

Seufzend schließe ich wieder die Augen und bete, dass mein Kater bald verschwindet. Doch aus Erfahrung weiß ich, dass es noch ein wenig dauern kann, bis es mir wieder besser geht.

Ich hatte gestern eindeutig meinen Spaß, doch ich bereue es nun, dass ich mich beim Alkohol nicht etwas zurückgehalten habe. Auf jeden Fall ruft diese Erfahrung mir wieder in Erinnerung, wieso ich es immer gemieden habe, mich zu betrinken.

Doch das ist nicht das Einzige, was mir wieder in den Kopf kommt. Vor allem erinnere ich mich lebhaft daran, dass ich Sex mit Josh auf der Motorhaube seines Wagens hatte. Unter normalen Umständen hätte ich das wahrscheinlich nicht gemacht. Dafür bin ich nämlich wirklich zu zurückhaltend. Doch es hat mir gefallen.

»Ich habe nicht gedacht, dass du schon wach bist.« Die Stimme von Josh ertönt ganz in der Nähe. Ich habe gar nicht gemerkt, dass er neben mir liegt. »Aber ich habe dir Wasser mitgebracht. Ich kann mir nicht vorstellen, dass du einen Kaffee möchtest.«

»Danke«, murmle ich mit heiserer Stimme. Dabei bewege ich mich kein Stück. Die Angst, dass mir sofort wieder schwindelig wird, ist viel zu groß. Vor allem deswegen, weil die Nachwirkungen von vorhin noch immer nicht ganz verschwunden sind.

»Ich werde mich keinen Zentimeter bewegen«, kläre ich ihn auf. Gleichzeitig ziehe ich die Decke über meinen Kopf, um dem Risiko aus dem Weg zu gehen, dass er doch noch Licht macht. Ich bin mir sicher, dass meine Kopfschmerzen nicht besser davon werden würden.

»Müsste ich raten, würde ich sagen, dass du es gerade bereust, mit den anderen unterwegs gewesen zu sein.«

»Ja, so kann man das sagen. War ein Kater schon immer so gemein?«

»Es ist schon ein paar Jahre her, dass ich mir so extrem die Kante gegeben habe. Aber aus meinen Erinnerungen kann ich sagen, dass es schon immer so war.«

Würde es mir besser gehen, würde ich mir selbst in den Arsch treten. Vor allem, weil seine Mutter dabei war. Es war das erste Mal, dass sie mich gesehen hat und ich habe es so übertrieben. *Ich will lieber gar nicht erst wissen, was sie von mir denkt.*

»Mach dir keine Sorgen«, spricht Josh weiter. »Du warst nicht die Einzige. Meine Mom, July und Emma waren auch nicht mehr das, was man als nüchtern bezeichnen kann. Um genau zu sein, waren sie sogar ganz weit davon entfernt.«

Ich bin mir nicht sicher, ob ich etwas dazusagen soll. Ich ziehe es vor den Mund zu halten. Es fühlt sich an, als würde er in mich hineinschauen können. Doch das ist nicht alles. Irgendwie habe ich das Gefühl, als würde er genau wissen, was in meinem Inneren vor sich geht.

Ich spüre, wie er sich neben mich legt und mich an seinen Körper zieht. Seine Wärme umgibt mich. Sie sorgt dafür, dass ich mir nicht mehr ganz so hilflos vorkomme.

»Wenn ich etwas für dich tun kann, dann sag mir einfach Bescheid«, fordert Josh mich auf.

»Bleib bei mir. Es sei denn, du musst heute arbeiten.«

»Nein, heute ist Samstag und ich habe frei. Mach dir darum also keine Sorgen. Es könnte nur sein, dass ich nochmal los muss, aber das hängt von meinen Brüdern ab.«

Seine Worte beruhigen mich. Obwohl ich es ohne ihn schaffen würde, fühle ich mich doch sicherer, wenn er bei mir ist. Sollte es mir doch wieder schlechter gehen, bin ich wenigstens nicht auf mich allein gestellt.

Vorsichtig lege ich meinen Kopf auf seine Brust. Das gleichmäßige Schlagen seines Herzens beruhigt mich. Außerdem sorgt es dafür, dass ich wieder einschlafe.

Als ich wieder wach werde, merke ich sofort, dass es mir eindeutig besser geht. Aus einem Reflex heraus strecke ich meine Hand nach Josh aus. Aber ich greife ins Leere. Langsam richte ich mich auf. Dabei mache ich mich jedoch darauf gefasst, dass ich es sofort bereuen werde und sich alles um mich herum drehen wird. Das ist aber nicht der Fall. Auf jeden Fall nicht so extrem, wie ich es angenommen habe.

Langsam schaue ich mich um, bis ich die Uhr erkennen kann, die an der Wand hängt. Das Zimmer ist nur leicht beleuchtet und ein Blick aus dem Fenster in die Dunkelheit reicht aus, um festzustellen, dass es bereits abends ist.

»Oh Mann«, entfährt es mir überrascht.

Um sicherzugehen, dass ich mein Glück nicht herausfordere und mir nicht sofort wieder schwindelig wird, stehe ich langsam auf und gehe zur Zimmertür. Einen Moment bleibe ich in der geöffneten Tür stehen und höre in das Haus hinein. Ich kann keine Geräusche wahrnehmen, sodass ich irritiert bin.

»Josh?«, rufe ich, nachdem ich zur Treppe gegangen bin. Doch er gibt keinen Ton von sich. Langsam gehe ich nach unten und will dort den Weg in die Küche einschlagen, da ich davon ausgehe, dass er dort ist. Doch bevor ich in die Nähe der Tür gelange, dringt ein leises Klopfen an mein Ohr.

Nachdem ich noch einmal in das Wohnzimmer gesehen habe, gehe ich zur Wohnungstür und öffne sie.

»Hi«, begrüßt mich Emma. Ich erkenne, dass es ihr genauso geht wie mir. Und July, die hinter ihr steht, macht den Eindruck auf mich, als könnte auch sie noch ein paar Stunden Schlaf vertragen.

Aber wundern tut es mich nicht und ich will gar nicht erst wissen, wie es Joshs Mom geht. Sie hatte nämlich noch mehr Alkohol als wir.

»Wir dachten, wir schauen mal nach, ob du da bist. Der Wagen von Josh ist schließlich verschwunden. Aber wir konnten uns nicht vorstellen, dass du schon wieder unterwegs bist. Auf jeden Fall nicht, wenn es dir so geht wie uns.« Emma redet ohne Punkt und Komma. Doch ich bekomme nur die Hälfte von dem mit, was sie sagt. Ich bleibe nämlich an der Stelle hängen, an der sie Josh erwähnt hat.

»Was?«, frage ich noch einmal, um wirklich sicherzugehen, dass ich sie richtig verstanden habe.

Ich sehe, wie Emma noch ein weiteres Mal den Mund öffnet, um alles zu wiederholen, was sie gerade von sich gegeben hat. Dabei mache ich einen Schritt an ihr vorbei und werfe einen Blick auf den riesigen Hof. Doch ich kann den Wagen von Josh wirklich nirgends entdecken.

»Wusstest du nicht, dass er gefahren ist?« July sieht mich fragend an. Doch ich schüttle nur den Kopf.

»Ich bin gerade erst aufgestanden und habe ihn gesucht«, erwidere ich nach einigen Sekunden. Dabei merke sogar ich, wie irritiert ich mich anhöre.

»Dann wollte er dich wahrscheinlich nicht wecken und hat wohl gedacht, dass er wieder da ist, bevor du wach bist. Aber ich bin mir sicher, dass er dir eine Nachricht geschrieben hätte, wenn er es nicht eilig gehabt hätte.« Emma scheint sich nicht sicher zu sein, was sie sagen soll.

Doch ich bin nicht sauer. Schließlich bin ich erwachsen und Josh kann nicht den ganzen Tag neben mir sitzen, nachdem ich mich gestern betrunken habe. Dennoch muss ich wenigstens vor mir selbst zugeben, dass ich es schön gefunden hätte, wenn er mir wenigstens einen Zettel hinterlassen hätte.

»Hier«, reißt July mich aus meinen Gedanken und reicht mir eine Wasserflasche, nachdem wir die Küche betreten haben. Dankbar nehme ich sie entgegen und nehme einen großen Schluck daraus. Erst jetzt merke ich, dass meine Kehle total trocken ist, da ich in den letzten Stunden keine Flüssigkeit zu mir genommen habe.

»Chris ist auf der Arbeit und Roy kommt erst nächste Woche wieder. Setzen wir uns nach draußen, um den restlichen Kater loszuwerden«, schlägt Emma vor.

Da ich keine Lust habe, allein in seiner Wohnung zu sitzen, nicke ich und verlasse mit den anderen das Haus. Gemeinsam setzen wir uns auf die Stufen, unterhalten uns und genießen die abendliche Ruhe, die sich über das Grundstück gelegt hat.

20

Josh

Am liebsten würde ich laut schreien. Aber ich weiß, dass es mir nichts bringen würde, schließlich würde diese Reaktion nichts an meiner festgefahrenen Lage ändern.

Ich habe noch immer nichts herausgefunden, was mich näher an mein Ziel bringen würde. Und genauso wenig konnte Chris etwas zu dem Brand herausfinden. Es ist, als würden wir uns im Kreis bewegen. Und das ist etwas, was ich hasse. Allerdings ist es in den letzten Jahren nur sehr selten passiert, dass ich irgendwelche Detektivarbeiten übernommen habe. Ich kenne mich mit Computern aus und kann dort einiges in Erfahrung bringen, aber richtiges Ausspionieren war noch nie meins.

Außerdem ist da noch immer mein Chef. Nach außen hin scheint er ruhig zu sein. Doch ich erkenne die sich steigernde Nervosität. So ein Verhalten habe ich bis jetzt nur an kleinen Kindern beobachtet. Meistens dann, wenn ihnen etwas auf dem Herzen lag, mit dem sie unbedingt herausrücken wollten. Aber aus Erfahrung kann ich sagen, dass mein Chef nicht zu den Personen gehört, die einem irgendetwas sagen, wenn sie das nicht wollen.

»Wie kommst du darauf, dass es etwas mit dem Brand zu tun hat?« Chris sieht mich kurz fragend an, bevor er sich wieder auf die Straße vor uns konzentriert.

»Bauchgefühl«, grummle ich vor mich hin. Ich habe schlechte

Laune und das behalte ich nicht für mich. Zum einen habe ich keine Lust darauf so zu tun, als wäre alles in Ordnung, wenn es nicht so ist. Zum anderen ist er mein Bruder, also habe ich keinen Grund, wieso ich es für mich behalten sollte. Meine Brüder kennen mich ohnehin besser, als jeder andere.

»Ich weiß, dass du gerade viel lieber bei Lina wärst«, stellt Chris fest. »Wenn du willst, können wir das an einem anderen Tag machen.«

»Nein«, erwidere ich und schüttle den Kopf, während ich mich auf die Straße konzentriere. »Ich habe ein ganz merkwürdiges Gefühl bei dieser Geschichte und will endlich wissen, was hier los ist.« Ich zische die Wörter mehr durch meine Zähne hindurch, als dass ich sie wirklich ausspreche.

»Hast du Hanson mal direkt darauf angesprochen?«

Ich sehe meine Brüder genervt an, als ich auf den Parkplatz fahre. Gleichzeitig muss ich an Lina denken. Ich hasse es, dass ich sie in diesem Zustand allein lassen musste. Und irgendwie bin ich der Meinung, dass es mich zu einem Arsch macht. Doch ich will diese Sache endlich hinter mir haben. Erst dann kann ich mit der nächtlichen Jagd aufhören. Vorher würde es mir keine ruhige Minute lassen.

Und das nur, weil ich dieses dumme Gefühl habe, als würde ich etwas übersehen, was sich direkt vor meiner Nase befindet.

»Dieses Mal ist es anders«, sage ich Chris.

»Ja, das ist es wirklich. Ich kann mich daran erinnern, dass wir nachts den Typen aufgelauert haben, die aus der Haft entlassen wurden, obwohl sie schuldig waren. Außerdem haben wir Prügeleien auf offener Straße verhindert.«

»Du weißt genauso gut wie ich, dass es schon etwas mehr war.« Während ich spreche, stelle ich meinen Wagen auf dem Parkplatz der Feuerwache ab. Dann drehe ich meinen Oberkörper in die Richtung von Chris.

»Ja, allerdings hast du dich nie so sehr in die Arbeit der Polizei eingemischt.«

»Wer sagt, dass ich das jetzt mache?« Ich habe keine Lust, mich mit meinem Bruder zu streiten. Doch nun habe ich die Frage gestellt und bin ehrlich gesagt neugierig auf seine Antwort.

»Unter anderem wurde ich mit den Ermittlungen zu dem Brand betraut. Und du befürchtest nun, dass etwas nicht mit deinem Chef stimmt, weil er sich jedes Mal, wenn er darauf angesprochen wird, merkwürdig verhält.«

»Ich mische mich nicht in die Arbeiten der Polizei ein«, versuche ich mich zu verteidigen. Doch dieser Versuch ist halbherzig. Schließlich weiß ich sehr genau, dass ich mich einmische. Sonst hätte ich Chris nur von meinem Verdacht erzählt und alles Weitere ihm überlassen.

Ich würde zumindest nicht jetzt hier sitzen.

Doch ich beiße mir auf die Lippen, damit ich das nicht noch versehentlich zugebe.

Bevor er noch einen einzigen Ton von sich geben kann, steige ich aus und entferne mich ein paar Schritte vom Auto. Ich kann hören, wie Chris mir eilig folgt.

»Du musst das nicht machen«, erkläre ich ihm.

»Ich habe dir versprochen, dass ich dir helfen werde. Und das mache ich. Auch wenn ich nicht weiß, wie viel er sagen wird. Ich will endlich wissen, was dahintersteckt und diesen Fall abschließen. Wenn du nun unter die Detektive gegangen bist und mir das hilft, dann werde ich sicherlich nicht *Nein* dazu sagen.« Verschmitzt grinst er mich an, ehe er die riesige Feuerwache betritt. Ich hingegen beschließe, dass es vielleicht besser ist, wenn ich mich ein wenig im Hintergrund halte. Ich werde so tun, als hätte ich meinen Bruder nur hergefahren, weil ich gerade nichts zu tun hatte.

Dabei wüsste ich mindestens einen Ort, an dem ich an meinem freien Tag lieber wäre.

Wieder habe ich Lina vor Augen. Kurz überlege ich, ob ich ihr eine Nachricht schreiben soll, ob es ihr mittlerweile besser geht. Aber sollte sie noch schlafen, möchte ich sie ungern wecken.

»Lass es uns hinter uns bringen«, grummle ich und gehe dabei zu der riesigen Halle.

Ein paar meiner Kollegen sehen mich irritiert an, als ich an ihnen vorbeigehe. Dann entdecken sie allerdings meinen Bruder und sie verziehen ein wenig das Gesicht. Kurz kommt mir der Gedanke, dass sie vermutlich genau wissen, was wir hier machen. Beziehungsweise, was Chris hier macht. Doch diesen Gedanken dränge ich zur Seite. Sie können es überhaupt nicht wissen. Schließlich habe ich nur mit meinen Brüdern über meinen Verdacht gesprochen.

»Passiert wohl nicht sehr oft, dass ein Polizist hier ist, oder?«, erkundigt sich Chris, als wir den Flur entlanggehen. Dabei höre ich den vergnügten Unterton in seiner Stimme.

»Doch, eigentlich ist das sogar sehr oft der Fall. Es ist nur selten, dass du hier bist. Und du weißt, dass uns allen ein gewisser Ruf vorauseilt.«

»Ja, da hast du Recht. Vielleicht denken sie, dass wir nun eine Spur haben.«

»Ich hoffe, dass sich das dann wenigstens als wahr herausstellt.« Es gefällt mir nicht, dass ich den Verdacht habe, dass Hanson etwas damit zu tun hat.

Als sein Büro in Sichtweite kommt, geht die Tür auf und Hanson erscheint auf der Bildfläche. Es dauert einen Moment, doch dann sieht er uns und kommt auf uns zu.

»Zwei der Thompson-Brüder sind da. Was verschafft mir die Ehre?«

»Ich habe da noch ein paar Fragen zum Brand«, erklärt Chris.

Ich kann förmlich sehen, wie Hanson das Gesicht verzieht. Dass allein würde mich nicht stören. Schließlich sind alle deswegen wahrscheinlich schon genervt. Allerdings ist es so, dass er dabei auch deutlich zusammenzuckt. Und das ist eine Reaktion, die mir überhaupt nicht gefällt. Sie ist mir nun eindeutig schon zu oft bei ihm aufgefallen.

»Ich würde gerne wissen, was Sie gesehen haben, als sie dort angekommen sind«, fordert Chris ihn auf. Ich hingegen mache ein paar Schritte zur Seite. Allerdings höre ich den beiden dennoch zu.

»Da war nichts. Spaziergänger hatten das Feuer gemeldet und in einiger Entfernung auf uns gewartet. Sonst war da niemand.«

Hanson verzieht ein wenig das Gesicht, als würde er noch einmal darüber nachdenken. Dann schüttelt er jedoch den Kopf.

Ich kann nicht sagen, ob er wirklich die Wahrheit sagt. Zum einen ist man bei solchen Einsätzen darauf konzentriert zu verhindern, dass der Brand auf umliegende Gebäude übergreift, vor allem Scheunen, in denen eventuell leicht brennbare Stoffe gelagert werden. Zum anderen schaut man sich dennoch meist kurz um, um einen besseren Überblick zu bekommen. Und dabei fallen einem häufig Dinge auf. Doch es ist nicht nur diese Ungereimtheit, sondern sein gesamtes Verhalten, das viele Fragen in mir aufwirft. Wenn ich den Gesichtsausdruck von Chris richtig deute, dann geht es ihm ebenfalls so.

»Keine Fahrzeuge, die in einer Scheune standen?«

Wieder schüttelt Hanson den Kopf. Er hat von Anfang an nicht den Eindruck auf mich gemacht, als wäre es sein liebstes Thema.

Auch bei den nächsten Fragen, die Chris zum Hergang der Löscharbeiten stellt, wird es nicht besser. Chris lässt ihm keine Pause und gibt ihm keine Chance, sich wieder zu beruhigen. Er stellt eine Frage nach der anderen.

Hanson scheint beinahe erleichtert zu sein, als wir wieder verschwinden. Gemeinsam verlassen wir die Feuerwache über den Vorplatz. Als ich einen Blick nach oben werfe, kann ich sehen, wie Hanson uns von seinem Büro aus beobachtet. Um nicht aufzufallen, tue ich so, als würde ich meinen Kollegen winken. Die Wahrheit ist aber, dass ich Hanson beobachte, bis ich in meinen Wagen gestiegen bin.

»Er verheimlicht etwas. Ich kann nicht genau sagen, was es ist, aber er hat ein Geheimnis.«

»Den Verdacht habe ich auch«, murmle ich und lege den Gang ein, um nach Hause zu fahren.

21

Lina

Zwei Tage ist es nun her, dass ich mir mit den anderen die Kante gegeben habe. Nun bin ich wieder fit und merke, dass Josh etwas bedrückt. Immer wieder beobachte ich ihn dabei, wie er die Unterlagen zum Brand der Farm durchliest. Aber ich kann verstehen, dass ihn das nicht loslässt. Auf dem College unterhalten sich noch immer alle darüber, was dort passiert ist. Und jeder möchte eine Antwort auf die Frage finden, wer dafür die Verantwortung trägt. In den letzten Tagen habe ich mitbekommen, dass Joshs Bruder die Leitung der Ermittlungen innehat. Das behalte ich jedoch für mich. Ich bin mir sicher, dass ich sonst am College keine ruhige Minute mehr haben werde.

Zudem gibt es noch zwei andere Themen, die mir im Kopf umhergehen. Und eines davon ist, dass heute Dannys letzter Abend in der Stadt ist. Seit unserem Gespräch ist schon einige Zeit vergangen. Und in dieser Zeit hat er mir mehrere Nachrichten geschrieben. Doch nachdem ich mir mehr als einmal den Kopf darüber zerbrochen habe, kann ich noch immer nicht sagen, ob es eine gute Idee ist, wenn wir uns alle gemeinsam treffen. Vor allem nicht, da ich mir sicher bin, dass Josh noch immer wütend über diesen Kuss ist.

Wahrscheinlich ist es das Beste, wenn ich ihn entscheiden lasse, ob er das machen will oder nicht, denke ich niedergeschlagen, als ich abends durch das Tor fahre. Für mich steht fest, dass ich mich nicht allein mit ihm treffen werde. Auch dann nicht, wenn meine Cousine dabei ist. Schließlich weiß ich nicht, ob ich ihm auf diese Weise wieder irgendwelche Hoffnungen mache. Und das kann ich überhaupt nicht gebrauchen.

Ich bin noch nicht einmal in die Nähe der Haustür gekommen, als sie schwungvoll geöffnet wird und Josh auf der Bildfläche erscheint. Mit einem breiten Grinsen auf den Lippen kommt er zu mir und schließt mich in seine Arme.

»Hi«, begrüße ich ihn. Ich habe zwar nicht damit gerechnet, dass er schon hier ist, dennoch bin ich froh darüber.

»Hi«, erwidert er. Vorsichtig schaue ich ihn an. Ich habe keine Idee, wie ich ihn darum bitten soll, sich mit Danny zu treffen. In den letzten Stunden, während ich mich auf meine Vorlesungen konzentriert habe, habe ich die Sache gut verdrängen können. Nun muss ich Claire langsam eine Nachricht schreiben. Deswegen kann ich es nicht weiter aufschieben.

»Was ist los? Du siehst so aus, als hättest du Schmerzen?«

Besorgt betrachtet Josh mich, bevor er sich zu mir lehnt und mich küsst. In diesem Moment wünsche ich mir, dass Danny nie versucht hätte, wieder bei mir zu landen. Dann wäre es jetzt nämlich mit Sicherheit einfacher. Doch ich kann es nicht ändern. Und außerdem bereue ich es nicht, dass ich Josh davon erzählt habe.

»In den letzten Tagen hast du doch sicherlich mitbekommen, dass Danny und Claire mir öfters Nachrichten geschrieben haben«, setze ich an.

Josh sagt nichts, sondern nickt.

»Die beiden fragen, ob wir uns heute Abend treffen wollen.« Angespannt halte ich die Luft an, nachdem ich die Worte ausgesprochen habe.

»Von mir aus können wir das machen. Ich habe heute nichts mehr vor.« Während er spricht, zieht er mich enger an sich heran, sodass kein Blatt mehr zwischen uns passt.

Einen Moment bin ich zu perplex, um irgendetwas von mir zu geben. Innerlich habe ich nämlich bereits damit gerechnet, dass ich heute

Abend allein mit ihnen weggehen werde. Doch ich bin froh darüber, dass das nicht der Fall sein wird und Josh mitkommen wird.

Langsam hebe ich meinen Kopf und schaue ihn an. Dabei kann ich das vergnügte Funkeln in seinen Augen erkennen. Und in diesem Moment weiß ich, dass er mich vor allem begleitet, um Danny noch einmal ausdrücklich zu verstehen zu geben, dass er die Finger von mir lassen soll. Unter anderen Umständen würde mich das stören. Dieses Mal jedoch nicht. Denn vielleicht versteht meine Cousine so, dass er nicht so ist, wie sie immer gesagt hat und wie sie anscheinend noch immer denkt.

»Okay, dann werde ich Claire eine Nachricht schreiben, dass wir uns später treffen.« Einen Moment betrachte ich ihn noch. Dabei gebe ich ihm die Chance, es sich doch noch einmal anders zu überlegen.

Josh verzieht jedoch keine Miene, sodass ich mein Handy aus der Tasche ziehe und Claire benachrichtige. Dabei kann ich nicht verhindern, dass sich ein merkwürdiges Gefühl in mir breitmacht. Schließlich habe ich mich vorher noch nie mit meinem Ex und meinem neuen Freund getroffen. Ich kann nicht sagen, ob ich Josh so nennen kann. Bis jetzt haben wir uns noch nicht einmal darüber unterhalten. Obwohl ich zugeben muss, dass es sich wie eine richtige Beziehung anfühlt.

Ich halte mir vor Augen, dass er vor mir anscheinend nicht zu den Männern gehört hat, die sich gerne binden. Und trotzdem macht es auf mich den Anschein, als wäre das bei uns der Fall.

Ich spüre, wie ich schon wieder Kopfschmerzen bekomme, als ich weiter darüber nachdenke. Deswegen beschließe ich, dass es besser ist, wenn ich es nicht mache. Andernfalls würde das nämlich bedeuten, dass ich mich mit meinen Gefühlen für ihn auseinandersetzen muss.

»Ich gehe jetzt duschen«, verkünde ich. »Kommst du mit?« Um meine Frage noch etwas zu unterstreichen, drehe ich mich im Gehen zu ihm um und beiße mir auf die Lippen. Sofort kann ich beobachten, wie sein Blick dunkler und vor allem gefährlicher wird.

Die letzten zwei Stunden zogen sich hin. Und das vor allem deswegen, weil ich mir den Kopf darüber zerbrochen habe, wie dieser Abend laufen wird. Noch immer kann ich nicht genau sagen, ob es wirklich eine gute Idee war, mich darauf einzulassen. Doch nun sitzen wir bereits in Joshs Auto, sodass ich es nicht mehr ändern kann.

Als das Restaurant, in dem wir verabredet sind, endlich in Sichtweite kommt, bin ich fertig mit den Nerven. Und ich bin mir sicher, dass man mir das ansieht.

»Wenn du willst, dann können wir wieder verschwinden. Wenn sie fragen, wo wir bleiben, sagst du, mir geht es nicht gut«, schlägt Josh vor.

Ich weiß, dass er es nur gut meint, als er mich eng an sich zieht. Dennoch betrachte ich ihn skeptisch. Ich kann mir nämlich nicht vorstellen, dass die beiden uns das wirklich abkaufen würden. Deswegen schüttle ich den Kopf. Ein letztes Mal atme ich noch tief durch, ehe ich mich von ihm löse und das Restaurant betrete.

Es ist keines von diesen superschicken, in die man sich nur mit dem teuersten Abendkleid hineintraut, sondern eher eines, das man mit einer Jeans betreten würde.

Bis jetzt bin ich noch nicht hier gewesen, sodass ich mich nun neugierig umsehe. Es erinnert mich eher an eine Bar. Laute Musik schlägt uns entgegen und überall sitzen und stehen Leute, die sich angeregt unterhalten. Ich seufze, als ich all das sehe. Denn es ist so typisch für meine Cousine. Es ist so laut um uns herum, dass ich mir sicher sein kann, dass Josh mein Seufzen nicht gehört hat.

»Keine Sorge«, sage ich an ihn gewandt, als wir an der Bar entlanggehen. »Dieses Mal werde ich keinen Tropfen anrühren.«

»Och, so schlimm fand ich unsere kleine Einlage auf meinem Wagen nicht.« Josh grinst dümmlich von einem Ohr bis zum anderen. Seine Worte sorgen dafür, dass ich spüren kann, wie ich rot werde. Bis zu diesem Moment hat er noch keinen Ton darüber verloren. Und ich bin mir sicher, hätte ich nicht mit diesem Abend angefangen, dann hätte er es auch jetzt nicht erwähnt. Deswegen würde ich mir am liebsten in den Hintern treten. »Nur gut, dass ich weiß, dass du nicht so schüchtern bist, wie man vielleicht meinen könnte.«

Er verstärkt seinen Griff um meine Hüfte, sodass ich mich am liebsten an ihn lehnen würde. Doch bevor ich das machen kann, kann ich Claire und Danny erkennen. Sie sitzen an einem kleinen Tisch, der ein paar Meter von uns entfernt steht. Kurz nicke ich in ihre Richtung. Dabei komme ich nicht darum herum festzustellen, dass Danny heute mal nur ein schlichtes Shirt und eine Jeans trägt. Das ist nämlich etwas, was man nicht sehr oft an ihm sieht. Ich weiß, weshalb er das tut, doch all das schiebe ich zur Seite und schaue stattdessen zu Josh.

Ich sehe, dass er sich nicht von Danny abwenden kann. Auf die gleiche Art und Weise, wie er es schon vor zwei Tagen mit dem anderen Typen gemacht hat, gibt er nun Danny zu verstehen, dass ich an seine Seite gehöre. Dies ist etwas, was mein Herz nicht zum ersten Mal schneller schlagen lässt.

Um mir nicht anmerken zu lassen, wie nervös ich bin, gehe ich auf die beiden zu. Dabei bin ich so schnell, dass ich Josh mehr oder weniger hinter mir herziehe. Mehrmals ermahne ich mich selbst, einen Gang runterzuschalten, doch es bringt alles nichts. Aus irgendeinem Grund habe ich mich kaum noch im Griff. Deswegen kann ich nur hoffen, dass Josh mich bremsen wird, wenn ich zu eskalieren drohe.

»Ich dachte schon, dass ihr es euch anders überlegt habt«, verkündet Claire, als wir nur noch wenige Schritte entfernt sind. Dabei bleibt ihr Blick vor allem an Josh hängen.

»Es hat ein wenig gedauert, bis wir einen freien Parkplatz gefunden haben«, verkündet er. Vorhin hatte ich noch die Befürchtung, dass er genauso nervös sein wird wie ich, denn auf der Fahrt hat Josh nicht viel gesagt. Doch nun merke ich, dass er ganz ruhig ist. Und wenn er sich doch Gedanken machen sollte, dann hat er es zumindest sehr gut versteckt.

»Josh, das sind Danny und Claire«, stelle ich alle einander vor. Und es kommt mir ein wenig merkwürdig vor. Schnell versuche ich mir einzureden, dass ich einen lustigen Abend mit meinem Freund und ein paar Freunden haben werde. Doch das stimmt nicht. Diesen Abend hatte ich vor zwei Tagen. Auch wenn das hier genauso sein sollte, so wird dieser Abend sicher anders werden.

»Setzt euch«, fordert Danny uns auf und zeigt auf die beiden freien Plätze, die ihnen gegenüberliegen.

In den letzten Tagen gab es einiges, was merkwürdig war. Allen voran die Tatsache, dass ich mich am ersten Abend mit Joshs Mutter habe zulaufen lassen. Und genauso sehr die Tatsache, dass sie mich als ihre Schwiegertochter bezeichnet hat. Dabei haben Josh und ich noch nicht einmal unseren Beziehungsstatus geklärt. Doch ich bin der Meinung, dass das hier alles toppt. Es ist nie einfach, den Mann, den man liebt, anderen vorzustellen. Allerdings kommt es sicher nicht so häufig vor, dass man ihn dem Ex-Freund präsentiert.

Unweigerlich zucke ich bei dieser Erkenntnis zusammen. Es wirft mich aus der Bahn, dass ich ausgerechnet hier feststelle, dass ich ihn liebe. Ich versuche es zu überspielen, als ich mich in Bewegung setze.

»Ich freue mich, dass das Treffen noch geklappt hat, bevor ich mich morgen auf den Weg machen muss. Leider sind mir ein paar berufliche Dinge dazwischengekommen, sodass ich nicht länger bleiben kann. Doch so haben wir noch die Gelegenheit uns kennenzulernen«, wendet Danny sich an Josh. Dabei lächelt er ihn an.

Auf Josh mag Danny nicht ungewöhnlich wirken, doch ich kenne meinen Ex-Freund. Und daher weiß ich, wann man bei ihm vorsichtig sein sollte. Und mein Gefühl sagt mir, dass dies eine dieser Situationen ist.

Die nächsten Sekunden kommen mir lange vor. Gespannt warte ich auf Joshs Antwort. Danny lässt ihn unterdessen nicht aus den Augen. Die beiden tragen einen Machtkampf aus. Das scheint sogar Claire zu spüren, denn zur Abwechslung hält sie mal den Mund. Ich bin mir allerdings sicher, dass es da ein paar Dinge gibt, die sie gerne sagen würde.

Sie betrachtet mich, als würde sie erwarten, dass ich dazwischengehen will. Doch das habe ich nicht vor. Denn ich kann mir nicht vorstellen, dass das eine so gute Idee wäre. Stattdessen halte ich Ausschau nach einer Kellnerin.

Es dauert nicht lange, bis eine Bedienung mit einem freundlichen Lächeln auf dem Gesicht zu uns kommt.

»Was kann ich euch bringen?«, fragt sie und schaut dabei jeden von uns einmal an.

»Ich nehme ein Wasser.« Ich will gerade ein Bier für Josh bestellen, als er das bereits übernimmt.

Dabei greift er nach meiner Hand, was Danny nicht entgeht. Ich kann beobachten, wie seine Lippen eine dünne Linie bilden und er den Kiefer anspannt. In diesem Moment kann ich mit ziemlich großer Wahrscheinlichkeit sagen, dass das hier kein Abend unter Freunden ist. Nein, auch wenn Danny beteuert, dass er meine Ansage verstanden hat, so hofft er doch, dass ich irgendwann wieder bei ihm sein werde.

»Ich habe gehört, dass du bald mit dem Studium fertig bist«, wendet sich Josh nun an Claire, ohne irgendwelche Anstalten zu machen, etwas zu Danny zu sagen.

Ich bin froh darüber, vor allem weil die beiden sich so nicht streiten können. Ich kann nämlich mit Gewissheit sagen, dass es darauf hinausgelaufen wäre, wenn Josh ihm geantwortet hätte.

»Ja, ich würde mich freuen, wenn du zu meiner Feier kommst. Die ganze Familie wird da sein. Dann lernst du direkt alle kennen.« Kaum hat sie ausgesprochen, wirft sie mir einen prüfenden Blick zu.

Ich habe keine Ahnung, was sie mir damit sagen möchte. Ich bin viel zu sehr damit beschäftigt zu verarbeiten, dass sie Josh tatsächlich eingeladen hat. Ich kann demnach nämlich nicht mehr genau sagen, hinter welchem der Jungs sie steht.

»Ich komme gerne«, entgegnet Josh. »Lina kennt meine Familie schon, da bin ich neugierig, wie ihre ist.«

Claire betrachtet mich verwundert. Um ihr zu signalisieren, dass ich es ihr ein anderes Mal berichten werde, schüttle ich den Kopf. Das ist ein Thema, über das ich hier mit Sicherheit nicht sprechen werde. Und schon gar nicht vor Danny. Die Wahrheit ist nämlich, dass Dannys Familie einen Stock im Hintern hat und allein das reichte schon als Grund aus, dass ich mich nie wirklich mit ihr verstanden habe.

Während der nächsten Stunde unterhalten sich Josh und Danny über alles Mögliche. Ich bin froh darüber, dass sie sich anscheinend wenigstens verstehen und Claire sich auf diese Weise davon überzeugen kann, dass Josh nicht so ist, wie sie dachte. Beinahe kommt es mir so vor, als würden sich Josh und Danny schon ewig kennen. Danny versucht ein paar Mal dazwischenzukommen, doch er hat keine Chance, sodass er schon bald ziemlich frustriert ist.

Ich hingegen halte mich mit Absicht zurück und lasse meinen Kopf auf Joshs Schulter sinken.

Die Nähe zu ihm sorgt dafür, dass ich genau merke, als er sich anspannt. Ich betrachte ihn und versuche herauszufinden, was passiert ist.

Doch Josh beachtet mich überhaupt nicht. Stattdessen hat er seinen Kopf nach rechts gedreht. Kurz folge ich seinem Blick, doch ich kann nichts Auffälliges erkennen. Dennoch spüre ich, dass ihn etwas beschäftigt.

»Was ist los?«, erkundige ich mich, als er sein Handy aus der Hosentasche zieht.

»Ruf Chris an und sag ihm, dass einer der Männer hier sitzt, den er sucht«, weist er mich an und drückt mir dabei das Telefon in die Hand.

Mein Mund öffnet sich. Josh ist schneller als ich. Bevor ich nur einen einzigen Ton von mir geben kann, ist er aufgestanden und hat sich bereits ein paar Schritte von uns entfernt.

»Was ...«, setzt Claire an.

»Ich weiß es nicht«, antworte ich ihr, bevor sie weitersprechen kann. Dabei suche ich die Nummer von Chris aus Joshs Telefonbuch heraus und drücke dann das grüne Symbol.

Schnell erkläre ich ihm, was geschehen ist. Angespannt hört er mir zu, bis er mir verspricht, dass er in wenigen Minuten da sein wird.

Während des ganzen Telefonats lasse ich Josh nicht aus den Augen. Mittlerweile hat er einen Mann, der mindestens ein Kopf größer ist als er, in ein angeregtes Gespräch verwickelt. Ich sehe ihm an, dass er keine Lust hat, sich mit Josh zu unterhalten. Doch dieser lässt nicht locker. Er greift sogar nach seinem Arm, als er sich umdrehen und verschwinden will. Und dann kann ich nur noch beobachten, wie der Typ ausholt und Josh schlagen will.

22

Josh

Innerlich habe ich mich bereits darauf eingestellt, dass der Typ genau das vorhat. Dennoch habe ich gehofft, dass er nicht so doof ist und versucht, mich in einer vollen Bar zu verprügeln. Ich meine, wer prügelt sich denn schon an solch einem Ort? Jeder weiß doch, dass es dafür Türsteher gibt, die keine Angst haben einzugreifen.

Aus diesem Grund mache ich nur einen Schritt nach hinten und bringe so genügend Abstand zwischen uns. Verwundert sieht er mich an. Doch ich zucke nur mit den Schultern. Schnell will er sich ebenfalls entfernen und verschwinden. Ein paar Leute stehen um ihn herum verteilt, sodass er sich nicht so schnell bewegen kann, wie er es wohl gerne hätte. Und diese Sekunden reichen aus, dass zwei Männer plötzlich hinter ihm stehen, die man eindeutig mit einem Schrank verwechseln kann. Die beiden sind die Türsteher des Ladens, das erkenne ich sofort.

»Wir haben gehört, dass es hier Ärger geben soll«, brummt der eine. Sofort erkennt man, dass er keine Lust hat, sich darum zu kümmern. Aber es ist sein Job. Deswegen bleibt ihm gar nichts anderes übrig.

»Ich habe ihn nur etwas gefragt und da ist er schon auf mich losgegangen«, erkläre ich ihm. Dass das nicht ganz stimmt, weiß ich zwar, aber wenn ich den Typen daran hindern will von hier zu verschwinden, muss ich diese kleine Notlüge anbringen.

Aus dem Augenwinkel sehe ich, dass Lina mich genau beobachtet. Ich wende mich ihr nicht zu, dennoch weise ich sie im Stillen an, dass sie bleiben soll, wo sie ist. Ich will sie nicht in diese Geschichte mit hineinziehen. Ich kann nicht sagen, wozu dieser Typ in der Lage ist. Deswegen will ich erst gar nicht das Risiko eingehen und Lina in Gefahr bringen.

Als ich doch einmal kurz in ihre Richtung sehe, erkenne ich, dass sie keine Anstalten macht, zu mir zu kommen. Stattdessen bleibt sie auf ihrem Stuhl sitzen und lässt mich nicht aus den Augen.

»Stimmt das?«, fragt der eine der beiden Türsteher den Flüchtigen nun und zieht so meine Aufmerksamkeit wieder auf das Geschehen vor meiner Nase.

»Er ist zu mir gekommen und hat angefangen über irgendeinen Müll zu redent«, widerspricht er mir.

Leise brumme ich, weil ich Chris noch immer nicht entdecken kann. Dabei bin ich mir sicher, dass er bereits auf dem Weg sein muss. Und solange muss ich diesen Typen hier wohl festhalten, um meinem Bruder seinen Job wenigstens etwas leichter zu machen.

»Und wer sagt jetzt die Wahrheit?« Die Stimme des Türstehers zeigt dessen Ungeduld. Ich bin mir sicher, dass sie sich auf einen ruhigen Abend gefreut haben.

»Ich verstehe nicht, warum du dich nicht an mich erinnerst. Wir haben gemeinsam Football gespielt«, spreche ich also weiter.

»Ich habe kein …«, beginnt er. Doch mitten im Satz unterbreche ich ihn.

»Doch, du warst mit dieser blonden zusammen. Mist, ich habe ihren Namen vergessen.« Ich verziehe ein wenig das Gesicht, als würde ich mich darüber ärgern. Aber eigentlich denke ich darüber nach, wie lange ich ihn hier noch festhalten kann.

»Würde vielleicht mal jemand diesem Idioten erklären, dass ich keinen blassen Schimmer habe, wovon er spricht? Ich komme nicht einmal aus dieser Stadt.« Seine Muskeln spannen sich immer mehr an. Ich bin mir sicher, dass nicht mehr viel fehlt, bis er wieder ausrastet.

»Na, wer ist denn hier der Idiot? Ich würde mal sagen, du bist das.« Mit diesen Worten dreht Chris den Typen herum und stößt ihn gegen einen Tisch. Noch bevor dieser irgendwie reagieren kann, zieht mein Bruder die Handschellen heraus und legt sie ihm an.

»Perfektes Timing«, begrüße ich ihn.

»Ja, das habe ich wirklich raus. Da kann Emma dir bestimmt etwas dazu sagen.« Zufrieden sieht er mich an. »Aber es ist gut, dass wir uns jetzt schon sehen. Ich habe dich nämlich schon gesucht.«

»Wieso?«

»Ich habe ein paar Informationen erhalten, über die wir uns dringend einmal unterhalten sollten.« Vielsagend sieht er mich an. Sofort habe ich einen Verdacht, worum es gehen könnte und will wissen, was er in Erfahrung gebracht hat. Dabei macht sich wieder einmal ein schlechtes Gefühl in mir breit, weil er mich so ansieht, als hätte er Schmerzen. Und das wiederum sorgt dafür, dass ich Schmerzen in der Magengegend bekomme.

Aus einem Reflex heraus drehe ich mich zu Lina. Noch immer sitzt sie an Ort und Stelle. Dieser Danny versucht ihre Aufmerksamkeit auf sich zu ziehen. Allerdings schafft er das nicht.

Ich erkenne die vielen Fragen in ihrem Gesicht. Und nur zu gerne würde ich ihr diese beantworten. Doch das hier ist definitiv nicht der richtige Zeitpunkt, um über meine geheimen Aktivitäten zu sprechen. Ein letztes Mal atme ich tief durch, ehe ich mich in Bewegung setze und zu ihr gehe. Sofort steht sie auf und kommt mir entgegen.

»Was war das für eine Aktion?« Fragend blickt sie mich an, bevor ihre Augen zu Chris und dem Typen wandern.

»Ich wusste, dass mein Bruder hinter ihm her ist, deswegen habe ich ihm geholfen.« Ich zucke mit den Schultern und tue so, als wäre das nichts Besonderes. In mir sieht es aber ganz anders aus.

Ich hasse es, dass ich ihr nicht die ganze Wahrheit sagen kann. Und zum ersten Mal kann ich meine Brüder verstehen. Sie haben nämlich von Anfang an gesagt, dass es nicht leicht ist, mit der Wahrheit herauszurücken.

Und sie hatten Recht.

»Ich muss mit Chris mitfahren. Kurz erzählen, wieso, weshalb, warum. Soll ich Roy anrufen, damit er dich abholt?«

»Nein«, sagt sie nur und schüttelt dabei den Kopf. »Ich bin mir sicher, dass Claire mich fahren kann.«

Ich verziehe das Gesicht. Das hat nichts mit ihrer Cousine zu tun. Aber sie würde in diesem Fall noch mehr Zeit mit Danny verbringen, ohne dass ich eingreifen kann, falls er noch einen Versuch unternehmen sollte, ihr näherzukommen.

Doch ich kann es nicht verhindern. Ich bin mir sicher, dass Chris mit mir über den Brand sprechen will. Und ich kann nur hoffen, dass diese Geschichte damit endlich vorbei sein wird und ich Lina danach die Wahrheit sagen kann.

»Okay«, antworte ich also. »Aber schreib mir eine Nachricht, wenn du da bist. Ich bin mir sicher, dass July und Emma zu Hause sind.«

Ich kann nichts gegen den Eisklumpen machen, der sich in meinem Magen bildet. Ich weiß nicht, wieso ich den plötzlich habe, doch ich weiß, dass es kein gutes Zeichen ist. Und das gefällt mir überhaupt nicht.

»Mache ich, wir sehen uns später.« Mit diesen Worten stellt Lina sich auf die Zehenspitzen und küsst mich. Es ist das erste Mal, seitdem wir hier sind, dass sie mir so nah kommt. Und ich bin mir sicher, dass Danny es sieht. Aus diesem Grund vertiefe ich den Kuss noch ein wenig.

Jedoch nur für einige Sekunden, bevor ich mich von ihr löse.

Es fällt mir schwer mich von ihr zu trennen. Doch ich will das Gespräch mit meinem Bruder endlich hinter mich bringen, sodass ich mich danach endlich voll und ganz nur noch auf sie konzentrieren kann.

Schnell folge ich Chris nach draußen. Er wiederum läuft hinter einem anderen Polizisten und dem Typen, mit dem ich mich vorhin beinahe geprügelt hätte, her.

»Du musst wirklich damit aufhören, obwohl ich zugeben muss, dass du mir in diesem Fall wirklich einen riesigen Gefallen getan hast. Schon seit Wochen suche ich diesen Idioten«, grummelt Chris vor sich hin. Dabei schaut er ein letztes Mal in die Richtung des Typen, bevor er sich zu mir dreht.

»Deswegen habe ich es gemacht. Du weißt, dass ich dir gerne helfe«, grinse ich ihn an. Ich drehe meinen Kopf zur Tür, doch Lina kann ich dort nicht entdecken.

»Ihr solltet dringend euren Beziehungsstatus klären, damit du mit dieser Sache aufhören kannst. Vorher wirst du keine Ruhe finden.«

Ich zucke ein wenig zusammen. Da mein Bruder sich gerade zu einem Kollegen umdreht, bekommt er davon zum Glück nichts mit. Ich kann nicht sagen, wieso ich so reagiere. Doch ich kann es nicht verhindern. Deswegen bin ich froh darüber, dass ich mich schnell wieder im Griff habe.

»Steig ein«, wendet sich Chris nun wieder an mich, nachdem er ein paar Worte mit dem anderen Polizisten gesprochen hat. Dabei zeigt er auf seinen Wagen, der direkt vor uns steht.

»Hättest du nicht früher etwas sagen können? Dann hätte ich Lina die Schlüssel für meinen gegeben.«

»Du brauchst dir keine Sorgen zu machen. Wir holen deinen Wagen später noch.«

»Und wo bringst du mich hin?« Fragend ziehe ich meine Augenbrauen nach oben, nachdem wir uns in sein Auto gesetzt haben.

»In dem Moment, in dem ich den Laden betreten habe, habe ich einen Anruf bekommen. Es befindet sich jemand auf der Farm, der da nichts zu suchen hat.«

Überrascht drehe ich mich in seine Richtung. Ich kann nicht für mich behalten, dass ich schon gar nicht mehr daran geglaubt habe, dass wirklich noch einmal jemand auftauchen würde. Und ich bin mir sicher, dass es Chris auch so geht.

»Ich dachte mir, dass du bei einer Verhaftung gerne dabei wärst. Schließlich hast du in diesem Fall einiges getan.«

»Da hast du richtig gedacht«, grinse ich ihn an.

Je näher wir der Farm kommen, umso nervöser werde ich. Ich habe kein gutes Gefühl und mein Unbehagen verstärkt sich nur noch, als wir in einer Seitenstraße hinter dem Polizeiwagen stehen bleiben. Doch ich lasse mir nichts anmerken, als ich den Wagen verlasse und hinter meinem Bruder hergehe. Schnell steigen wir in den Streifenwagen, sodass wir sicher sein können, dass uns niemand bemerkt.

»Ich gebe zu, ich habe nicht mehr daran geglaubt, dass es wirklich klappt. Schließlich wäre es nicht das erste Mal, dass eine solche Ausrüstung zurückgelassen wird«, stellt der ältere der beiden Polizisten fest. Dabei dreht er sich zu uns um.

»Ich kann dich beruhigen, da bist du nicht der Einzige. Das ist Josh, mein Bruder. Er ist bei der Feuerwache und war beim Brand dabei«, stellt Chris mich seinen Kollegen vor.

Die beiden nicken mir nur kurz zu, bevor sie sich wieder auf das Gebäude konzentrieren, das direkt vor unserer Nase liegt. Oder besser gesagt auf das, was von dem Haus übrig geblieben ist.

»Sie sind noch immer unten. Da es so lange dauert, gehe ich davon aus, dass sie alles zusammenpacken, was man noch gebrauchen kann.«

Ich öffne meinen Mund, weil ich ihnen sagen will, dass alles da unten durchaus noch in einem super Zustand ist. Doch bevor mir ein Ton über die Lippen dringen kann, schließe ich ihn wieder. Ich möchte nämlich ungern erklären müssen, woher ich das weiß.

Um zu verhindern, dass mir nicht doch noch etwas über die Lippen dringt, was ich besser für mich behalte, ziehe ich mein Handy aus der Hosentasche. Ein zufriedener Ton entweicht mir, als ich sehe, dass Lina mir bereits eine Nachricht geschrieben hat.

> *Bin bei dir und warte auf dich. Ich hoffe, dass es nicht so lange dauert.*

Kaum habe ich ihre Nachricht zu Ende gelesen, kann ich nicht verhindern, dass ihr Bild, wie sie nackt in meinem Bett liegt, vor meinem inneren Auge erscheint. Allein die Vorstellung daran reich schon aus, dass sich mein Schwanz bemerkbar macht. Ich bin mir darüber im Klaren, dass dies im Augenblick definitiv unangebracht ist. Deswegen schreibe ich ihr schnell zurück und schaue dann wieder in die Dunkelheit, um mich davon abzulenken. Doch es hilft nichts. Auf diese Weise bekomme ich mich nicht wieder in den Griff.

Ich will mich schon nach hinten sinken lasse, als ich erkennen kann, wie sich etwas vor unserer Nase bewegt. Es ist in der Dunkelheit kaum erkennbar, doch ich bin mir sicher, dass ich mich nicht getäuscht habe.

»Na also«, brummt Chris neben mir. Mit diesen zwei kleinen Worten zeigt er mir, dass ich mich nicht geirrt habe und es ihm auch aufgefallen ist.

Angespannt versuchen wir etwas zu erkennen. Doch das ist gar nicht so leicht. Das Einzige, was ich mit Gewissheit sagen kann, ist, dass es immer mehr Männer werden. Zum Schluss würde ich sie auf circa fünf schätzen, vielleicht sind es sogar einige mehr.

Seelenruhig schleppen sie immer mehr Kartons nach oben.

»Ist die Verstärkung da?«, fragt Chris und zieht dabei seine Waffe aus dem Holster.

»Ja, sie haben alle Zufahrten dicht gemacht, sodass keiner flüchten kann«, klärt einer der beiden Polizisten ihn auf. Dabei zeigt er in die entsprechenden Richtungen.

»Na, dann wollen wir sie uns mal schnappen. Du bleibst hier«, wendet Chris sich an mich. Sein Gesichtsausdruck hat etwas Mahnendes angenommen.

Ich gebe zu, dass ich nicht sehr begeistert von dieser Idee bin. Am liebsten würde ich ihn darauf hinweisen, dass ich mich bereits mehrmals in einer gefährlichen Situation befunden habe. Doch das weiß er. Deswegen halte ich den Mund. Außerdem habe ich keine Lust, irgendwelche Fragen der anderen Polizisten zu beantworten.

»Wir schnappen sie uns«, bestimmt Chris und nickt dabei entschieden. Während die beiden Polizisten diese Information an die anderen Wagen durchgeben, öffnet er die Tür und steigt aus.

Immer wieder sehe ich zwischen meinem Bruder und den Leuten, die sich ein paar Meter von uns entfernt befinden, hin und her. Ich habe ihn noch nie im Einsatz gesehen, abgesehen von unseren nächtlichen

Ausflügen. Dennoch weiß ich, dass diese Männer keine Chance gegen ihn haben werden. Aus Erfahrung weiß ich, dass die meisten in solchen Situationen zum Angriff übergehen. Doch wenn eine Horde Polizisten vor einem steht, ist das sicherlich etwas anderes, als wenn es drei Männer sind, die der Polizei nur unter die Arme greifen.

Es dauert ein paar Sekunden, doch schließlich wird der erste der Verbrecher auf die Polizei aufmerksam. Mit großen Augen beobachte ich, wie er eine Waffe zieht und das Feuer eröffnet.

Verdammt, ist das Einzige, was mir gerade durch den Kopf schießt. Ich habe schon einige Schießereien im Film gesehen und oft genug gehört, wie Chris davon berichtet hat. Doch nur wenige Meter von einer entfernt zu sein, ist etwas völlig anderes.

Ich kann beobachten, wie die Männer in unterschiedliche Richtungen verschwinden. Chris und seine Kollegen hängen sich an ihre Fersen, was nicht so einfach ist, da die Umgebung nur spärlich beleuchtet ist. Aus einem Reflex heraus will ich mich nach vorne beugen und die Scheinwerfer einschalten, als ich sehe, wie einer der Männer in meine Richtung rennt.

Ich weiß, dass Chris mir ausdrücklich gesagt hat, dass ich im Wagen bleiben soll. Schließlich bin ich kein Polizist und es sähe wahrscheinlich nicht so gut aus, wenn ich bei dieser Aktion verletzt würde. Wahrscheinlich habe ich hier nicht einmal etwas verloren.

Doch in diesem Augenblick ist mir das egal. Ruckartig öffne ich die Tür und stelle mich ihm in den Weg. Er bleibt stehen und sieht mich abwartend an. Es dauert einen Moment, bis ich die Person erkenne, die mir gegenübersteht.

Doch dann ziehe ich scharf die Luft ein. Ich habe mit so ziemlich allem gerechnet, aber nicht hiermit.

Hanson steht einige Schritte von mir entfernt. An seinem Gesichtsausdruck kann ich erkennen, dass er nicht weiß, was er machen soll. Ungläubig starrt er mich an. Ich bin mir sicher, dass er nach einem Ausweg aus dieser Situation sucht. Er wird wissen, dass ich ihm diesen nicht lassen werde.

In erster Linie interessiert es mich nicht, wer er ist. Es stört mich nicht, dass er zu meinen Freunden gehört. Und genauso dränge ich die Frage zur Seite, was er hier zu suchen hat. Für mich ist nur wichtig, dass er in diesem Augenblick versucht, vor Chris und den anderen abzuhauen. Und das reicht für mich, um ihn notfalls mit Gewalt daran zu hindern.

»Verschwinde«, knurrt er mit gefährlicher Stimme.

»Nein.« Ich sage nur dieses eine Wort, sonst nichts. Doch ich lasse keinen Zweifel daran, dass ich es genauso meine, wie ich es gesagt habe.

»Du bist eine Privatperson«, stellt er fest. Dabei hört er sich so an, als würde er denken, dass ich das nicht wüsste. Er weiß nicht, dass mich dieser Punkt in den letzten Jahren nicht interessiert hat.

»Ja, mein Bruder war gerade auf dem Weg hierher, als er sich entschieden hat, dass ich wahrscheinlich wissen möchte, wen er da verhaftet. Schließlich war ich derjenige, der eure Drogenküche gefunden hat.« Es dauert kurz, bis meine Worte bei ihm angekommen sind. Dann reißt er überrascht die Augen auf.

»Du?«

»Man könnte sagen, dass du mich darauf gestoßen hast. Schließlich warst du es, der mich hergerufen hat.« Unschuldige zucke ich mit den Schultern. Mir ist klar, dass er meine Aussage nicht zuordnen kann. Doch das stört mich nicht. Ganz im Gegenteil. Ich gebe ihm die Zeit, die er anscheinend braucht, und hoffe, dass in der Zwischenzeit ein Polizist auf der Bildfläche erscheint.

So viel Glück habe ich jedoch nicht. Wie der Typ vorhin in der Bar holt auch Hanson aus und will mir eine verpassen. Ich bin schneller, wenn ich auch sagen muss, dass ich nicht ganz so freundlich bin.

Ich greife nach seinem Arm und ziehe ihn nach unten, bevor ich ihm meinen Ellbogen ins Gesicht ramme. Aus dem Augenwinkel kann ich erkennen, wie das Blut sofort über sein Gesicht strömt, erst dann bemerke ich die riesige Platzwunde, die sich nun an seiner Stirn befindet.

»Soll ich mal ganz ehrlich sein?«, frage ich ihn, lasse ihn dabei aber nicht los. »Ich habe gemerkt, dass du dich jedes Mal angespannt hast, wenn es um diesen Brand ging, aber im Leben hätte ich nicht damit gerechnet, dass du tatsächlich etwas damit zu tun hast. Doch dann hat mein Bruder erfahren, dass du ziemlich hohe Schulden hast. Das war aber noch immer kein Grund für mich, auch nur im Entferntesten daran zu denken, dass du etwas damit zu tun haben könntest. Ich meine, hohe Schulden belasten einen und beschäftigen einen. Deswegen kannst du dir wahrscheinlich denken, wie überrascht ich bin, dich hier zu sehen.«

»Und ich gebe zu, dass ich einen Fehler gemacht habe, als ich dich hergerufen habe. Schließlich weiß ich ja, dass dein Bruder bei der Polizei ist. Ich weiß nicht einmal, wieso ich das gemacht habe. Vielleicht hatte ich die Hoffnung, dass ich mich so nicht selbst ins Kreuzfeuer bringe«, knurrt er. »Aber ich lerne aus meinen Fehlern.«

Ich bin so sehr auf seine Worte konzentriert, dass ich nicht merke, wie er mit seinem freien Arm ausholt. Er erwischt mich an der Schulter und noch in der gleichen Sekunde lasse ich ihn los, sodass er mich am Kragen packen und gegen den Streifenwagen schubsen kann.

»Du und deine Brüder, ihr seid mir schon lange ein Dorn im Auge. Aber du hast keine Chance gegen mich. Und als Nächstes werde ich mir wohl deine hübsche Freundin unter den Nagel reißen«, knurrt Hanson.

Noch bevor ich einen Versuch unternehmen kann, um mich aus seinem Griff zu befreien, rammt er mir seine Faust in den Magen und lässt mich los, sodass ich nach vorne kippe.

»Du widerlicher Arsch«, setze ich an.

Sein Lachen ertönt, während er sich schnell von mir entfernt.

Lina, ist das Einzige, was mir in diesem Moment durch den Kopf schießt. Mit Schmerzen richte ich mich auf und schaue in die Richtung, in die er verschwunden ist. Doch er ist bereits nicht mehr zu sehen.

»Josh, was ist passiert?«, fragt Chris, als er mit großen Schritten in meine Richtung eilt.

»Hanson«, sage ich nur und mache dabei Anstalten, um den Wagen herumzugehen. »Er will zu Lina.«

Mehr brauche ich meinem Bruder nicht zu sagen, damit Bewegung in ihn kommt. Während ich schon den Motor gestartet habe, steigt er schnell ein.

»Gib Gas«, fordert er mich auf, obwohl er das gar nicht müsste.

23

Lina

»Heilige Scheiße«, ruft Claire aus, nachdem sie vor dem Tor angehalten hat. »Hier wohnt Josh?«

»Ja, zusammen mit seinen Brüdern.« Während ich spreche, betrachte ich das Grundstück, das sich vor uns befindet. Es ist mitten in der Nacht, sodass die Lichter den Weg zum Haus beleuchten.

Für mich ist es mittlerweile ein Zuhause geworden. Ich wohne hier nicht, doch mittlerweile befindet sich die Hälfte meiner Klamotten hier und in den letzten Tagen habe ich jede freie Minute hier verbracht.

»Ganz ehrlich, um die Abende hier verbringen zu können, würde ich ebenfalls mit ihm schlafen«, spricht Claire weiter.

Mit großen Augen drehe ich sofort meinen Kopf in ihre Richtung und schaue sie an. In diesem Moment gehen mir so viele Dinge durch den Kopf, dass ich gar nicht weiß, was ich zuerst sagen soll.

»Ich schlafe nicht mit ihm, weil er hier wohnt«, fahre ich sie schließlich an, als ich wieder in der Lage bin, einen Ton zu sagen.

»Das weiß ich doch, Süße. Es sollte bloß ein Scherz sein«, erklärt sie schnell und schaut mich entschuldigend an. Doch ich mag solche Kommentare überhaupt nicht und schon gar nicht, wenn Danny sich mit im Wagen befindet. Es hört sich nämlich so an, als wäre ich nur mit Josh zusammen, weil er eine tolle Wohnung hat, was definitiv nicht der Fall ist.

»Ich freue mich auf jeden Fall, dass wir uns heute Abend noch gesehen haben, bevor ich mich morgen wieder auf den Weg machen muss«, ertönt nun Dannys Stimme vom Rücksitz.

Ich bin mir nicht sicher, ob er mir damit ein schlechtes Gewissen verpassen will, weil wir nicht sehr viel Zeit miteinander verbracht haben. Doch falls er das versucht, dann klappt es nicht. Es hätte außerdem nicht alles so kompliziert sein müssen, wenn er mich nicht geküsst hätte.

»Ich hoffe, dass es beim nächsten Mal nicht so chaotisch abläuft«, erwidere ich, nachdem ich kurz darüber nachgedacht habe. Ich kann nicht sagen, ob ich mich für die richtige Wortwahl entschieden habe. Auf der anderen Seite weiß ich aber auch nicht, wie ich es sonst hätte ausdrücken sollen.

Keiner sagt etwas. Ich hasse diese bedrückende Ruhe. Aber noch nie habe ich sie so sehr verflucht wie jetzt. Deswegen greife ich nach meiner Tasche und öffne die Tür.

»Wir sehen uns«, verabschiede ich mich von den beiden. Noch bevor einer von ihnen die Chance hat, etwas zu sagen, steige ich aus und schließe die Wagentür wieder hinter mir. Leider weiß ich keinen anderen Ausweg, um dieser Situation zu entkommen.

Mit großen Schritten gehe ich auf das Tor zu, gebe den Code ein und schlüpfe dann hindurch. Dabei schaue ich mich nach allen Seiten um. In den letzten Tagen habe ich es mir angewöhnt, weil es etwas gruselig ist, hier mitten in der Nacht entlangzulaufen.

In den anderen Wohnungen brennt Licht, sodass ich davon ausgehe, dass dort jemand zu Hause ist. Kurz überlege ich, ob ich July oder Emma noch einen Besuch abstatten soll. Doch nach diesem Abend habe ich kein Interesse mehr an Gesellschaft. Heute allein zu bleiben ist sicherlich nicht das Schlauste, da ich mir wahrscheinlich immerzu Gedanken über den Abend machen würde. Doch die Wahrscheinlichkeit, dass ich mir auch in ihrer Gesellschaft den Kopf zerbrechen würde, ist ziemlich hoch, sodass ich wahrscheinlich ohnehin keine gute Gesprächspartnerin wäre.

Leise schließe ich die Haustür auf, schalte das Licht ein und lasse sie hinter mir wieder ins Schloss fallen. Während ich nach oben gehe, ziehe ich mich aus und lasse die Klamotten auf der Treppe liegen. Im Bad angekommen stelle ich das Wasser der Dusche an und stelle mich darunter.

Dieser Abend war seltsam. Und das in jeder erdenklichen Hinsicht. Danny, der sich unbedingt mit Josh unterhalten wollte. Josh, der ihn gekonnt ignoriert hat. Claire, die die ganze Zeit mit Josh gesprochen hat. Und nicht zu vergessen dieser Typ, mit dem Josh sich beinahe geprügelt hätte. Ich weiß nicht, was ich davon halten soll, vor allem von dem letzten Punkt. Doch ich werde Josh darauf ansprechen, sobald er nach Hause kommt.

Minuten stehe ich unter dem heißen Strahl. Erst als meine Haut schon völlig verschrumpelt ist, stelle ich das Wasser ab, greife nach dem Handtuch, um mich darin einzuwickeln, und stelle mich dann vor den Spiegel.

Doch kaum hebe ich meinen Kopf, zucke ich erschrocken zusammen.

Hinter mir steht ein Mann, der eindeutig schon bessere Tage erlebt hat. Seine Klamotten sind dreckig, ebenso sein Gesicht. Ich habe ihn vorher noch nie gesehen. Mein Verstand sagt mir jedoch, dass er nichts Gutes im Schilde führt. Panik überkommt mich. Meine Augen huschen von einer Richtung in die andere, doch wir sind allein. Mein Herz rast so schnell, als würde es sich aus meiner Brust befreien wollen.

Um ihm nicht zu zeigen, wie groß die Angst ist, die sich in mir breitmacht, drehe ich mich langsam zu ihm herum. Ihm nun gegenüberzustehen macht es aber auch nicht besser. Mein Kopf ist wie leergefegt. Ich versuche meine Beine zu bewegen, um wenigstens von hier zu verschwinden. Doch ich schaffe es nicht, mich einen einzigen Zentimeter zu bewegen.

»Wer sind Sie?«, frage ich schließlich mit zitternder Stimme.

»Ich bin ein Freund von Josh.«

Ich schlucke, als er den Namen ausspricht. Ich will ihm sagen, dass

Josh nicht da ist. Er macht jedoch nicht den Eindruck auf mich, als würde ihn das interessieren.

Wie ist er auf das Grundstück und ins Haus gekommen? Freund hin oder her, aber ich kann mir nicht vorstellen, dass Josh jedem einen Schlüssel gibt.

Langsam kommt er auf mich zu. Dabei wird mir erst richtig klar, in welchen Schwierigkeiten ich stecke. Dieser Mann ist ungefähr so groß wie Josh und genauso muskulös wie er. Und ich habe nicht einmal einen Selbstverteidigungskurs gemacht.

»Lina«, höre ich eine männliche Stimme meinen Namen rufen. Doch es ist nicht Josh, der mich da ruft, sondern sein Bruder Roy.

Ich will erwidern, dass ich im Bad bin, doch in dieser Sekunde hält der Typ mir den Mund zu und hindert mich daran. Als Nächstes zückt er ein Messer und zieht mich vor sich.

Es dauert einen Moment, doch schließlich geht die Tür auf und ich entdecke Roy. Mit einem grimmigen Gesichtsausdruck betritt er das Bad. Normalerweise wäre es mir jetzt peinlich, da ich nichts weiter als ein Handtuch vor der Brust habe. Doch gerade ist das nur nebensächlich. Solange er mich vor diesem Typen bewahrt.

Es scheint fast so, als würde er mich überhaupt nicht beachten. Stattdessen wendet er sich nicht von dem Kerl ab, der mich fest im Griff hat.

»Josh hat gerade angerufen und gesagt, dass du kommen wirst. Ich glaube, wir kennen uns noch nicht. Ich bin Roy, sein älterer Bruder.« Er spricht mit einer so ruhigen Stimme, als würde er mit einem kleinen Kind reden. Ich bin mir nicht sicher, ob ich das gut finden soll.

»Ahhh, der Staatsanwalt. Ich habe schon einiges von dir gehört.«

»Ja, das habe ich in den letzten Minuten auch von dir.«

Nun hört er sich nicht mehr ganz so ruhig an. Das macht mir ein wenig Angst. Ich will nicht, dass er irgendetwas macht, was er dann vielleicht bereuen wird.

Roy scheint sich jedoch nicht beirren zu lassen. Als würde er eine ganz normale Unterhaltung führen, kommt er immer näher. Der Typ hingegen zittert immer mehr. Ich bin mir sicher, dass nicht mehr viel fehlt und er bald die Kontrolle über sich selbst verlieren wird. Und das ist ehrlich gesagt ein Augenblick, in dem ich dann ungern in seiner Nähe sein möchte.

Als Roy stehen bleibt, trennen uns nur noch wenige Zentimeter. Was immer er vorhat, ich bin mir sicher, dass es nicht ungefährlich sein wird. Schließlich ist er Anwalt. Da prügelt man sich nicht oder so. Nein, man sitzt am Schreibtisch und arbeitet Akten durch. Deswegen bin ich mir nicht sicher, ob er wirklich weiß, was er da macht.

Dann geht jedoch alles so schnell, dass ich nicht einmal genau sagen kann, was los ist. In der einen Sekunde hatte dieser Typ mir noch das Messer an den Hals gehalten. In der nächsten zieht Roy mich bereits zu sich und verdeckt mich mit seinem Körper.

»Renne zu July. Sie weiß Bescheid.« Mehr sagt Roy nicht, sondern schlägt dann zu.

Ich brauche einige Minuten, bis ich wirklich in der Lage bin, seine Worte umzusetzen. Doch dann umklammere ich mit der linken Hand das Handtuch und renne so schnell ich kann.

Es dauert viel zu lange, bis ich endlich bei July angelangt bin. Auch Emma wartet bereits auf mich.

Schwungvoll zieht sie mich ins Haus und schließt die Tür hinter mir.

»Komm rein. Wir müssen schnell nach oben«, erklärt sie mir und schiebt mich dabei vor sich her in die Richtung der Treppen. »Im Schlafzimmer gebe ich dir etwas zum Anziehen.«

»Was ist hier los?«, frage ich sie.

In diesem Moment kommt es mir so vor, als würde ich etwas verpassen. Etwas, was sich direkt vor meiner Nase befindet und was ich gar nicht übersehen kann.

Mitten in der Bewegung bleibt sie stehen. Dabei sieht sie mich so an, als würde sie nicht glauben, dass ich sie das gerade tatsächlich gefragt habe.

»Hat Josh dir noch nichts erzählt?«, fragt sie als Nächstes, geht dabei aber weiter nach oben.

»Was soll er mir gesagt haben?« Ich habe Angst, bin verwirrt und mache mir Sorgen. Ich habe Angst um Roy, der allein mit diesem Typen ist. Ich habe Angst um July, Emma und mich, weil ich nicht weiß, was hier los ist. Und ich habe Angst um Chris und Josh. Schließlich habe ich keine Ahnung, wo die beiden sind und ob ihnen vielleicht etwas passiert ist.

»Ich muss Josh anrufen«, flüstere ich, während July mich in ihr Schlafzimmer bringt und mir ein paar Klamotten in die Hand drückt.

»Der ist auf dem Weg hierher«, erwidert July.

»Es wundert mich, dass das nicht schon viel früher passiert ist«, grummelt Emma vor sich hin. Dabei ist sie so leise, dass ich sie kaum verstehen kann. Dennoch bin ich mir sicher, dass sie genau das gesagt hat. »Was mir damals passiert ist, kann man nicht einmal ansatzweise vergleichen.«

Während ich mich anziehe, höre ich ihr aufmerksam zu.

»Leute, ich verstehe wirklich kein einziges Wort«, sage ich. Bittend schaue ich die beiden an. Ich bin mir nicht sicher, ob es nicht doch ein wenig verzweifelt aussieht. Doch hier passiert gerade so viel, dass ich mir darüber keine Gedanken mehr machen kann und will.

Einen Moment ist es still im Schlafzimmer. Die beiden sehen sich an. Kurz kommt es mir sogar so vor, als hätten sie vergessen, dass ich ebenfalls mit im Zimmer bin.

»Du hast doch bestimmt schon einmal von den Rächern der Nacht gehört«, wendet July sich nun an mich. »Allerdings ist der Name Underground Kings viel cooler.«

Mein Mund öffnet sich ein Stück weit, doch ich schließe ihn direkt wieder, da ich nicht weiß, was ich sagen soll. In meinem Kopf überschlagen sich die Gedanken.

»Ich finde es nicht gut, dass wir es dir sagen müssen. Wir haben es von unseren Männern erfahren. Und wahrscheinlich wäre es besser gewesen, wenn auch du es von Josh selbst erfahren hättest«, fängt July an, während sie auf die Balkontür zugeht. »Roy hat damit aufgehört, als wir zusammengekommen sind. Und Chris, als er und Emma sich ihre

Gefühle gestanden haben. Josh ist der Einzige von ihnen, der das noch macht. Ich weiß, dass er es nun fallen lassen wird.«

July dreht sich in meine Richtung und zieht entschuldigend die Schultern nach oben. Doch darum kann ich mich gerade nicht kümmern. Ich versuche nämlich noch immer herauszufinden, was hier gerade los ist. Und vor allem frage ich mich, was diese Namen zu bedeuten haben.

Ihre Worte schwirren in meinem Kopf herum, während ich versuche, sie zu verarbeiten. Doch ich schaffe es nicht.

»Für genau diesen unwahrscheinlichen Fall, dass jemand auf das Grundstück kommt, gibt es einen Plan. Sobald alles vorbei ist, kannst du Josh in den Hintern treten. Und ich bin mir sicher, dass du das machen willst«, fährt Emma fort.

Ich will ansetzen, um etwas zu sagen, als ein lautes Geräusch an mein Ohr dringt. Aus einem Reflex heraus drehe ich mich in die Richtung, aus der es gekommen ist. In der Dunkelheit, die das Haus umgibt, kann ich nichts erkennen.

Doch das ändert nichts daran, dass sich Panik in mir breitmacht. Und July und Emma scheint es nicht anders zu gehen. Ich brauche nur einen Blick in ihre Gesichter zu werfen, um zu wissen, dass sie keine Idee haben, was sie machen sollen.

»Drei so hübsche Ladys sollte man nicht allein lassen«, sagt jemand. Erschrocken drehe ich mich herum und starre in den Lauf einer Waffe.

Ich kann spüren, wie mir die Farbe aus dem Gesicht weicht. Bis jetzt bin ich noch nie in so einer Lage gewesen. Ich habe nicht einmal vermutet, dass ich es irgendwann sein würde. Doch so geht es wahrscheinlich den meisten.

Mein erster Reflex besteht darin, so schnell zu rennen, wie ich nur kann. Ich habe keine Chance gegen eine abgefeuerte Kugel. Deswegen bleibt mir nichts anderes übrig, als wie angeklebt stehenzubleiben.

»Wer sind Sie?«, fragt July, nachdem sie ihre Sprache wiedergefunden hat. Man muss schon sehr blöd sein, um nicht zu merken, wie hoch ihre Stimme klingt.

»Eure Männer sind uns in die Quere gekommen. Der Erste findet die Drogenküche, der Nächste ermittelt gegen uns und der Letzte will uns einbuchten.«

Ein dreckiges Grinsen erscheint auf seinem Gesicht. Ich kann das Blut in meinen Ohren rauschen hören und ich bin mir sicher, dass das kein gutes Zeichen ist.

»Also, wie ihr seht, haben eure Männer euch in ganz schön große Schwierigkeiten gebracht«, stellt nun eine zweite Stimme fest. Erst jetzt nehme ich wahr, dass wir nicht mehr allein sind. Um genau zu sein, sind wir nun von mehreren Männern umzingelt, die ihre Waffen auf uns richten.

24

Josh

Während wir nach Hause fahren, bin ich kurz davor auszurasten. Ich weiß nicht, was mich dort erwarten wird. Roy geht nicht an sein Handy und Hanson hat die Überwachungskamera ausgeschaltet, sodass wir nicht einmal darauf zugreifen können. An jeder roten Ampel, an der wir stehen bleiben müssen, werde ich nur noch nervöser.

»Ich will, dass du dich zurückhältst. Diese Männer sind bewaffnet. Sie befinden sich auf unserem Grundstück, was uns einige Vorteile verschafft. Ich meine, niemand kennt es so gut wie wir. Dennoch sind sie uns gegenüber im Vorteil. Das sollten wir nie vergessen.«

Ich würde gerne die Zuversicht von Chris teilen. Doch die Wahrheit ist, dass ich es nicht kann. Ich muss ständig daran denken, was ich mache, falls Lina etwas passiert. Und daran, dass das für denjenigen, der sich dann vielleicht in meiner Nähe befindet, nicht gut ausgehen würde.

»Hast du ihr mittlerweile gesagt, was du in der letzten Zeit getrieben hast? Und davor«, wendet Chris sich an mich, als er den Wagen vor dem Zaun unseres Grundstücks parkt.

»Wenn Lina oder jemand anderes sich in Gefahr befindet, dann werde ich mir lieber eine Kugel einfangen, anstatt mich zurückzuhalten.« Es ist keine Antwort auf seine Frage. Um etwas anderes kann ich mich jetzt aber nicht kümmern.

Ich sehe, dass mein Bruder den Mund öffnet, um etwas zu erwidern. Schließlich hat er sich damals unter anderem einen Streifschuss zugezogen, um Emma zu beschützen. Deswegen brauche ich ihm sicherlich nicht zu sagen, wie weit ich gehen würde.

Von hier außen kann ich nichts feststellen. Nichts, was darauf hindeuten würde, dass sich hier jemand aufhält, der auf dem Grundstück nichts zu suchen hat. Und dennoch weiß ich, dass genau das der Fall ist.

Vorsichtig klettere ich mit Chris zusammen über den Zaun, wobei ich das erste Mal verfluche, dass wir ihn so hoch gebaut haben. Doch damals wollten wir verhindern, oder wenigstens die Chance minimieren, dass Leute auf unser Grundstück kommen können, die hier nichts verloren haben. Wie ich nun merke, haben alle Sicherheitsvorkehrungen, die wir getroffen haben, nichts gebracht. Und das sorgt dafür, dass ich am liebsten laut fluchen würde. Und das ist noch eines der weniger schlimmen Dinge, die ich gerade am liebsten machen würde.

Nachdem wir auf der anderen Seite des Zauns gelandet sind, schauen wir uns um. Doch außer uns befindet sich hier niemand. Ich komme mir vor, als wäre ich ein Eindringling in meinem eigenen Haus. Ich weiß sehr gut, dass ich nun nicht einfach hineinspazieren kann.

Nein, diese Typen werden auf uns warten. Wenn wir nicht aufpassen, wird noch jemand verletzt werden.

Langsam schleichen wir auf das Haus zu. Dabei fallen mir die vielen Autos auf, die davor stehen.

»Wenn wir davon ausgehen, dass in jedem Auto zwei saßen, dann haben wir mindestens acht Personen im Haus«, stellt Chris fest.

Allein die Vorstellung gefällt mir überhaupt nicht. Doch ich lasse es mir nicht anmerken. Ich bin mir darüber im Klaren, dass ich einen kühlen Kopf bewahren muss. Und das schaffe ich nur, wenn ich mir nicht vor Augen halte, was alles passieren könnte.

»Ich werde schauen, ob ich Roy bei mir finden kann und ob sich in meiner Wohnung ein paar von denen aufhalten. Du bleibst hier«, weise ich Chris an.

Ich weiß, dass ihm das nicht gefällt. Schließlich ist er der Polizist. Doch ich werde wahnsinnig, wenn ich nichts zu tun habe. Ganz davon abgesehen, dass dies ein Haus ist. Und wenn sich in einer der Wohnungen jemand unerlaubt aufhält, dann will ich ihm selbst den Arsch aufreißen.

Deswegen betrete ich das Haus und schaue mich um. Es ist alles ruhig. Zu ruhig. Vor allem wenn ich mir überlege, wer sich hier aufhält. Noch immer kann ich nicht glauben, dass Hanson das wirklich getan hat. Wir kennen uns schon so lange, da fühlt es sich beinahe an, als würde man mich verarschen wollen. Und hätte ich nicht selbst gesehen, wie er aus diesem Keller gekommen ist, würde ich das sogar glauben. Doch ich habe selbst versucht ihn aufzuhalten.

»Perfektes Timing«, höre ich Roy von oben sagen.

Gleichzeitig hebe ich meinen Kopf. Sofort kann ich die Prellung an seiner Schläfe erkennen, die bereits in allen Farben leuchtet.

»Ich habe schon so einige Prügeleien hinter mir. Aber ich kann dir sagen, dass mir so etwas noch nicht untergekommen ist.« Mit einem grimmigen Gesichtsausdruck kommt er nach unten und stapft an mir vorbei.

Wäre die Lage nicht so ernst, würde ich wahrscheinlich leise lachen. Doch so kann ich es mir verkneifen. Gemeinsam gehen wir wieder nach draußen, wo Chris bereits auf uns wartet.

»Ich habe Verstärkung gerufen. Wir sind denen unterlegen. Ich habe keine Lust unser Glück herauszufordern. Sie haben die Frauen.«

»Und das ist Grund genug für mich, dass ich mit Sicherheit nicht warten werde.« Mit diesen Worten setze ich mich in Bewegung und gehe auf die Tür zu, die zu Roys Wohnung führt.

Wahrscheinlich ist es nicht meine beste Idee. Wer ist schon so blöd und betritt allein ein Haus, in dem sich bewaffnete Männer befinden? Jeder andere würde auf die Polizei warten. Doch nicht ich. Ich habe schon so viele Menschen in den letzten Jahren beschützt, da werde ich es auch schaffen Lina zu beschützen. Vor allem, weil ich es war, der sie in Gefahr gebracht hat.

Im Haus schnappe ich mir den erstbesten Eindringling und ramme ihm meinen Ellbogen ins Gesicht. Aus dem Augenwinkel sehe ich, dass meine Brüder es mir nachmachen. Ich habe keine Ahnung, welcher von diesen Männern es geschafft hat, Roy zu überlisten. Und ich weiß nicht, wie er das gemacht hat. Doch ich kann mit Gewissheit sagen, dass es ein Zufallstreffer gewesen sein muss. Normalerweise ist mein Bruder nämlich niemand, den man einfach so aus dem Verkehr ziehen kann. Und das beweist er jetzt.

Ohne große Probleme bekommt er die drei Männer, die ihn greifen wollen, unter Kontrolle. Er überlistet sie, als würde es ihm überhaupt nichts ausmachen. Ich bin mir sicher, dass es tatsächlich so ist.

Ich will mich gerade auf ihn konzentrieren und einen Kommentar dazu von mir geben, als ich sehe, wie noch mehr Männer erscheinen. Sie kommen alle aus dem Obergeschoss, sodass ich davon ausgehe, dass dort unsere Frauen sind.

Ich komme nicht dazu, mich dort umzusehen. Einer der Männer, er ist mindestens zwei Köpfe größer als ich, hält mich davon ab, nach oben zu gehen. Er hält ein Messer in der Hand, das er auf meine Brust richtet. Wütend sehe ich ihn an. Ich lasse nicht den geringsten Zweifel daran, dass ich mich nicht von ihm aufhalten lassen werde.

Dennoch versucht er sein Glück und will nach mir schlagen. Geschickt schlüpfe ich immer wieder unter seinem Arm hindurch, bis ich die Treppen erreicht habe. Erneut versucht er mich zu erreichen, doch als ich oben angekommen bin, reiße ich mein Bein hoch und trete ihm gegen die Brust. Für eine Sekunde sieht es so aus, als würde er das Gleichgewicht halten können. Bevor er sich jedoch wieder gerade hinstellen kann, schubse ich ihn. Ich verhalte mich nicht sehr fair. Da ich nicht weiß, ob Lina sich noch immer in Gefahr befindet, will ich es aber auch gar nicht sein. Außerdem habe ich Hanson noch nirgends entdeckt.

Auch als ich nach unten sehe, kann ich ihn nicht erkennen. Ein merkwürdiges Gefühl macht sich in mir breit. Es gibt nur eine Möglichkeit, wo er sein kann. Und die gefällt mir überhaupt nicht.

»Wenn das vorbei ist, darf July shoppen gehen. Ich glaube, dann werde ich eine neue Inneneinrichtung brauchen«, brummt Roy wütend neben mir. Ich bin mir sicher, dass seine Verlobte sich darüber freuen wird. In den letzten Monaten habe ich mehrmals von ihr gehört, dass sie ein paar Dinge ändern möchte.

Mit großen Schritten gehen wir gemeinsam den Flur entlang, bis wir die Tür zu seinem Schlafzimmer erreicht haben. Was ich da erblicke, lässt mir das Blut in den Adern gefrieren.

Hanson steht in der Mitte des Raumes und hält eine Waffe an Linas Schläfe. Ich will nach vorne preschen und ein paar Dinge mit ihm machen, an die ich jedoch besser gar nicht denke. Solange er sie in seiner Gewalt hat, sollte ich mich zurückhalten.

Auch wenn mir das schwerfällt.

Weinend steht sie vor mir. Sie sieht aus, als hätte sie die letzten Tage nicht geschlafen. Es zerbricht mir das Herz, sie so zu sehen. Vor allem macht es mir aber klar, dass ich Scheiße gebaut habe. *Ich hätte ihr von Anfang an davon erzählen sollen.* Jetzt kann ich es aber nicht mehr ändern.

Ich bin mir nicht sicher, ob ich diese Situation damit hätte umgehen können. Doch so hätte ich ihr wenigstens sagen können, wie sie sich dann verhalten soll. Zu meiner Verteidigung muss ich sagen, dass ich die Zeit mit ihr immer viel zu sehr genossen habe, sodass ich diesen Aspekt meines Lebens verdrängt habe.

»Josh«, wimmert sie und sieht mich um Hilfe flehend an.

»Lass sie los?«, befehle ich meinem ehemaligen Freund.

»Wir mussten den Brand selbst legen, nur damit die Kollegen von deinem Bruder uns nicht auf die Schliche kommen. Viel zu lange haben sie uns schon am Hintern geklebt und jeden unserer Schritte verfolgt. Wir haben gedacht, dass wir so alle Beweise vernichten werden. Als wir jedoch gemerkt haben, dass es so nicht funktionieren wird, wollten wir ihn selbst löschen.«

Am liebsten würde ich ihn fragen, ob er total spinnt. Aber das würde mir in dieser Situation nichts bringen. Deswegen kann ich es mir sparen.

Gerade scheint es mir so, als würde es nichts geben, was mich hier einen Schritt weiterbringt. Mein oberstes Ziel ist es, Lina aus seiner Reichweite zu bringen. Davon bin ich gerade weit entfernt.

»Das habe ich mir schon gedacht.« Innerlich koche ich vor Wut. Nach außen hin lasse ich mir das jedoch nicht anmerken. Zumindest hoffe ich das.

Keiner von uns sagt etwas. Ich wende mich nicht von ihnen ab. Dabei höre ich, wie aufgeregte Stimmen von unten hinaufdringen. Sofort weiß ich, dass die Polizisten eingetroffen und bereits dabei sind, einige Männer zu verhaften. Gleichzeitig weiß ich, dass mir die Zeit davonläuft.

Doch bevor wir nur ansatzweise einen Versuch starten können, Lina zu befreien, höre ich plötzlich einen Schuss. Sofort schaue ich in die Richtung, aus der er gekommen ist.

Chris steht ein paar Schritte hinter Hanson und hat die Waffe auf ihn gerichtet. Ich brauche nicht großartig zu überlegen, um zu wissen, dass er sie gerade abgefeuert hat.

Als Nächstes kann ich sehen, wie Hanson seine Waffe sinken lässt und schmerzhaft das Gesicht verzieht. Sofort stehe ich bei Lina und ziehe sie zur Seite, sodass ich sie mit meinem Körper verdecke. Chris macht ein paar Schritte nach vorne, bis er nach Hanson greifen kann. Mein Bruder zögert nicht lange, sondern verdreht im sofort den verletzten Arm und zwingt ihn so, sich auf den Boden fallen zu lassen, wo er ihm die Handschellen anlegen kann.

Einen Moment beobachte ich die Szene, die sich direkt vor mir abspielt. Dann betrachte ich Lina. Ihre Haut ist noch immer blass und ihr Blick ängstlich. Es scheint mir so, als wäre noch nicht bei ihr angekommen, dass ihr nichts mehr passieren wird. Das wird wohl noch ein wenig dauern.

Ich sehe ihr an, dass sie noch immer unter Schock steht. Ganz im Gegensatz zu mir. Ich bin erleichtert darüber, dass ihr nichts passiert ist. Doch dieses Gefühl muss sich meinen Körper mit der Wut teilen, die ich noch immer empfinde.

Hanson kann nach dieser Geschichte froh sein, dass er noch atmet.

Die anderen Frauen sehen nicht besser aus. Sie stehen ein paar Schritte entfernt und schauen sich verwirrt an.

Um Lina zu zeigen, dass sie sich nun keine Sorgen mehr machen muss, ziehe ich sie dicht an mich heran. Ich habe nicht vor, sie so schnell wieder loszulassen.

Was als Nächstes passiert, bekomme ich nur noch am Rande mit. Ich sehe, wie zwei Polizisten hereinkommen und Chris Hanson abnehmen. Ich schiebe zusammen mit Roy die Frauen vor mir her, bis wir das Haus verlassen haben.

Noch immer zittert Lina am ganzen Körper. Ich lasse sie nicht eine Sekunde allein. Auch nicht, als sie einem der Polizisten erzählt, was geschehen ist. Mehrmals muss ich dabei tief durchatmen, damit ich mich weiterhin im Griff habe. Hanson kann in diesem Moment froh sein, dass er schon verschwunden ist. Und darüber, dass ich ihn vorhin nicht in die Finger bekommen habe. Sonst hätte ich die Kontrolle verloren.

Nachdem Lina alles berichtet hat, verliere ich keine weitere Zeit und bringe sie ins Schlafzimmer. Ich will, dass sie endlich Ruhe bekommt und sich nicht länger mit dem beschäftigen muss, was passiert ist. Dort angekommen, lege ich sie ins Bett und ziehe sie dicht an mich heran.

»Wieso hast du früher nichts zu mir gesagt?«

Ihre Stimme ist so leise, dass ich sie kaum verstehen kann. Ich nehme mir die Zeit und suche nach den richtigen Worten. Doch die gibt es nicht.

»Ich wusste nicht, dass Hanson derjenige ist, hinter dem wir her sind. Ich hatte eine Befürchtung, aber ich habe gehofft, dass es nicht so ist. Doch wenn ich ehrlich bin, dann habe ich einfach nicht damit gerechnet, dass so etwas passieren würde.«

»Und dennoch hattet ihr einen Plan.«

»Der leider nichts gebracht hat«, knurre ich. Ich brauche nur daran zu denken, um wieder wütend zu werden. Um nicht noch meine restliche Selbstbeherrschung zu verlieren, halte ich mir schnell vor Augen, dass es Lina gut geht und nichts passiert ist. Sie liegt in meinen Armen, an dem Platz, an den sie gehört.

»Ich hätte es dir sagen sollen. Von Anfang an. Von dem Augenblick an, in dem ich dich in mein Leben gelassen habe, hat es dich schließlich genauso betroffen wie mich. Doch ich kann dir versichern, dass es das letzte Mal war, dass ich so etwas gemacht habe. Ich habe für mich entschlossen, dass ich diese Geschichte hinter mir lassen und mich dann nur noch um meinen Beruf kümmern werde. Aber ich hoffe, dass du verstehst, dass ich die Ursache für den Brand erst klären und die Männer schnappen musste.«

Überrascht sieht sie mich an. Dabei müsste sie wissen, dass sie mir wichtiger ist als alles andere. Oder nicht? Schließlich habe ich ihr das noch nie gesagt.

Ich schlinge meine Arme enger um sie und versuche so ihr wild schlagendes Herz zu beruhigen.

»Versuch jetzt zu schlafen. Die restlichen Streifenwagen werden sicherlich gleich verschwinden. Dann wird es ruhiger werden.« Ich will ihr sagen, dass ich sie liebe. Dass ich sie in meinem Leben haben will. Dass sie mein Leben ist. Doch das werde ich nicht machen, wenn sie so durch den Wind ist, wie es gerade der Fall ist.

Einen Moment scheint sie sich nicht sicher zu sein, ob sie das wirklich machen soll, doch dann kuschelt sie sich tiefer in die Kissen und schläft schließlich ein.

25

Lina

In der letzten Nacht habe ich eindeutig zu wenig geschlafen. Aber wer würde mir das verübeln? Am gestrigen Abend sind so viele unterschiedliche Dinge geschehen, dass ich überhaupt nicht weiß, wo ich anfangen soll. Und ich habe das Gefühl, es wird noch lange dauern, bis ich das alles wirklich verarbeitet habe.

Vor allem die Tatsache, dass ich mehrmals mit einer Waffe bedroht wurde, hat mir Alpträume beschert. Und noch immer habe ich diese Bilder vor meinen Augen. Ich schaffe es nicht, mich auf etwas anderes zu konzentrieren.

Es kommt mir so vor, als wäre es erst wenige Minuten her und nicht schon mehrere Stunden.

Es dauert ein wenig, bis ich richtig wach bin. Doch dann nehme ich die starken Arme wahr, die mich festhalten und beschützen.

Ich gebe ihm nicht die Schuld an dem, was geschehen ist. Er und seine Brüder haben ihren Job gemacht. Nach allem, was ich gestern erfahren habe, kann ich nicht sagen, wo der Feuerwehrmann aufhört und der Underground King anfängt. Ich weiß ja nicht einmal, wie ich seinen Posten nennen soll.

Klar habe ich von diesen Männern schon gehört. Sie waren ja oft genug in der Zeitung, sodass man sie gar nicht kennen kann. Sie haben so viele Verbrecher gefasst, dass sie beinahe täglich in den Nachrichten waren. Man müsste schon in einem Keller wohnen und nie rausgehen, um wirklich nichts mitbekommen zu haben. Doch ich hätte nicht gedacht, dass Josh und seine Brüder es sind, von denen da berichtet wurde. Ich habe nicht erwartet, dass sie Jobs haben, in denen sie ebenfalls auf der Seite des Gesetzes arbeiten.

Noch dazu kommt, dass ich mich in Josh verliebt habe. Dabei weiß ich nicht, ob eine Beziehung mit ihm unter diesen Voraussetzungen überhaupt funktionieren kann.

Ich kuschle mich näher an ihn heran. Ich weiß nicht, was mich erwartet, sobald er wach wird. Doch ich genieße es viel zu sehr, als dass ich mich jetzt damit beschäftigen will.

Eine Ewigkeit bleiben wir so liegen. Ich habe seinen Geruch in meiner Nase. Sein Atem kitzelt mich in meinem Nacken.

»Denk nicht so viel darüber nach. Irgendwann wird es besser werden. Du kannst jederzeit mit mir sprechen, wenn du das willst. Oder mit July und Emma. Ich bin mir sicher, dass sie immer ein offenes Ohr für dich haben werden«, flüstert Josh leise in mein Ohr.

Einige Minuten bleibe ich noch so liegen. Doch dann bewege ich mich so, dass ich ihn ansehen kann. Zärtlich streicht er mir eine Strähne aus dem Gesicht und lächelt mich an.

»Ich liebe dich«, dringt es aus meinem Mund, bevor ich es für mich behalten kann. Ich kann zwar nicht sagen, wie er darauf reagieren wird, doch ich will es dennoch endlich loswerden. Nur so kann ich nämlich wissen, ob wir beide eine Zukunft haben. »Ich liebe dich«, dringt es aus meinem Mund, bevor ich es für mich behalten kann.

Angespannt halte ich die Luft an. Ich bin mir nicht sicher, ob ich liegen bleiben soll oder nicht.

Als ich schon die Befürchtung habe, dass er überhaupt keinen Ton von sich geben wird, lehnt er sich nach vorne und küsst mich leidenschaftlich. Überrascht ziehe ich scharf die Luft ein.

»Ich liebe dich auch«, flüstert er dicht an meinen Lippen. »Ich werde dich niemals allein lassen und dich immer beschützen.«

Mir steigen die Tränen in die Augen. Es sind nur Worte und dennoch berühren sie mich. Schnell wischt Josh mir eine Träne weg, ehe sie sich einen Weg über meine Wange suchen kann.

»Ich werde mit diesem Mist aufhören.«

»Ich würde nicht unbedingt sagen, dass es Mist ist, was ihr da in den letzten Jahren gemacht habt«, erwidere ich. Dabei zucke ich mit den Schultern. »Schließlich habt ihr vielen Leuten aus Situationen geholfen, die sonst anders ausgegangen wären.«

»Ja, das haben wir. Doch ich darf nie vergessen, dass diese Sache nicht gerade das ist, was man als ungefährlich bezeichnen kann. Und jetzt habe ich dich. Ich habe dich gestern schon mit reingezogen. Das werde ich sicherlich kein zweites Mal machen.«

Sein Kiefer ist angespannt, während er auf mich konzentriert ist. Ich sehe ihm an, dass er es genauso meint, wie er es sagt. Fieberhaft zerbreche ich mir den Kopf darüber, was ich sagen könnte, um ihn doch noch umzustimmen. Allerdings weiß ich, dass es da nichts gibt.

Josh hat seinen Entschluss gefasst. Und was das angeht, ist er genauso wie ich. Wir haben beide einen starken Willen und meinen das, was wir sagen. Allerdings kann ich wenigstens vor mir selbst zugeben, dass ich froh darüber bin, dass er damit aufhört. Nämlich gerade aus dem Grund, weil es nicht ungefährlich ist.

»In der Zukunft wird es nur noch uns und unsere Jobs geben.« Mehr sagt er nicht, sondern küsst mich erneut. »Und irgendwann einen Haufen kleiner Kinder, die dieses Zimmer stürmen und sich zwischen uns schmeißen, wenn wir morgens noch ein wenig kuscheln wollen.« Auf seinem Gesicht macht sich ein freches Grinsen breit.

»Du denkst jetzt schon an Kinder?«, erkundige ich mich.

»Oh ja, und wir werden eine Menge davon haben.« Zufrieden sieht er mich an.

»Warte erst einmal ab, wie das Familientreffen auf der Abschlussfeier von Claire wird. Es könnte gut sein, dass du es dir noch anders überlegst, wenn du meine Verwandten erst mal kennst«, antworte ich und verziehe dabei ein wenig das Gesicht.

»So schlimm können sie nicht sein und wenn doch, wird es nichts an meinem Entschluss ändern.« Lachend drückt er mir einen Kuss auf die Stirn.

Glücklich kuschle ich mich an ihn. Zum ersten Mal in meinem Leben fühle ich mich wohl, sicher und geborgen. Und das habe ich nur Josh zu verdanken.

Ich habe nicht nach ihm gesucht, doch ich habe ihn gefunden.

»Ich liebe dich«, murmle ich, während ich mein Gesicht an seiner Brust verstecke.

»Und ich liebe dich.«